높임말이
욕이 되었다

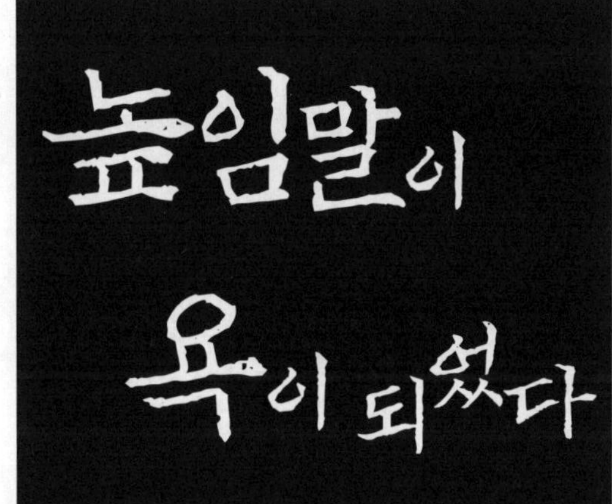

한국일어일문학회 지음

글로세움

일본문화총서 발간에 즈음하여

　이 책은 한국일어일문학회 회원 208명이 일본을 이해하는 데 중요하다고 생각되는 360개의 테마에 대해 일반 독자를 대상으로 알기 쉽게 집필한 것이다. 또한 단순한 흥미위주나 단편적 지식을 넘어, 일본에 대한 깊이 있고 균형 잡힌 시각을 바탕으로 핵심적인 내용을 담는다는 목적에서 집필되었다. 208명이라고 하는 많은 전문가들에 의한 집필이기 때문에 기획의도와는 달리 다소 이해하기 어려운 부분도 있겠지만, 일본에 대한 이해의 폭과 깊이에 있어서 아직 초보적인 단계에 있는 우리의 현실을 고려할 때 이번 기획도서가 우리 사회에 도움이 되리라 믿는다.

　한국일어일문학회 창립 25주년을 기념하여 고도지식사회에 걸맞게 새로운 각도에서 일본을 재조명하고 올바른 일본문화 이해를 위한 체계적이고 포괄적인 기술이 필요하다는 요청에 의해 이 책을 기획하게 되었다. 학문적 연구라는 것은 우리가 속해 있는 사회의 물질적 정신적 풍요로움을 전제로 성립되는 것이라고 본다. 그동안 학계의 내적 발전만을 추구하여 일본문화를 일반 사회에 올바르게 소개하는 데 소홀했던 점을 학회 스스로가 반성하며, 오랜 시간 동안 축적된 연구를 알기 쉽게 펼쳐 우리 사회의 일본문화 이해에 도움이 되고자 노력하였다. 사회구성원에 다가가서 일본을 알리자는 이번 시도는 사회구성원에 있어서나 연구자의 입장에서 매우 고무적이며 의미 있는 일이라 생각된다.

전체의 구성은 문화, 문학, 어학으로 되어 있으며 각 분야에 대해 역사와 현대라는 시간 축에 의해 내용을 분류하였다.

- 전통과 현대사회상을 통해 본 일본문화 : 전통과 현대문화 2권
  (게다도 짝이 있다, 스모 남편과 벤토 부인)

- 문학을 통해 본 일본문화 : 고전문학, 근현대문학 2권
  (모노가타리에서 하이쿠까지, 나쓰메 소세키에서 무라카미 하루키까지)

- 어학을 통해 본 일본문화 : 일본어의 역사, 일본어의 현재 2권
  (높임말이 욕이 되었다, 일본어는 뱀장어 한국어는 자장)

이를 통해 단편과 오해, 문화적 우월주의와 패배주의와 같은 이중적 시각에서 벗어나 보다 일본을 객관적이고 체계적으로 바라볼 수 있는 계기가 제공되었기를 바란다.

　이 책이 발간되기까지 많은 분들의 도움과 협조가 있었다. 기획도서의 성공을 믿고 격려해주신 글로세움 관계자 여러분들께 감사드린다. 또한 원고 정리 및 자료 수집에 수고한 이충균 선생께도 감사 드린다. 끝으로 어려운 여건 속에서도 성실히 집필에 응해주신 학회 208명의 회원 여러분들께 진심으로 감사의 뜻을 전하고 싶다.

2003. 11.
한국일어일문학회 회장
한미경

7

목 차

■ 500년 전 일본어

01. 일본어는 어떻게 변해왔나

【한미경】

우리는 흔히 일본음식을 일컬을 때 화식(和食), 일식(日食), 왜식(倭食) 등의 표현을 사용한다. 화식이라고 하면 미화한 느낌, 왜식은 비하한 느낌이 있고 일식이 가장 국제적이고 중립적이라는 느낌이 든다. 하지만 일본어에는 和를 근간으로 하는 말-와고(和語), 와카(和歌), 와후쿠(和服), 와가시(和菓子) 등-이 상당히 많다.

한자어와 구별하여 일본 고유어를 와고(和語) 혹은 야마토코토바(大和言葉)라고 한다. '야마토'가 붙으면 일본어는 힘을 갖는 것처럼 느껴지는데, 대표적인 것이 야마토다마시이(大和魂)란 말로, 용맹스러운 일본인의 정신을 미화할 때 주로 사용한다.

야마토(大和) 정권에서 비롯되어 현대어에까지도 맥을 잇고 있는 '和'라는 언어의 구성요소는 일본을 강조하는 국수주의적인 느낌이 있어 국제화되기는 다소 힘든 면이 있다. 그러므로 외국인이 일본어를 연구하고 말할 때 '와고'라는 용어를 쓰기보다는 '일본고유어'라고 하는 것이 타당할 것이다.

어느 나라도 예외일 수는 없겠지만, 일본 역시 옛날 야마토코토바에서 오늘날 사용하는 현대일본어로 정립되기까지는 많은 변화의 과정을 거쳤다.

언어란 생명체처럼 살아 움직이는 것이므로 사용하던 말이 옛말이 되어 가고 다른 한편에서는 그 시대를 반영하는 새로운 말들이 탄생하면서 끊임없이 세대교체를 한다. 우리가 우리의 고문(古文)을 이해하기 힘들듯, 일본인도 일본 고전문헌을 외국어 대하듯 어려워한다.

일본어의 변천을 알기 위해서는 무엇보다 시대의 구분이 필요하고, 정치적인 관점과 문학사적인 관점을 동시에 가져야 한다. 언어란 사회적 환경의 영향을 받는 만큼, 통상적으로 권력 중심지의 말이 그 시대의 대표언어가 되기 때문이다.

1. 상대 : 나라(奈良) 시대 이전 및 나라시대(~794)

2. 중고 : 헤이안(平安) 시대(794~1192)

3. 중세 : 가마쿠라(鎌倉) 시대(1192~1333) 및

　　　　무로마치(室町) 시대(1333~1603)

4. 근세 : 에도(江戸) 시대(1603~1867)

5. 근대 : 메이지(明治) 이후(1868~)

야마토는 현재의 나라지방인 야마토지방에 세워진 국가이며, 이후 헤이조쿄(平城京)를 수도로 하여 번창했다. 이를 나라시대라고 하며, 주로 야마토지방을 중심으로 하는 언어를 사용했다. 한자를 이용하여

이두식으로 표기하는 만요가나(万葉仮名)에 의해 문자생활이 이루어졌지만, 당시의 생생한 언어 기록은 금석문 등의 단편적인 자료에 의존할 수밖에 없다. 8세기에 나타나는 유명한 자료인『고지키』(古事記),『니혼쇼키』(日本書紀),『만요슈』(万葉集) 등의 기본자료를 통해 당시의 언어 양상을 어느 정도 미뤄 짐작할 수 있지만 대부분 운문자료라는 등의 제한이 있다.

이 시대에는 나라지방 귀족들의 언어가 중심이 되었으며, 구어체와 문어체의 차이가 크지 않았다고 보여진다. 또한 예는 많지 않지만『만요슈』의 아즈마우타(東歌), 사키모리노우타(防人歌)에 의해 당시 동부지역의 말을 찾아볼 수 있는데 이는 나라지방 말과는 상당한 차이를 보인다.

수도를 헤이안교(平安京:현재의 교토)로 옮긴 이후부터 4백년 동안을 헤이안시대라 한다. 그동안 중앙표준어였던 나라지방 말에서 교토말로 그 중심이 옮겨가는 시기로서, 가나(仮名) 문자가 성립되고 가나문학이 탄생하여 문학의 황금시기를 구가하게 된다.

후세사람들은 이 시대를 이상적인 세계로서 동경하여, 헤이안문학을 고전문학이라고 규정하고 당시의 문법체계를 고전문법으로 정하고 있다. 그러므로 현대어라고 하면 도쿄어를 뜻하고, 고어라고 하면 헤이안시대의 교토어를 대표로 하는 것이다. 그러나 헤이안시대는 귀족문화가 중심인 때였으므로 언어도 귀족들의 말이 중심이 되는 등 다양성이 결여되어 있다는 한계가 있다.

따라서 오늘날 사용되고 있는 현대어의 원류를 확실히 알기 위해서는 귀족문화에 편재(偏在)되었던 언어보다는 각계각층의 언어, 특히 일반민중의 언어 양상이 밝혀져야 한다. 그런 점에서는 귀족들의 힘이 약화되고 권력 쟁취를 위해 각지에서 유입된 무사들의 역할이 중앙무대에 나타날 때부터가 오히려 언어 자료로서의 가치를 갖는다.

11세기 중엽인 헤이안시대 말기에는 정치적 혼란기였던 만큼 상대적으로 무사들이 발탁되어 중앙으로 진출할 기회가 늘어났다. 따라서 무사들을 통해서 다양한 지방언어들이 중앙에 나타나기 시작한다.

중세는 가마쿠라시대를 시작으로 하는 막부정권의 설립으로 관동지역 무사들에 의해 관동어가 교토어에 가미되어 규범적인 고어에서 벗어나 근대어의 싹이 보이며, 이후 무로마치시대에 걸쳐 무사를 비롯한 승려, 일반인들의 언어생활이 반영되게 된다. 그래서 안도 마사츠구(安藤正次)는 나라, 헤이안시대를 집중·편재의 시대로, 11세기 중엽부터 무로마치시대까지를 분산·균등의 시대로 구분하기도 한다.

특히 무로마치시대는 고어와 현대어를 연결시켜 주는 가장 중요한 시기이다. 현대 일본어 상당부분의 원류를 찾을 수 있기 때문이다. 무로마치시대는 정치적으로 보자면 하극상의 시대로 사회는 대혼란으로 빠진 시기라고 할 수 있다. 기존의 권력과 권위가 일거에 붕괴되어 사회질서의 큰 전환기를 맞게 되는 것이다.

따라서 권력에서 벗어난 서민들이 자주적인 힘을 가지려 하고 상인들에 의해 유통의 발달이 이루어지게 된다. 이로 인해 문서를 작성할 일이 늘어나자 문자의 사용과 발달은 필연적인 것이 되었다. 그 결과 절에서 서민교육이 실시되는 등 지식층의 확대를 가져오게 된다. 즉 일본 민중이 문화생활의 표면에 나타나기 시작한 것이다.

이 시대는 또한 서양 선교사들에 의한 자료, 우리나라 조선시대에 만들어진 일본어 관련 자료, 중국자료 등 외국자료도 다양하다. 우리나라 사역원의 일본어 학습서『첩해신어』(捷解新語)도 대표적인 자료인데, 정중한 경어체의 문장을 적고 한글로 음주(音註) 및 대역(対訳)까지 하여 당시의 언어 양상을 알게 해준다.

이러한 자료를 통해 당시의 일반인들의 구어체, 발음 등 당시의 언어양상을 생생하게 알 수 있으며, 근대 일본어의 모습도 엿볼 수 있다.

당시의 예수회 선교사로서 포르투갈인인 로드리게스는 일본어에 대해 상세한 설명과 일본어를 사용하는 장면까지를 기술한 일본어학습서 『니혼다이분텐』(日本大文典)을 편찬하기도 했다. 선교사들은 또한『닛포지쇼』(日葡辞書)를 만드는 등 귀중한 일본어 자료들을 남기기도 했으므로, 무로마치시대는 한마디로 근대어의 요람기라 할 수 있는 것이다.

그 후 1603년 도쿄어의 본거지인 에도(江戸)에 도쿠가와 이에야스 (徳川家康)가 막부를 세움으로써 에도시대가 시작된다. 언어상으로는 현대어의 시대로 한 발 다가온 것이지만, 에도시대 전반부는 교토를 가미가타(上方)라고 하고 있는 것만 보더라도 교토 쪽을 윗전으로 모시고 있었기에 에도어가 그 중심이 될 수는 없었다.

도쿠가와가 관동지방 출신의 무사이며 관동의 에도에 막부를 열었으므로 에도어가 중심에 서야 하는 것은 당연한 것 같지만, 실제로 수도는 여전히 교토에 있는 상태였으며 또한 문화의 중심지였기 때문에 여전히 교토문화에 근거를 둔 교토어가 우위를 점하고 있었다. 그러므로 에도시대는 기존의 중심어인 교토어의 지위 고수와 이에 도전하는 에도어가 맞서는 양극의 시대라 할 수 있다.

에도시대는 신분이 뚜렷이 나누어진 시대였으므로 언어에도 그대로 반영되어 무사계급, 조닌(町人)계급, 여성어, 남성어 등으로 갈라지는데, 상류층 언어와 중하류층 언어로도 세분화되는 다양성을 보이고 있다. 하지만 이같은 에도 전기와는 달리 후기가 되면서 에도문화의 안착과 함께 에도어도 교토어의 세력하에서 탈피하여 독자적인 위치를 얻어 현대 일본어의 기틀을 잡아 나간다.

1868년 드디어 명실상부하게 수도가 도쿄-에도의 개명(改名)-로 옮겨지고 메이지(明治) 시대가 시작되었다. 봉건사회인 에도시대와는 달리 메이지시대는 유신과 함께 외국문물의 유입으로 극심한 변화를 맞이한다. 이 시대는 인위적으로 언문일치를 꾀하는 시기이기도 했으며, 학교의 설립 등 교육기회가 늘어나게 되어 전국적으로 국어교육이 이루어진다.

이에 따라 표준적인 언어의 제시가 필요하게 되고 문자의 통일 등 어휘적인 측면에서 많은 변화를 보인다. 그 후 매스컴의 발달은 점차 방언의 쇠퇴를 가져오고, 현재 에도어의 후신인 도쿄어가 중심이 된 공통어-표준어-의 시대를 맞게 된 것이다.

02. 일본어는 어디에서 왔을까?

【이인영】

일본인은 과연 언제부터 일본에 살게 되었을까? 또한 그들은 언제부터 오늘날 우리가 일본어라고 부르는 언어를 사용하게 되었을까?

미야기현(宮城県)의 바바단(馬場壇)에서 발견된 유적의 고고학적 연구를 통해 구석기시대, 즉 지금으로부터 약 15만 년 전에 일본의 원인(原人)이 불을 사용했다는 사실이 확인되었다. 이것이 현재로서는 가장 오래된 유적이다.

지리적으로 일본본토는 마지막 빙하기였던 약 2만 년 전까지만 해도 한반도 및 사할린과 연결되어 있었다. 따라서 인간은 물론 동물도 자유로운 왕래가 가능했을 것이다. 이같은 빙하기가 끝나고 얼음이 녹아 바다의 수위가 높아지자, 일본열도는 쓰시마(対馬) 해협, 쓰가루(津軽) 해협, 소오야(宗谷) 해협으로 나뉘면서 고립된 섬이 되어 신석기시대를 맞이한다. 그 후 조몬(縄文) 시대, 야오이(弥生) 시대를 거쳐 나라(奈良)시대로 이어지고, 이때부터 문자에 의한 기록이 가능하게 된다.

대륙과 연결되어 있던 시절, 일본에는 이미 사람이 살고 있었고,

또 섬나라가 된 이후에는 물론 오늘날도 마찬가지로 사람들이 살고 있다. 언어란 그 땅에 사는 사람들과 함께하는 것이므로, 일본어의 기원은 현대인, 신인(新人), 구인(旧人), 원인(原人)으로 거슬러 올라간다.

언어는 그 민족의 정체성을 나타내는 것이고 언어 안에는 그 민족 성원의 본질이 감추어져 있다고 할 수 있다. 그런 만큼 일본어의 기원과 계보를 밝히는 작업은 문화적으로도 대단히 의미 있는 일이다. 하지만 이러한 연구는 일본어만을 혹은 특정언어 하나만을 개별적으로 연구해서는 안 되고 전 세계의 언어를 시야에 두고 연구할 필요가 있다.

세계에는 많은 종류의 언어가 있다. 그중 2개 이상의 언어가 같은 언어에서 갈라져 나왔을 경우 그 조상이 되는 것을 조어(祖語)라고 하고, 그 언어 간의 파생관계를 계보도에 비유하여 언어의 계통(系統)이라고 한다. 2개 이상의 언어 사이에 존재하는 차이를 밝혀서 그 상호 간의 위치를 명확히 하는 학문을 비교언어학(比較言語学)이라고 한다. 또한 같은 기원에서 파생된 언어 전체를 '언어의 가족'(family of languages)이라고 하는데, 간단히 어족(語族)이라고도 한다.

세계에는 크게 인도·유럽어족, 셈·햄어족, 우랄어족, 알타이어족, 드라비다어족, 차이나·티베트어족, 남아시아어족, 말레이폴리네시아어족 등이 있다.

일본어가 다른 언어와 어떠한 관계에 있고, 또 어느 어족에 속하는가에 대해서는 메이지(明治) 시대 이래 많은 학자들의 연구가 있었으나 아직까지도 확정적인 결론을 얻지 못하고 있다. 지금까지의 연구결과를 분류하면 크게 북방기원설, 남방기원설, 혼합설의 3가지로 나눌 수 있다.

북방기원설은 일본어가 한국어, 몽고어, 퉁구스어, 터키어 등 북방아시아의 언어들과 계통이 같다고 보는 견해이다. 북방기원설을 주장한 후지오카 가쓰지(藤岡勝二) 박사는 어두(語頭)에 자음이 2개 오지 않고, r음으로 시작하는 단어-두음법칙(頭音法則)-가 없으며, 모음조화-나라시대까지 존재했다-가 있고, 명사·대명사의 변화에 성(性)이 관계하지 않는다는 등의 14항목을 들어서 이 설의 정당성을 주장했다. 그러나 북방언어에는 자음으로 끝나는 폐음절어가 있는데 반해 일본어는 그것이 없고 일치하는 어휘도 적어 이 설의 주장과는 어긋나는 사실도 있다.

북방어 중에서도 일본어와 가장 가까운 언어는 말할 것도 없이 한국어이다. 한국어와 일본어의 비교는 에도시대 이후 아라이 하쿠세키(新井白石), 아스톤(George W. Aston), 가나자와 쇼자부로(金沢庄三郎), 오구라 신페이(小倉進平), 오오노 스스무(大野晋) 등 많은 학자에 의해 연구되었다.

한국어와 일본어는 음운, 문법, 어휘면에서 다음과 같은 유사점이 있다.

1. 고대에 모음조화가 있었다. (한국어는 지금까지도 남아 있다)

2. 어두에 r 음이 오지 않는다. (현대어에서는 달라졌다)

3. 인칭·성·수·격에 의한 변화가 없다.

4. 전치사가 없고 후치사를 사용한다.

5. 수식어는 피수식어 앞에, 목적어는 동사 직전에 온다.

6. 조사·접미사 등에 유사한 것이 많다.

7. 〈밭:fata(일)-pat(한)〉, 〈들판:fara(일)-pəl(한)〉, 〈허리:kosi(일)-xəri(한)〉, 〈물:midu(일)-mil(한)〉, 〈사슴:sisi(일)-sasam(한)〉 등과 같이 음운상으로 유사한 어휘가 적지 않게 발견된다. 또한 대명사·인체를 나타내는 어휘에 유사한 것이 많다.

한국과 일본은 지리적으로도 어느 나라보다 가깝고, 그로 인해 문화적으로도 매우 밀접한 관계에 있다. 따라서 두 언어 사이에 나타나는 유사점이 언어적으로 같은 계통인데서 기인한 것인지 차용(借用)에 의한 것인지는 아직 확실치 않다. 이는 앞으로의 연구를 통해 밝혀가야 할 것이다.

남방기원설은 일본어의 기본적인 음질구조가 '자음+모음'이라는 점을 근거로 말레이폴리네시아어족이나 티베트어족과의 관련을 중시하는 견해로 마쓰모토 노부히로(松本信広), 슈미트(P. W. Schmidt) 등이 주장하였다. 그 논거는 특히 신체명칭·천체기상·농경 등의 어휘에 있어 일치하는 것이 많다는 점, 그리고 개음질이 많고 고저 액센트라는 점, 두자음(頭子音)이 2개 이상 겹치지 않는다는 점, 성·수·격·인칭의 변화가 없다는 점 등이다. 한편 수식어가 피수식어 뒤에 오고, 목적어·보어가 술어 뒤에 오며, 수사가 거의 대응하지 않는다는 등 중요한 점이 일치하지 않고, 어휘 비교도 방법론상 문제가 지적되어 현재로서는 유력한 설이라고는 할 수 없다.

혼합설은 일본어가 문법적으로는 북방적인 요소, 어휘에 있어서
는 남방적인 요소가 혼합되어 이루어진 것이라고 보는 견해인데, 폴
리바노프(E. D. Polivanov)와 무라야마 시치로(村山七郎), 밀러(R. A.
Miller) 등이 주장했다.

위의 3가지 설 외에 최근에는 후지와라 아키라(藤原明), 오오노 스
스무(大野晉)를 중심으로, 인도 중앙부에서 남부에 걸쳐 존재하는 드라
비다어족, 특히 그중에서도 타밀어와 계통이 같다고 하는 주장도 제기
되었다.

03. 우리의 옛 지명과 일본어

【이인영】

오늘날의 한국어는 일본어와 지정학적 거리만큼 가까운 언어인가? 아니면 생각보다는 가깝지 않은 언어인가? 일본어를 조금이라도 접한 사람이라면 갖게 되는 궁금증의 하나일 것이다. 더구나 한국어를 모국어로 사용하고 있는 필자로서는 궁금한 것이 또 있다.

'우리의 옛 지명과 일본어'라는 제목에서, '우리'가 뜻하는 것이 고대삼국 즉 신라 · 백제 · 고구려의 언어 전체를 지칭하는 말인지? 아니면 고대삼국 중에서 신라에 한정시킬 필요가 있는 말인지? 바꿔 말하면 고대삼국의 언어는 방언 정도의 차이뿐이었는지, 그 이상의 관계에 있었는지는 한국어사의 중요한 과제라 생각되는 점이다.

한반도에 있어 고대삼국의 언어를 단편적이나마 알 수 있게 하는 중요한 자료의 하나로 『삼국사기』(三國史記) 「지리지」(地理誌)가 있다. 그중에서도 특히 고구려 지명은 일본어의 계통과 관련하여 많은 주목을 받아 왔다. 고구려 지명 중에는 다음과 같은 지명들이 들어 있었기 때문이다.

　　三峴縣 一云 密波兮(mil/pahye)

　　五谷郡 一云 于次呑忽(ucha/tan/hol)

　　七重縣 一云 難隱別(nanun/byel)

　　十谷縣 一云 德頓忽(teuk/ton/hol)

　　삼국사기에 따르면 위의 지명에서 '一云'의 표음적(表音的) 지명은 고구려의 지명이고, 왼쪽의 표의적(表意的) 지명은 신라가 새로 중국식으로 개명한 것이다. 원래의 지명과 개칭된 지명의 관계는 '三=密', '五=于次', '七=難隱', '十=德', '峴=波兮', '谷=呑,頓', '重=別'과 같은 호응을 이루고 있다고 추정된다. 위의 용례 중에서 숫자와 관련이 있는 지명에 국한해서 생각할 때, 당시 정확한 한자음이 어떤 상태이었는지 알 수는 없지만, 고구려에서는 三, 五, 七, 十의 숫자를, '密, 于次, 難隱, 德'에 가까운 발음으로 말하고 있었다는 것이다. 그런데 이들 고구려 지명에 남아 있는 숫자가 오늘날의 우리말보다는 오히려 일본어의 그것과 음상(音相)이 유사하다는 것을 직감할 수 있다.

　　한국어 : 하나, 둘, 셋, 넷, 다섯, 여섯, 일곱, 여덟, 아홉, 열

　　일본어 : hitotsu(一), hutatsu(二), mittsu(三), yottsu(四),
　　　　　　 itsutsu(五), muttsu(六), nanatsu(七), yattsu(八),
　　　　　　 kokonotsu(九), to(十)

일본어의 수사는 '十'을 제외하고 기본적으로 'tsu'가 붙어 있고, 각 숫자에 보이는 자음의 발음은 이배수(二倍數)의 관계를 이루고 있다.

1(**h**ito)×2=2(**h**uta), 3(**m**it)×2=6(**m**ut), 4(**y**ot)×2=8(**y**at), 5(**its**u)×2=10(**t**o)

'7'과 '9'는 나누어서 정수가 되지 않는 숫자이다.

잘 알려진 『계림유사』(鷄林類事)에서는 고려어의 수사(數詞)를 다음과 같이 기록하고 있다.

一 河屯(hatun),　　二 途壱(toil),　　三 酒(ju),　　　　四 迺(ne),

五 打戌(tasul),　　六 逸戌(ilsul),　　七 一急(ilkup),　　八 逸答(iltap),

九 鴉好(aho),　　　十 噎(il)

이들 숫자의 표기가 당시의 한국어를 기록하고자 했다는 것은 의심의 여지가 없어 보인다.

수사가 신체어휘 등과 마찬가지로 비교언어학의 중요한 기초어휘로 다루어지고 있음을 생각할 때, 고구려 지명에 보이는 수사에 대하여 한국과 일본의 많은 연구자가 관심을 갖게 된 것은 자연스러운 일이었다고 생각된다. 위의 고구려 지명에서 '谷=呑, 頓', '重=別'의 대응은 일본어의 'tani'(谷), 'he'(重)와 각각 대응한다고 지적된 것이다.

『삼국사기』 지리지에는 위에 예시한 지명을 포함해서 164개의 고구려 지명이 기록되어 있고, 이들로부터 종래 많은 지명 어휘의 재구가 시도되어 왔다. 고구려 지명에서 재구된 지명어휘 중에서 일본어와 대응되는 단어가 많다면, 그만큼 고구려어는 일본어와 가까운 언어였을 가능성이 높아진다.

고구려 지명에 보이는 수사에 한정해서 생각해 본다면, 1에서 10까지의 숫자 중에서 우연히 기록되어 있는 4개의 수사가 한국어보다는 오히려 일본어와 유사하다고 생각되기 때문에, 확률적으로는 40%가 아니라 64% 이상의 수치로 고구려어와 일본어는 가까운 언어라는 예상을 해볼 수가 있다. 기록되어 있지 않은 다른 6개의 수사는 미지수이기 때문이다.

고구려어와 일본어와의 관계를 생각해 볼 때, 『삼국사기』 지리지에서 신라 지명이라고 말하고 있는 다음과 같은 지명도 주목해 볼 필요가 있다.

玄驍縣 本推良火縣 一云三良火

여기서는 三이 推와 호응하고 있는데, 다음 지명에서는 推는 密과 서로 호응하고 있다.

密津縣 本推浦縣
密城郡 本推火郡

다시 말하면 신라 지명은 고구려 지명과는 달리 '推'를 훈독(訓讀)해서 '密'로 개칭한 것이다. 결과적으로는 '三=推=密'의 관계로 추정되고, 이것은 고구려 지명에 보이는 '三=密'과 똑같은 대응관계에 있다고 생각된다.

이들 지명은 서로 인접해 있고, 옛날의 가야국(伽倻國)이 위치했던 지역이다. 그렇다면 어떤 이유에서 이 지역에 고구려 지명에서 '密'로 읽히는 '三'이 존재하고 있는 것인지가 숙제로 남아 있다고 볼 수 있다. 역사의 기록으로는 고구려가 이 지역까지 진출했다고 보기가 어렵다. 따라서 고구려 지명, 더 나아가서 고구려어라는 개념은 보다 넓은 관점에서 다시 해석할 필요가 있을 것이다. 고구려어라는 개념으로는 백제와 고구려 그리고 가야와 고대일본을 연결시켜 주는 언어의 루트(route)를 합리적으로 설명하기 어려운 일이라 생각되기 때문이다.

04. 이두와 일본의 만요가나는 닮은 꼴?

【고수만】

만약 세종대왕께서 한글을 창제하시지 않았다면 지금 우리의 언어 생활은 어떨까? 한글이 없다면 우리말의 갓난아이나 어린 아이를 뜻하는 '아가'라는 말소리를 어떻게 적을까? 유식한 사람이라면 한자로 '乳兒' 또는 '幼兒'라고 쓴다든가, 영어로 'baby'라고 쓰겠지만 이는 중국 어나 영어이지 우리말 소리를 적은 것이 아니다.

'아가'라는 말을 서양 사람이 들었다면 'aga'라고 적었을 것이고, 일본 사람이었다면 'あが'라고 적을 것이다. 그러니까 세종대왕께서 한 글을 창제하시지 않았다면 지금쯤 우리는 우리말 '아가' 음을 'aga' 혹 은 'あが'라고 적고 있을지도 모른다. 실제로 베트남은 예전에는 한자 문화권에 속해 우리처럼 한자와 한문을 사용하였지만, 프랑스 식민지 통치를 거치면서 이제는 알파벳 사용이 보편화되어 있다.

한글이 창제되기 이전 한자와 한문밖에 몰랐던 우리의 선조들은 '아가'를 소리나는 대로 적으라고 하면 아마도 '阿可' 등으로 적었을 것 이다. 즉 한자의 의미와는 상관없이 그 음만으로 적는 것이다. 이와 같이 고유의 문자가 없었던 시대에 한자를 가지고 그 원래의 의미와는 상관없이 음이나 훈을 이용하여 우리말을 적었던 표기 방식을 이두(吏讀)라고 한다. 그리고 일본에서도 그와 아주 흡사한 표기 방식이 사용되었는데, 그것을 만요가나(万葉仮名)라고 한다.

한자는 원래 글자를 보고 의미를 알 수 있는 뜻글자이지만 뿐만 아니라 소리(音)도 갖고 있다. 이두나 만요가나는 한자의 2가지 요소인 훈과 음 가운데 하나를 이용하여 자국어를 표기하는 표기법이다. 그러면 이두와 만요가나의 예를 들어 비교해 보도록 하자.

入良沙　寝矣　<u>見昆</u>
들어△라 자리　<u>보곤</u>

잘 알려진 신라 향가의 하나인 처용가(處容歌)의 한 구절이다. 문장 끝의 '見昆'의 해석은 '보곤'이 되는데, 見은 '보다'라는 훈을 이용하여 어간을 나타낸 것이고, 昆은 '곤'이라는 음을 이용하여 어미를 나타낸 것이다.

일본에서 가나가 만들어진 비슷한 시기에 이로하 우타(いろは歌)라는 시가가 만들어졌다. 이로하 우타는 가나 47자를 각각 한 번씩만 사용하여 지은 시가로 'いろはにほへと…'와 같이 시작되어 이로하 우타라는 명칭이 붙은 것이다. 여기서 いろは를 만요가나로 적은 것을 보면, 伊呂波 또는 色葉로 되어 있다.

伊呂波 : い(伊) ろ(呂) は(波)라는 일본식 한자음을 이용한 만요가나이다.

色葉 : いろ(色) は(葉)라는 일본식 한자의 훈을 이용한 만요가나이다.

고유의 문자를 갖지 못했던 예전의 우리나라나 일본에서는 중국의 한자와 한문을 이용하여 자신이 표현하고자 하는 바를 적었다. 그러나 우리말이나 일본어는 중국어와는 언어체계가 다르기 때문에 그 사용에는 한계가 있을 수밖에 없었다.

예를 들어 '나는 하늘을 본다'와 같은 일반적인 내용은 '我見天'과 같이 한자를 이용해 표현할 수 있지만, 서울과 같은 지명이나 사람의 이름 같은 인명 등 순수한 우리말로 된 고유명사의 표기는 불가능했을 것이다. 따라서 일찍부터 한자의 원래의 의미와는 상관없이 음만을 빌려 고유명사 등을 적는 표기법이 이용되어져 왔다. 이는 앞서 지적한 대로 한자가 의미뿐만 아니라 음을 갖고 있기 때문에 가능했다.

이두나 만요가나는 신라나 일본에서 독창적으로 만들어 쓴 것은 아니라고 여겨진다. 고대 중국에서는 중국어를 사용하지 않는 이민족들에 대해 그들의 인명이나 지명 등 고유명사를 한자 원래의 뜻과는 상관없이 한자의 음만으로 표기하는 표기법-가차(仮借)-이 발달했다. 일본의 옛 이름 야마토(やまと)를 '耶馬台'로 표기하는 예 등이 그것이다.

이러한 한자를 이용한 표기법은 고구려를 거쳐 신라, 백제로 전승되면서 한자의 음뿐만이 아니라 훈까지도 이용하는 표기법으로 발전한 것으로 보여지고, 다시 일본으로 전해진 것으로 생각된다.

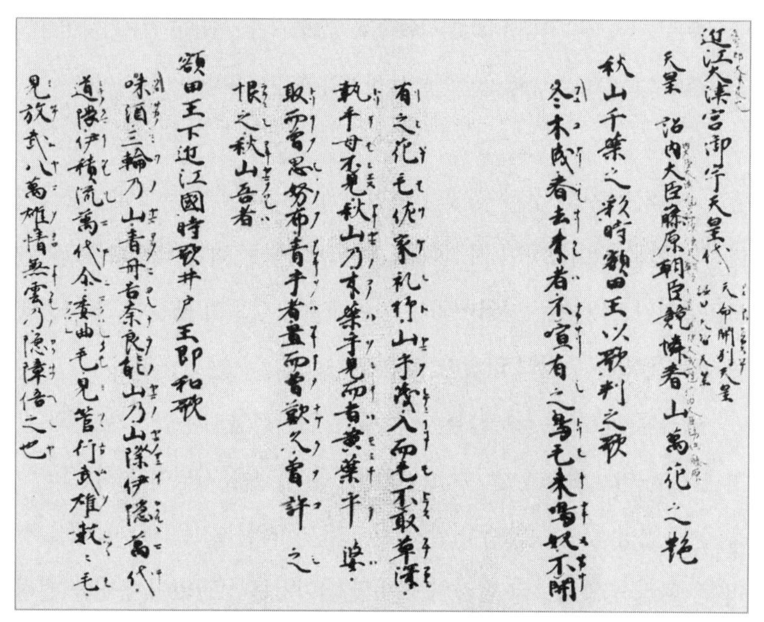

이두 표기는 처음에는 금석문(金石文) 등에서 지명이나 인명 표기 등에 주로 이용되었고, 점차 사서 등의 문서에서도 사용되었으나 단편적인 것들이 대부분이다. 문장의 형태로는 『삼국유사』(三国遺事)와 『균여전』(均如伝)에 기록된 신라시대의 향가 25수가 전해지는데, 여기에는 인명, 지명뿐만 아니라 조사, 어미 등 고대한국어의 형태를 보이는 요소들이 담겨져 있어 귀중한 자료가 되고 있다. 이두로 기록된 향가에 대한 해독은 일제시대 일본인 학자 오구라 신페이(小倉進平)에 의해 처음 시도되었고, 이후 양주동, 이숭녕 등 우리나라 학자들에 의한 해독도 이루어졌다.

일본에는 우리나라의 향가와 같은 고시가를 모아 놓은 『만요슈』(万葉集)라는 시가집이 있다. 만요슈는 총 20권으로 구성되어 있으며 4,496수라는 방대한 양의 고시가가 수록되어 있으며, 모두 한자의 음과 훈을 빌린 이두식 표기로 기록되어 있다.

그러한 만요슈의 시가를 적는데 사용된 한자를 만요가나라고 하는데, 그 사용례는 『만요슈』뿐만 아니라 비슷한 시기에 출간된 『니혼쇼키』(日本書紀)나 『고지키』(古事記), 『후도키』(風土記) 등의 문헌에서도 많이 보인다. 또한 『만요슈』 출간 이전에도 금석문이나 고문서 등에 한자의 음을 이용하여 인명, 지명 등을 표기한 예가 있다.

이두와 만요가나는 모두 고유의 문자가 없었던 시대에 한자의 원래의 의미와 상관없이 그 음과 훈으로 자국어를 기록하는 문자의 역할을 했다는 점에서 닮은꼴이라고 할 수 있겠다. 더구나 그것이 향가, 만요슈와 같은 시가를 적는데 많이 이용되었다는 공통점을 갖고 있다.

그것은 아마도 중국의 한시와는 다른 자국(自国) 고유의 시가를 기록하는 데는 역시 고유의 언어로 표현하는 것이 가장 적절하다는 것을 느끼고 있었기 때문이었을 것이다. 다만 고유의 문자를 갖지 못했던 탓에 중국의 문자인 한자를 수단으로 빌리되 그 음과 훈으로써 아쉬운 대로 자국 고유 시가의 참맛을 표현하고자 했던 것이리라.

우리나라의 이두는 신라에서 고려로 나라가 바뀌면서, 더구나 과거제의 시행 등으로 한문의 세력이 더욱 강성해지면서 더 이상 발전하지 못하고 한문을 읽는데 필요한 구결(口訣) 정도로 겨우 명맥을 이어 왔지만, 일본의 만요가나는 나라(奈良) 시대 이후에도 계속 폭넓게 사

용되고 발전되어 히라가나, 가타카나와 같은 문자가 만들어지는 토대
가 되었다.

한편 우리나라의 국어학계에서는 이두식 표기가 고구려와 신라에
만 있었고 백제에는 없었다고 본다. 그것은 아마도 백제의 문헌이 존재
하지 않기 때문일 것이다. 그렇지만 백제와 옛 일본과의 밀접했던 관계
를 생각하면 얼른 수긍이 가지 않고, 그런 설을 다시 생각하게 하는 자
료도 있다.

일본의 『고지키』나 『니혼쇼키』를 보면 백제의 31대 무령왕은 섬에
서 태어났다고 해서 '섬왕'이라는 별호를 갖고 있었다는 기록이 있는데,
우리나라의 학계에서는 이를 허구로 보았다. 그런데 1970년대에 공주
에서 무령왕능이 발굴되었을 때, 무령왕이 '사마왕'(斯摩王)이라는 별호
를 갖고 있었다고 기록된 명문(銘文)도 함께 발굴되었었다. '斯摩'는 일
본 한자음으로는 'しま'라고 읽으며 '섬'이라는 뜻이다. 또한 일본의 옛
문헌에 나타나는 섬의 표기를 보면 '斯麻'라는 만요가나가 많이 쓰였음
을 알 수 있다. 그리고 '麻'는 '摩'와 같은 쓰임을 가진 자(字)이다.

백제와 옛 일본과의 밀접했던 관계를 생각한다면 한문 이외에도
서로 흡사한 표기방식을 공유했을 것이라는 추측이 가능하며, 위의 무
령왕의 예는 이를 뒷받침하는 것으로 볼 수 있을 것이다.

05. 가나의 탄생

【고수만】

일본과 우리나라는 오랜 동안 한자 문화권의 영향하에 있었던 나라였지만, 드물게 고유의 문자를 갖고 있는 나라이다. 우리의 한글에 해당하는 일본의 문자는 히라가나(ひらがな)와 가타카나(カタカナ)이다. 하나의 음을 나타내는데 고유의 문자가 2종류나 존재하는 예는 세계적으로도 특이한 케이스라고 할 수 있다. 얼핏 생각하면 하나의 음을 두 가지로 표기하는 데에 따르는 혼동 등으로 불편할 것 같지만, 일본인들은 2종류의 문자를 놓고 교묘하게 그 사용법을 달리하여 불편하기는커녕 나름대로 풍요로운 언어생활을 영위하고 있다.

가나(かな)가 일본 고유의 문자라고는 해도 한글과 같이 독창적인 과정을 통해 새롭게 만들어진 것은 아니다. 히라가나와 가타카나가 만들어지기 전에는 한자의 음과 훈을 빌린 만요가나(万葉仮名)가 사용되었었는데, 히라가나와 가타카나는 모두 그러한 만요가나가 모체이다. 즉 가나는 한자에서 유래한 것으로, 2종류가 생겨나게 된 것은 만들어

질 당시의 역사적 배경이 다른 데서 기인한다.

'가나'는 한자로 '仮名'라고 쓴다. '나'(名)는 이름이라는 의미 이외에도 글자, 문자라는 의미도 갖고 있다. '가'(仮)의 훈(訓)은 '가리'(かり)로, '가나'는 '가리나'(かりな)에서 '간나'(かんな), 가나로 변해 왔다. 가나라는 말의 뜻은 '가리'가 '임시' 또는 '가짜' 등의 뜻을 가졌으므로, 해석하면 '가짜글자'라는 뜻이 된다. 이에 비해 한자는 '마나'(真名)라고 불러 '진짜 글자'나 '정식 글자'라고 생각했으며, 예전의 우리나라에서 한문을 '진서'(真書)라고 대접하고 한글로 쓰여진 문장을 '언문'이라고 부르며 천시했던 것과 같은 맥락이라 할 수 있다.

히라가나(ひらがな)

히라가나는 헤이안시대 중기인 10세기 경에 만요가나로 사용되던 한자의 초서(草書)가 더욱 간략화되면서 생겨났다. 한자는 복잡한 점과 획을 갖는 글자들이 많아서 쓰기 편한 초서체의 만요가나가 널리 사용되었다. 이렇게 초서체로 쓰여진 만요가나를 '소가나'(草仮名)라고 하는데, 이 소가나의 점과 획을 더욱 간략화한 것이 '히라가나'이다. 따라서 히라가나의 글자체는 그 바탕이 되었던 한자의 모습을 지니고 있다. 예를 들자면 '安'이 'あ'가 되었고, '仁'이 변해 'に'가 된 것이다. 참고로 소가나, 히라가나에 비해 정식의 한자로 쓰여진 만요가나를 '마가나'(真仮名)라고 불렀는데, 여기서도 한자를 중시했던 모습이 엿보인다.

'히라가나'라는 명칭은 근세 이후인 17세기 경에 붙여진 명칭으로, 그 이전에는 마나(真名)에 대립되는 개념의 명칭으로 가나, 간나

(かんな), 또 주로 여성들이 사용한다고 하여 '온나데'(女手) 등으로 불리었다.

소가나가 쓰이기 시작하던 헤이안시대 초기에는 한자와 한문은 지식층 남성들의 전유물이었다. 당시의 여성들은 한자를 몰라 만요가나조차도 사용할 수 없었기 때문에 소가나를 더욱 간략하게 한 글자체를 가지고 시가나 편지 등을 적었고, 이러한 과정을 통해 한자로부터 독립하여 여성용 문자로서 자리를 잡게 되었다 하여 '온나데'라고 불리게 된 것이다.

헤이안 시대 중기인 10세기 이후에는 『만요슈』(万葉集)의 전통을 잇는 와카(和歌)를 적는 데에도 사용되지만, 여성들에 의한 모노가타리(物語), 일기, 수필 등 가나문학의 융성을 불러왔고, 이와 함께 글자의 모양도 현재와 비슷한 곡선을 가진 우아한 모습으로 바뀌게 되었다.

히라가나는 이후에도 여성들에 의해 명맥을 이어오다가 에도(江戶) 시대에 서민교육의 보급과 함께 널리 사용되게 되었다. 우리나라의 한글이 창제 이후 여성들에 의해 주로 사용되며 명맥을 이어온 것과 흡사하다고 할 수 있다.

만요가나는 한자의 음과 훈을 빌린 것이었기에, 예를 들어 'い'를 나타낼 때 만요가나로서 伊, 夷, 怡, 以, 異, 已 등 비슷한 음을 갖는 여러 종류의 한자들이 사용되었다. 그렇기 때문에 히라가나도 초기에는 많은 글자체들이 존재했지만, 점차 복잡한 글자체들은 도태되었고, 최종적으로 1900년의 소학교령 제정이후 현재와 같은 글자체가 정립되었다.

하지만 소학교령 제정 이후에도 공식문자로는 한자와 가타카나가 우선이었고, 히라가나는 다음 순위로 여겨졌었다. 히라가나가 현재와 같이 제1의 문자로서 대접받게 된 것은 1945년 패전 이후, 보통교육이 확대되면서부터라고 할 수 있다.

가타가나(カタカナ)

가타카나는 만요가나로 사용되던 한자의 초서체가 간략화되어 만들어진 히라가나와는 달리 만요가나로 사용되던 한자들 중 일부를 떼어서 만든 글자이다. 즉 '伊'는 'イ'로, '仁'은 'ニ'가 된 것이다.

'가타'(片)라는 말은 '불완전한, 충분치 못한, 부조화' 등의 의미를 가진 말로, '가타카나'(片仮名)는 '불완전한 문자'라는 뜻이 된다.

가타카나는 헤이안시대 초기에 승려들이 한문으로 된 불교의 경전을 훈독할 때 한자 읽는 법이라든가, 조사, 조동사 등을 문장의 좌우행간 등에 기입했던 것에서 비롯되었다.

한문 훈독이란 일본어와 어순과 어법이 다른 중국어로 기록한 한문을 일본어의 어순에 맞추어 읽는 것을 말하는데, 훈독을 하기 위해서는 중국어에는 없는 조사라든가 조동사를 기입할 필요가 있다. 좁은 행간에 그러한 것들을 적어 넣기 위해서는 복잡한 만요가나의 글자체는 불편하고 비능률적이었을 것이므로, 간단히 쓸 수 있는 표기방식이 고안되었을 것이다. 따라서 초창기에는 문자라기보다는 한문 훈독의 보조기호로서 부호적인 성격이 강했다고 할 수 있다.

이후 가타카나는 불교 경전뿐만 아니라 일반의 한문을 훈독할 때

에도 사용하게 되어 널리 보급되었다. 초기에는 히라가나와 마찬가지로 많은 다른 글자체가 있었지만, '간단하게'라는 효율성 때문에 히라가나와는 달리 헤이안 중기에 이미 통일된 글자체의 모습을 보인다.

헤이안 후기에는 점차 부호적인 성격에서 벗어나, 그때까지 만요가나로 기록되었던 것들을 가타카나로 대체하면서 문자로서의 독립성을 갖기 시작한다. 이후에는 필요한 것을 가타카나로 적는 것이 보편화되고, 한자와 섞어 쓰면서 불교 경전이나 유학 경서의 주석서뿐만 아니라 다양한 장르의 문학 작품에도 사용되게 되었다.

가타카나는 그 탄생배경이 한문의 훈독과 관련이 있는 만큼, 학술적인 성격이 강한 글자로 인식되어 중세 이후에 출간된 대부분의 학술서적은 한자와 가타카나가 섞여 쓰였고, 공문서에도 그러한 문체가 사용되었다. 이러한 관습은 1900년 소학교령 제정에 의한 가타카나 글자체의 통일 이후에도 계속되어 관청의 공문서나 학교의 교과서 등은 모두 한자와 가타카나가 섞인 문장으로 쓰여지는 등 공식적인 문자로 대접받았다.

하지만 1945년 이후 보통교육 확대와 함께 히라가나가 널리 사용되면서부터는 가타카나는 주로 외국의 지명·인명이나 외국어, 그리고 외래어의 표기에 주로 사용되게 되었는데, 이 역시 가타카나가 만들어질 때 당시로는 외국어였던 한문을 읽는 데에 사용되었다는 사실과 무관하지 않을 것이다. 그 밖에도 가타카나는 의성어, 일부의 동식물명과 전문용어, 그리고 무엇을 강조하거나 두드러지게 나타내고자 할 때 사용되고 있다.

일본어에는 띄어쓰기가 없다. 만일 히라가나, 또는 가타카나의 어느 한 쪽으로만 작성된 문장이 있다면, 그 의미 파악은 보통 어려운 일이 아니다. 그렇지만 히라가나와 가타카나, 그리고 한자가 각자의 사용영역으로 분화되어 사용됨으로써 큰 불편없이 언어생활을 영위하고 있는 것이다.

06. 옛날 일본인들은
동물울음 소리를 어떻게 썼을까?

【조대하】

'멍멍 · ワンワン · Bow-Wow', '야옹 · ニャア · Mew-Mew', '꼬끼오 · コケコッコ · Cock-a-doodle-doo' 등 동물들의 울음소리나 자연계의 소리를 표현한 말을 의음어(擬音語) 또는 의성어(擬声語)라 하는데, 나라에 따라 조금씩 다르다.

과연 이러한 표현의 차이는 어디에서 오는 것일까? 한마디로 말하면 언어와 문화의 차이에서 오는 것이다. 우리들은 정확하게 동물의 울음소리를 구별해서 듣고 있는 것처럼 느끼고 있지만 잘 들으면 동물의 울음소리도 정해진 모음과 자음만으로는 표현할 수 없을 정도로 다양한 소리로 이루어져 있다. 오히려 개의 울음소리는 '멍멍'이라고 정하고 나서부터 '이것이 개의 울음소리다'라고 말할 수 있는 것이다.

구체적으로 말하면 일본어의 경우 개의 울음소리는 ワン이거나 ウ -ワン이라도 또는 グワン도 상관없다. 누군가가 당시의 풍토 속에서 문득 ワン이라고 하는 소리를 친숙하게 느껴 선택했을 뿐이며, 이것이 아무도 모르는 사이에 일본의 문화적인 결정이 되고 만 것이다. 따라서

41

몇백 년이 지난 후에도 개는 ワン하고 우는 동물이라고 확실히 단정할 수 있을지는 알 수 없다.

그러면 옛날 일본인의 귀에 동물들의 울음소리는 어떻게 들렸으며, 이를 어떻게 표현했을까? 이것은 옛 문헌에 나타난 표기에 의존할 수밖에 없다.

다시 우리들에게 가장 친숙한 동물인 개의 울음소리의 예를 들어 보자. 에도(江戸) 시대의 교카(狂歌) 중에는 개의 울음소리를 ベウベウ로 표현한 것이 보이며, 11세기 중엽에서 후반에 걸쳐 완성되었다고 하는 『오오카가미』(大鏡)에는 개의 울음소리를 ビヨ라고 표기한 기록이 보인다. 이 ベウベウ와 ビヨ는 서로 통하는 의성어라고 보여지며, 이 형태는 주로 문예작품 속에서 사용되었던 것 같다. 따라서 ワンワン이 일상적인 의성어라면 ベウベウ는 양식화된 전통적인 의성어였다고 보여진다.

또한 꾀꼬리 울음소리의 경우, 오늘날에는 ホーホケキョー로 표현하지만 무로마치(室町) 시대에는 좋은 소리로 표현하기 위해 'ツーキヒホシ'(月日星)로 표기한 기록이 있으며, 에도시대에는 불교가 융성했던 시대적인 배경을 반영했는지 ホウホケキョウ(ほう法華経)로 표기한 기록이 있다. 이처럼 동물들의 울음소리에 대한 표현은 시대에 따른 문화 및 언어의 차이에 따라서도 달랐을 것이다.

이 외에도 일본의 옛 문헌을 살펴보면 말의 울음소리는 イ, 벌소리는 ブ, 참새는 シウシウ 등으로 나타난다.

히라가나와 가타카나가 없었던 나라(奈良) 시대에 사용되었던 만요가나에는 한자의 음을 이용한 음가나, 한자의 훈을 이용한 훈가나가 있었는데 그중에는 유희(遊戱)와도 같은 기쇼(戱書)라는 것도 있었다. 기쇼란 익살의 정도를 강하게 하고 연상, 유추에 의한 것으로써 여기에도 다음과 같이 동물의 울음소리를 이용한 용자법이 보이는데 이것을 의성(擬声)이라 한다. 예를 들어 만요슈 12권 2991번의 노래를 보면 다음과 같은 기쇼가 보인다.

垂乳根之 母我養蚕乃 眉隱 馬声蜂音石花蜘蛛荒鹿 異母二不相而 (원문)
たらちねの母が 飼ふ蚕のり繭隱りいぶせくもあるか妹に逢はずして

위의 예문에서 'いぶせくもあるか'란 기분이 개운치 않고 우울함을 표현한 어구인데 여기에서 만요가나 원문에서는 말소리의 馬声이란 문자로 い를, 벌소리의 蜂音이란 문자로 ぶ를 나타내고 있다.

기쇼에는 이외에도, 다음과 같은 예들이 있다.

猶八成牛鳴 → なほやまもらむ(万葉集 2839)

逢義之有者 → あひてしあれば 왕희지(王羲之)는 서성(書聖)이라고 불릴 정도의 글씨의 명인이므로 義之를 써서 데시(てし ; 手師 : 명필가)라고 읽혔다.(万葉集 2066)

八十一隣之宮 → くくりのみや (万葉集 3242)

二八十一不在国 → にくくあらなくに (万葉集 2542)

또한 二二·重二·並二 → し, 二五 → とを, 三五 → もち(十五를 も
ち라고 하는 데서 왔음), 十六 → しし 등과 같이 한자의 의미와는 관계없
이 반은 장난기가 섞인 표기도 있었는데 이 시대에 벌써 현대의 구구단
과 같은 것이 있었다는 것이 흥미롭다. 그런데 「歷史硏究」 제416호에는
만요슈의 '기쇼'는 한국에서 유래했다고 하는 기술이 있다.

옛 일본 문헌에 나타난 동물들의 울음소리는 고대일본어 연구에
귀중한 자료가 되기도 한다. 예를 들면 국어학자인 가메이 다카시(亀井
孝)는 고대문헌에 나타난 참새 울음소리가 シウシウ라고 해서 현대어
의 チュウチュウ와 비교해 고대 일본어의 サ행 자음은 현대어와 같은
마찰음 **s**가 아니라 파찰음 **ts**였다고 추정하고 있다.

또한 말의 울음소리는 현대일본어로는 ヒヒン이지만 나라시대에는
이것을 イ로 나타냈다. 이것은 왜일까? 이에 대하여 일본의 국어학자
인 하시모토 신키치(橋本進吉)는 「古代国語の音韻について」(고대국어 음
운에 대해서)에서 다음과 같이 설명하고 있다.

"일본어에 hi와 같은 음이 없었던 시대에는 말의 울음소리에 가장 가까운
음으로써는 イ이외는 없었으므로 이것을 イ소리로 모사(模写)한 것은 당연
할 수밖에 없다. 또한 후세에는 ヒン이라 하지만 ン소리도 옛날 일본어에
는 없었기 때문에 イン이라 하지 못하고 단지 イ라고 말했을 것이다."

이렇게 보면 고대 문헌에 보이는 말의 울음소리는 일본어의 は행 자음의 변천사를 연구하는데 귀중한 자료가 된다고 할 수 있다.

어떤 언어의 어원 등에 대해서 조사를 해보면, 그 언어는 여러 가지 음운 변화를 거쳐 현재에 이르렀음을 알 수 있다. 그런데 언어의 변화에는 다양성이 있다. 즉 자연발생한 말이 차용 등을 통해 다른 언어와 통합되어 결과적으로 현재는 통합된 채 사용되고 있는 것이다. 음운의 변화와 함께 모음 및 자음의 수도 시대에 따라서 증감한다.

일본어의 경우도 이와 같은 변화가 일어난 후 현재의 일본어가 있는 것이다. 또는 언어체계 및 문화적 배경이 다른 나라에서 별개의 의성어, 의태어가 발생하고 그것이 차용되는 것은 당연하다. 그중에는 우연의 일치로 같은 것도 있으나 넓은 시야에서 앞으로 몇백 년 후를 생각했을 경우, 지금까지 국가라는 좁은 지역에서 이루어진 말의 독자성이 마침내 통합되어 단일한 말이 될 가능성도 적지 않다. 특히 일본어에서 외래어의 차용이나 정착은 현저하므로, 몇백 년 후 일본어에 있어서 개의 울음소리는 영어와 같은 *バウバウ*가 될지도 모른다.

07. 옛날에는 일본어 모음이
지금보다 많았다?

【고수만】

일본어를 조금 공부한 사람이라면 일본어에는 5개의 모음 あ·
い·う·え·お가 있다는 것을 배웠을 것이며, 이에 의문을 갖는 사람
은 아마 없을 것이다.

그러면 우리말의 모음 수를 생각해 보자. 대부분의 사람들은 아무
런 생각없이 '아, 야, 어, 여…'를 떠올리며 10개라고 생각할 것이다.
여기서 우리말과 일본어의 모음을 비교해 보자. 그러면 '어! 일본어에
도 우리말의 '야·요·유'와 비슷한 や·よ·ゆ가 있는데 그것들은 왜
모음으로 세지 않을까?' 하는 의문이 생길 것이다. 결론부터 말하자면
우리말의 모음 수를 세는 방법이 잘못되었기 때문에 그러한 의문이 생
기게 되는 것이다.

일본어에서는 や·ゆ·よ는 반모음과 모음이 결합된 것으로 모음
으로 여기지 않는다. 즉 ゆ는 '반모음(j)+모음(a)'와 같이 된 것으로,
반모음을 제외하면 모음 あ와 중복되므로 や·ゆ·よ는 모음으로 세지
않는 것이다.

모음의 수를 세는 방법은 언어마다 조금 다르지만, 어느 언어에서나 반모음이 들어간 것은 모음으로 간주하지 않으며, 일본어나 한국어에서는 이중모음의 경우도 독립된 모음으로 간주하지 않는다. 그래서 일본어의 모음 수는 あ·い·う·え·お의 5개로 보는 것이 일반적이다. 참고로 우리말의 모음 수는 '아, 야, 어, 여······'에서 '야·여·요·유'를 빼고 '애·에'를 넣어 8모음으로 보는 것이 보통이다.

일본어의 모음이 지금과 같이 5모음 체계로 된 것은 9세기 이후부터로 그 이전에는 보다 많은 모음이 사용되었던 것으로 추정된다. 그러한 흔적은 8세기 말엽에 나온 『만요슈』(万葉集), 『니혼쇼키』(日本書紀), 『고지키』(古事記) 등의 고문헌에 사용된 만요가나의 용법에 남아 있다.

만요가나 가운데 일본어의 1음(音)을 1자(字)의 한자(漢字)로 표기한 것은 대부분 당시의 일본어 음에 가까운 한자를 사용하였기 때문에 이 음가나의 사용예를 조사해 보면 당시의 일본어의 모습을 상당 부분 재현할 수 있다.

다음의 음가나의 사용예를 살펴보면 재미있는 사실을 확인할 수 있다.

쓰키(つき:月) : 都紀, 都奇, 追奇
기미(きみ:君) : 岐美, 岐弥, 企弭, 伎美, 吉美

여기서 き를 나타내는데 사용된 한자를 보면, つき에서는 紀·奇와 같은 한자가 사용되었고 きみ에서는 岐·企·伎 등의 한자가 사용되었다. 현재의 한자음을 보면 紀·츄나 岐·企·伎 모두 일본한자음에서는 き로 읽히는 것으로 2그룹 사이의 구분은 없다. 또한 우리 한자음에서도 현재는 모두 '기'로 읽어 구분이 없고, 현대중국어에서도 둘 사이의 구분은 없다.

그런데 이 き를 나타내는 두 그룹의 만요가나들은 서로 교체되어 사용되는 일이 없었다. 그리고 여기에는 예외가 없었다. 즉 つき의 き에는 きみ에서 사용되는 岐·企·伎 등의 한자가 사용된 예가 없고, きみ의 き에는 つき에서 사용되는 紀·츄와 같은 한자들이 사용된 예가 없었다. 현재와 같이 つき의 き와 きみ의 き가 같은 음이라면 그렇게 구분해서 쓸 필요는 없었을 것이다. 이렇게 되면 つき의 き와 きみ의 き가 서로 다른 음이라고 볼 수밖에 없을 것이다.

실제로 이들 두 그룹이 서로 다른 음이라는 것을 보여주는 문헌들이 있다. 중국의 옛 한자음의 형태를 알 수 있는 수·당 시대에 출간된 『운서』(韻書)나 『운경』(韻鏡) 등에서는 이들 2그룹의 한자음이 서로 다르다. 그리고 수·당 시대의 한자음의 모습을 비교적 충실하게 지키고 있다고 인정받는 우리나라의 한자음에서도 훈민정음 창제 당시의 한자음을 적은 문헌들을 보면 岐·企·伎 등의 한자는 '기'라고 적혀 있고, '紀·츄' 등의 한자는 '긔' 라고 적혀 있다. 긔 〉기로 변화하여 현재는 '기' 로 통합되었지만, 분명 우리 한자음에서도 양자는 구분되어 있었다.

이러한 만요가나 용법상의 구분은 き뿐만이 아니다.

い단 : き・ぎ・ひ・び・み
え단 : け・げ・へ・べ・め
お단 : こ・ご・そ・ぞ・と・ど・の・よ・ろ

위와 같이 い단・え단・お단에서 두 그룹으로 나뉘어 사용된 것이 보인다. お단에서의 구분은 현재의 우리 한자음에서 확인할 수 있다. 예를 들어 こ를 나타낼 때, 한 쪽은 '古'가, 다른 한 쪽은 '許'가 주로 사용되었다. 현재의 일본한자음에서는 古나 許 모두 こ로 읽는 것으로 차이가 없으나 만요가나에서는 엄격하게 구분되어 사용되었다. お단에서 만요가나로 사용된 한자들의 우리 한자음을 보면, 한 쪽은 주로 모음 '오' 를 갖는 한자들이, 다른 한 쪽은 '어'나 '으'를 모음으로 갖는 한자들이 사용되었음을 알 수 있다.

이러한 만요가나 용법상의 구분 사용을 '상대특수가나표기법'(上代特殊仮名遣い)이라고 부른다. 이 상대특수가나표기법을 놓고 일본의 국어학계에서는 오랫동안, 나라 시대에는 あ・う는 현재와 같았고, い・え・お에는 각각 2계열이 존재하여 모두 8개의 모음이 존재했다고 하는 소위 8모음설이 정설처럼 여겨져 왔었다.

그러나 1980년대에 들어 8모음설의 문제점을 지적하며 이의를 제기하는 설들이 제기되기 시작하여, 이후 현재와 같다는 5모음설을 비롯하여 6모음설, 7모음설 등이 제기되어, 나올 수 있는 설들이 총망라된 느낌으로 지금은 어느 것이 정설이라고 말할 수 없는 형편이다.

8모음설의 문제점은 い단과 え단에서의 구분을 서로 다른 모음으로 보고 있다는 것이다. 즉 그것이 다른 모음이라면, い단에서 き・ぎ・ひ・び・み뿐만 아니라 し・じ・ち・ぢ・に… 등에서도 구분되어 사용되었어야 한다. 그렇지만 き・ぎ・ひ・び・み 이외의 い단에서 구분되어 사용된 흔적은 발견되지 않았다. 그것은 え단에서도 마찬가지이다. 따라서 い단과 え단에서의 구분 사용을 서로 다른 모음 때문이라고 보기는 어렵다.

い단과 え단에서의 구분사용에 대해 유력한 설은, 그러한 구분사용을 단모음과 이중모음 간의 구분으로 보는 설이다. 이것은 충분히 가능한 설로, 예를 들어 우리나라 말에서 '의'라는 이중모음은 모든 자음과 결합하지 않는다. '의', '희'는 존재해도 다른 자음과 결합한 예는 잘 쓰이지 않는다. 그렇게 본다면 앞에서 언급한 것처럼 이중모음은 모음 수로 세지 않으므로 8모음설은 설득력을 잃게 된다.

오(お)단에서의 구분사용은 사정이 조금 다르다. 우선 お단의 대부분에서 구분사용되었고, 그러한 구분은 우리 한자음이나 옛 중국-수·당-의 한자음에서 뚜렷하게 구분되어 있는 한자들이다. 다만, お・ほ・ぼ・も・を에서 그러한 구분이 보이지 않는데, 이것은 음운론적으로 설명이 가능하다.

お・ほ・ぼ・も・を는 모음인 お를 제외하고는 그 자음들이 모두 입술소리였다. 즉 ほ는 지금은 그 발음이 ho이지만 나라 시대에는 po였다. 그리고 を는 예전에는 발음이 wo였는데, w는 반모음으로 역시 입술소리이다.

　자음이 입술소리인 경우 다음에 오는 모음들이 비슷한 것들이라면 그 구분은 모호해진다. 따라서 나라시대 이전에는 お · ほ · ぼ · も · を에서도 2계열 간의 구분이 있었지만, 그것이 하나로 통합되었다고 볼 수 있을 것이다. 실제로 나라 시대에 출간된 고문헌 중에서도 가장 먼저 출간된 『고지키』에서는 も는 2계열로 구분되어 사용되었다.

　이렇게 본다면 옛 일본어에는 지금보다 적어도 모음 하나가 많았다고 할 수 있을 것이다.

08. 일본어 속의 한국어

【미즈노 슌페이】

한국어 속에는 수많은 일본어 어휘가 있다. 가령 와리바시(割箸: 나무젓가락), 쓰메끼리(爪切り:손톱깎기), 요지(楊枝:이쑤시개), 잇빠이(いっぱい:가득), 다마네기(玉ねぎ:양파) 등등. 이들 어휘의 대부분은 일제 강점기의 잔재이며 국어순화정책의 주요 대상이 되고 있다.

그러면 일본어 속에는 얼마나 많은 한국어가 있을까? 다만 여기에서 말하고자 하는 '일본어 속의 한국어'에는 주의가 필요하다.

일본어 어휘에는 한국어와 일본어가 공통된 조어(祖語)에서 분리하거나 아니면 일본어의 형성에 한국어가 영향을 미쳤던 결과 일본어의 일부가 된 어휘로 볼 수 있는 어휘가 존재한다. 이들 어휘는 일본어이지만 한국어 중에서 대응시킬 수 있는 어휘를 찾아 볼 수 있으며 어느 정도 규칙적인 음운 대응을 볼 수 있다. 자주 인용되는 어휘를 제시하면 다음과 같다.

kasa(笠):갓(笠) / kusi(串):곶(串) / kumo(雲):구름(雲)

kuma(熊):곰(熊) / pata(畑):밭(田) / sima(島):섬(島)

그러나 이들 어휘는 한국어와 관련성을 찾을 수 있기는 하나 어디까지나 일본어 어휘이며 '일본어 속의 한국어'라고 보기는 어렵다. 따라서 여기에서 말하는 '일본어 속의 한국어'는 계통론적으로 한국어와 관련성을 찾을 수 있는 어휘가 아니고 한국어에서 차용된 어휘이다. 다시 말해 일본어 속에 존재하는 한국어에서 유래된 외래어라고 할 수 있다.

일본어의 한국어 어휘 차용은 삼국시대까지 거슬러 올라갈 수 있다. 고대 일본문화 형성에 한반도 삼국 및 가야의 문화가 지대한 영향을 미쳤을 만큼 한국어 어휘도 활발하게 수용된 것으로 보인다.

720년에 완성된 일본 최초의 사서인『니혼쇼키』(日本書紀)에는 南(ありひし)・鷹(くち・百済語)・大王(こにきし)・城(さし)・王子(せいむ)・主(にりむ) 등 한국어에서 유래되었다고 생각되는 어휘가 나타난다. 이들 어휘는 한반도 관련기사에만 나타나며 다른 문헌에는 나타나지 않기 때문에 한반도 출신 도래인(渡来人) 사이에서 통용한 외래어가 아닐까 생각된다. 이 중 또한 こにきし의 こん은 '큰'[大]을, きし는 '수장'(首長)을 나타내는 것으로 보이며, にりむ는 중세 한국어 '님'과 관련이 있는 것으로 보이며, nirim → niim → nim와 같은 음운변화가 추측되고 있다. 또한 'さし'는 '성'(城)을 나타내는 중세한국어 '잣'과 관련이 있는 것으로 보이며 일본 지명 등에 그 흔적을 찾을 수 있다.

상대(上代) 일본어에서 사용된 이들 어휘를 제외하면 일본어에 존재하는 한국어계 외래어는 극히 드물다. 1891년에 출판된 일본어 사전인 『겐카이』(言海)에 수록된 외래어 326개 가운데 한국어에서 유래되었다고 표시된 외래어는 7.1%인 23개에 지나지 않는다. 이 사전의 출판 시기가 서양계 외래어가 본격적으로 일본어에 수용되기 이전이라는 점을 감안하면 이 수치는 상당히 낮은 것이다.

그러나 일본어에 한국어에서 차용된 어휘가 존재한다는 사실은 일찍부터 지적되어 왔다. 특히 유학자인 아라이 하쿠세키(新井白石, 1657~1725)는 1717년에 발간한 그의 저서 『도오가』(東雅)에서 うし(牛:소), おも(母:어머니), かささぎ(鵲:까치), くま(熊:곰), しま(島:섬), てら(寺:절) 등 일본어 어휘가 한국어와 관련성이 있는 것으로 주장하고 있다. 이들 가운데 비교적 자주 거론되는 것을 제시하면 다음과 같다.

たい(鯛:돔) : たひら(평평하다)의 たひ와 어원이 같다는 주장이 유력하지만 아라이 하쿠세키(新井白石)는 도오가에서 삼한(三韓)의 방언이라고 설명하고 있다.

てら(寺:사찰) : 그 어원에 대해서는 여러 주장이 있으나 도오가나 모토오리 노리나가(本居宣長, 1730~1801)의 『고지키덴』(古事記伝, 1798)에서는 조선어 '절'에서 왔다고 주장하고 있다.

かささぎ(鵲:까치) : 도오가에서는 かさ는 조선어의 방언이며 さぎ는 일본어 さわぎ(騒:떠들다)에서 유래되었다고 주장하고 있다.

みそ(味噌:된장) : 일본의 고문서 등에서 '장'(醬)과 '미장'(未醬)을 대조적으로 서술하고 있는 것으로 보아 '미소'는 '미장'(未醬) 즉 아직 된장이 되지 않은 것을 음독한 것으로 보인다. 그러나 醬(シャウ)이 ソ가 된다는 점과 『일본삼대실록』(日本三代実録, 901)에는 이미 '味曽'라는 문자가 보인다는 점에서 의문이 남는다.

조선어 메주에서 왔다는 주장도 있으며 10세기 초엽의『와묘루이주쇼』(和名類聚抄)에는 고려장(高麗醬)에 ミソ라는 훈주(訓注)가 보이며 그 가능성을 부정할 수 없다. 한국 쪽 자료인『동문유해』(同文類解, 1748)에 미순(醬)라는 기술이 보이는 것도 이 주장을 뒷받침해 준다.

한국어에서 유래된 것으로 보이는 일본어 외래어는 다음과 같은 것이 있다.

ぱっち : 통이 좁은 바지 모양의 남성용 의복을 말한다. 한국어 '바지'로부터 유래된 것으로 생각된다. 교토(京都), 오사카(大阪)에서는 비단이나 목면으로 만든 것을 모두 ぱっち라고 했지만 에도(江戸)에서는 비단으로 만든 것만을 가리켰다. 에도에서는 1751~1761년 경부터 유행되었을 것으로 생각되며 18세기 경에는 일본어에 정착된 것으로 보인다.

ちょんがー : 한국어 '총각'에서 유래된 어휘이며 '미혼남자'를 가리킨다. 19세기 말엽~20세기 초엽에 일본에 소개되어 정착했던 것으로 보인다. 이 말이 한국어에서 유래되었다는 사실을 아는 일본인은 거의 없으나 외래어라는 인식이 남아 있기 때문인지 대부분의 경우 가타카나로 표기된다. 일본에서는 한때 삿포로(札幌)에 혼자 와서 파견 근무하는 기혼 남성 사

원·직원을 가리켜서 さっちょん이라는 말을 썼으나 이 말은 삿포로의 '총 각'(ちょんが-)이라는 뜻이다.

이밖에도 한국어에서 유래된 것처럼 보이는 일본어 어휘가 있다. 가령 일본에서는 자전거를 속어로 ちゃりんこ라고 하는데 이 말은 한 국어 자전거에서 유래된 것으로 보이지만 아직 확증이 없다. 또한 일 본어에서는 '처음부터' 또는 '당초부터'라고 할 때 はなから라고 하는데, 이 말의 はな가 한국어의 '하나'(一)에서 유래되었다거나, 일본어에서 키다리를 의미하는 'のっぽ'가 한국어 형용사 '높-[高]'과 접미사 '-보'- 울보, 느림보-에서 유래되었다거나 하는 주장이 제기되고 있으나 신중한 검증 작업이 필요할 것이다.

또한 최근 들어 한국 음식이 일본에 보급되면서 ビビンバ(비빔밥), キムチ(김치), ナムル(나물), クッパ(국밥), カルビ(갈비), ブルゴギ(불고 기), カクテギ(깍뚜기) 등 음식에 관련된 한국어 어휘들이 새로운 한국 어계 외래어로 일본어에 정착되어 가는 추세를 보이고 있다.

09. 일본어에도 두음법칙이 있었다

【미즈노 슌페이】

일본에는 '시리토리'(しりとり)라고 하는 말잇기놀이가 있다. 앞사람이 한 말의 끝소리로 시작하는 새로운 말들을 차례로 이어가는 놀이인데, 가령 한 사람이 ぶた(돼지)라는 말을 하면 다음 사람은 た로 시작하는 たぬき(너구리)와 같은 낱말을 대고, 그다음 사람은 き로 시작하는 きつね(여우) 같은 말을 대며, 또 다음 사람은 ね로 시작하는 ねこ(고양이)와 같은 낱말을 댄다. 이런 식으로 말을 계속 이어가다가 도중에서 말이 막히는 사람이 지는 것이다.

시리토리에는 또 다른 규칙이 있는데, 그것은 ん으로 끝나는 낱말을 댄 사람이 진다는 것이다. 즉 みかん(귤), やかん(주전자), れんこん(연근)과 같이 ん으로 끝나는 낱말을 댄 사람은 진다. 왜냐하면 일본어에는 ん으로 시작하는 낱말이 없기 때문이다.

따라서 ん으로 끝나는 말을 댈 경우 '시리토리'가 거기에서 중단되어 버린다. 다시 말해 일본어에서는 낱말의 어두에 ん이 올 일이 없기 때문에 말을 이어갈 수가 없는 것이다. 물론 국어 사전을 보면 ん으로 시작하는 표제어가 실려 있으나 모두 조동사인 ぬ나 형식명사 の의 구어체인 ん 등이며 이들은 원래 어두(語頭)에 올 수 없는 것들이다.

이와 같이 어두에 오는 음이 받는 특수한 제약이나 규칙을 두음법칙(頭音法則, initials law)이라고 한다. 한국어의 경우도 어두에 유음(流音)인 'ㄹ'이 올 수 없거나 /ŋ/(ㅇ)·/n/(ㄴ)이 나타나지 않거나 비음(鼻音)인 'ㄴ'이 어두에서 [i] [j] 앞에 올 수 없는 규칙이 있는데, 이 역시 두음법칙이다.

일본어의 두음법칙은 다음과 같다.

1. 어두에 ん이 오지 않는다.

2. 어두에 r 음이 오지 않는다. 즉 어두에 ら, り, る, れ, ろ 등 ら행음이 오지 않는다.

3. 의성어·의태어 이외의 고유어의 어두에는 탁음(濁音)이 오지 않는다. 즉 が행음(が, ぎ, ぐ, げ, ご), ざ행음(ざ, じ, ず, ぜ, ぞ), だ행음(だ, ぢ, づ, で, ど), ば행음(ば, び, ぶ, べ, ぼ)이 어두에 오지 않는다.

법칙 2와 3은 비교적 일찍부터 알려져 있었다. 가령 에도(江戸) 시대의 승려이자 국학자였던 게이추(契沖, 1640~1701)가 저술한 『와지쇼란쇼』(和字正濫鈔, 1695)에는 다음과 같은 기록이 보인다.

らりるれろのいつ は, 和語において上にたつ事なし… 和語に初より濁る言なし

ら, り, る, れ, ろ의 5개 음은 고유어에서 어두에 오지 않는다 … 일본 고유어에서는 어두에 탁음이 오는 말은 없다.

다만 2, 3은 일본고유어에만 적용될 뿐, 한자어나 외래어에는 이 법칙이 적용되지 않는다. 한자어나 외래어가 들어오기 전의 일본어에서는 어두에 탁음이나 ら행음이 올 경우가 없었던 것으로 추측되고 있다. 8세기 중엽에 편찬된 『만요슈』(万葉集)에서 어두에 탁음이 올 경우는 의성어나 의태어, 한자어 등 극히 일부에 지나지 않는다.

현대 일본어에서는 だく(안다), だす(내다), でる(나가다), どこ(어디), どれ(어느 것), ばら(장미)… 어두에 탁음이 오는 고유어를 볼 수 있는데 이들은 いづれ → どれ, いづこ → どこ, いだく → だく, うばら → ばら와 같이 원래 어두에 있었던 폐모음 い, う의 탈락으로 인해서 탁음이 어두로 노출된 경우이다.

그런데 예외적으로 でぶ(뚱보), どろ(진흙), ざま(꼴), ごねる(투덜거리다)와 같이 고유어이면서도 어두에 탁음이 오는 예외적인 낱말이 존재하지만 이들은 모두 부정적인 뉘앙스를 동반한다는 공통점을 갖는다. 원래 음(소리)과 의미의 관계는 자의적인 것이며, 의성어, 의태어 등을 제외하고 그 사이에는 어떤 필연성 같은 것은 존재하지 않는다. 그러나 탁음이 어두에 옴으로써 부정적인 이미지를 느끼게 하는 경우가 있는 것은 사실이다.

만화가이자 수필가인 이즈미 하루키(泉晴紀)는 저서 『변소는 어디에 있냐!』(便所はどこだッ!, 1988, ロングセラーズ)에서 べんじょ(변소)라는 말은 탁음이 이어지니까 어감이 안 좋다. 탁음을 빼고 へんしょ라고 하면 어감이 좋아지지 않을까?라고 했는데, 한자어의 예이기는 하지만 이것은 어두에 오는 탁음이 갖는 부정적인 이미지를 지적한 예라고 할 수 있다.

또한 일본어 고유어에서 ら행음이 어두에 올 일이 거의 없는데, 이 법칙은 현대일본어에서도 잘 지켜지고 있다. 한자어나 외래어의 경우 ら행음이 어두에 올 경우가 있으나 고유어의 경우에는 전혀 없다고 보아도 무방하다. 이 두음법칙은 어두에 'ㄹ'이 오지 않는다는 한국어의 두음법칙과 일치하며, 이 두음법칙은 알타이 언어에 공통적인 특징이기 때문에 한국어와 일본어가 알타이계 언어임을 입증하는 근거로 거론되기도 한다.

일본어를 처음으로 배울 때는 히라가나의 도입으로부터 시작하는 것이 일반적이지만, 새로운 히라가나를 도입하면서 어두에 오는 낱말도 함께 가르치는 예가 많다. 배우는 낱말도 한자어나 외래어가 아닌 비교적 쉬운 고유일본어일 경우가 많은데, 유독 ら행음의 경우는 れいぞうこ(冷蔵庫, 냉장고), ろうそく(蠟燭, 양초) 등 한자어를 가르치는 경우가 많다. 이것은 ら행음으로 시작하는 낱말이 없기 때문이다.

4. 의성어·의태어 이외의 고유어에서는 반탁음인 ぱ행음(ぱ, ぴ, ぷ, ぺ, ぽ)이 어두에 오지 않는다.

의성어·의태어의 경우 ぱさぱさ(바삭바삭), ぴかぴか(반짝반짝),

ぷかぷか(둥실둥실) 등 ぱ행음이 어두에 오는 경우가 많으나 고유어에
서는 극히 드물다. 필자가 알고 있는 예는 ぽか(어처구니없는 실수), ぺ
ちる(관서지방 방언으로 '훔치다'라는 뜻) 등 속어적인 낱말밖에 없다. 또
한 두음법칙이라고 말할 수 있을지는 모르겠지만 다음과 같은 경향도
지적되고 있다.

5. あ행음(あ, い, う, え, お), は행음(は, ひ, ふ, へ, ほ)은 고유어에서
   는 어두에 올 경우가 많고, おしあう(서로 밀다), あさひ(아침 햇살)와
   같이 어중에 나타나는 경우에는 おしあう(서로 밀다), あさひ와 같이 그
   부분(あ·は행음)이 합성어의 갈래에 해당하는 부분일 경우가 많다.

10. 한문은 일본어로 어떻게 읽을까?

【오미영】

　일본에 한문이 전해진 것은 언제일까? 아마도 책의 형태로 한문이 전해졌을 가능성이 높은데, 과연 어떤 책이었을까? 그리고 일본인들은 그 책을 어떻게 읽고 해독했을까?

　일본에 한문을 전해준 것은 다름 아닌 우리의 선조였다. 5세기 초에 백제의 왕인과 아직기 박사가 논어와 천자문을 전했고, 당시의 일본 왕자에게 강의도 했다고 일본의 고문헌은 전한다. 이후에도 백제에서 건너간 사람들이 학문을 담당하는 계층이 되어 일본의 고대 문화를 형성하는 데 큰 힘을 발휘했다고 한다.

　우리나라와 마찬가지로 일본도 근대화 이전까지는 한문서적을 읽고 교양을 쌓는 한학(漢学)이 학문의 중심이었다. 뿐만 아니라 우리가 고등학교에서 한문이나 한시를 배우는 것처럼 현재 일본의 중·고등학교에서도 한문을 배우고 있다.

　한문서적이 전래된 후 얼마간은 중국의 원음에 따라 음독(音読)을 했던 것으로 추정하고 있다. 이때의 음독은 극히 초보적인 수준의 것으로, 말하자면 우리가 영어나 다른 외국어 학습을 할 때 의미 파악이 불가능한 단계에서 소리를 내서 읽는 것과 비슷한 정도였을 것으로 생각된다. 또한 중국의 원음으로 한문을 읽는 것이 가능했던 것은 당시 견당사(遣唐使) 등의 제도를 통해 중국과의 교류가 활발했던 때문으로 보인다.

그러나 이러한 초보적인 음독의 상태는 중국과의 교류가 적어지는 등의 이유로 오래 지속되지 못하고 새로운 단계를 맞이하게 되는데, 일본어로 한문을 읽어가는 훈독(訓読)이라는 방식을 채용한 것이다.

원래 한문은 일본어와 문장구조가 크게 다르다. 어순이 다를 뿐만 아니라 용언의 활용도 없다. 이러한 한문을 일본어 문장구조로 바꾸어 읽는 것이 훈독 혹은 한문훈독이다. 예를 들어 '주어＋술어＋목적어'의 순으로 구성되어 있는 한문을, 부호를 사용하여 '주어＋목적어＋술어'의 순으로 바꾸어 읽도록 하는 것이다.

한자의 오른쪽 또는 왼쪽에 일본어 훈과 조사, 조동사 등을 가나로 적어 넣어서 일본어 문장으로 읽을 수 있도록 방법을 고안한 것이 바로 훈독이다. 이때 어순을 바꾸기 위해 반점(返點) 즉 ㄴ점 · 一二점 · 上下점 등을 사용하였다. 예를 들어 '読経'이라는 말을 일본어로 풀어 읽기 위해 '読ㄴ経'라고 나타내면 이에 따라 '経を読む'와 같이 읽도록 하는 부호이다. 또 한자 2자가 일본어로는 하나의 단어임을 나타내기 위해 합부(合符)라는 부호를 사용했다.

그 외에도 음독하는 한자에는 이를 나타내기 위해 글자의 오른쪽에 음독부(音読符)를 그었고, 훈독하는 글자에는 글자의 왼쪽에 훈독부

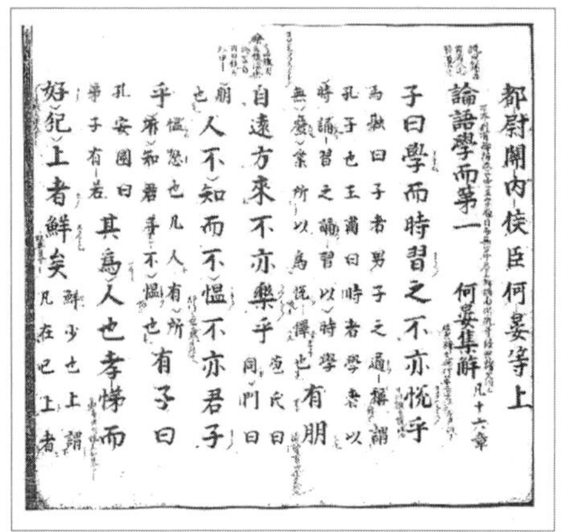

1316년 논어집해(論語集解) 권1의 머리 부분. 논어의 훈점본이다. 1316년(正和 4년, 가마쿠라시대) 논어집해본으로 도요(東洋)문고에 소장되어 있는데, 책의 서사시기와 가점시기가 명확하여 자료로서의 가치가 높아 국보로 지정되어 있다.

(訓読符)를 그어서 나타내었다. 조사, 조동사 등을 간략히 나타내기 위해 오코토(ヲコト)점이라는 것도 이용하였는데, 이는 한자를 대략 사각형이라고 보고 오른쪽 윗모서리에 점을 찍으면 목적격 조사 を를, 그 바로 아래에 점을 찍으면 형식 명사 こと를 나타낸다고 약속을 함으로써 각 학파의 학술을 비밀리에 전함과 동시에 일일이 조사 등을 기록해야 하는 불편함을 해소하고자 한 것이다.

이처럼 훈독을 위해 사용된 여러 부호와 가나점을 모두 합쳐서 '훈점'(訓点)이라고 하며, 이를 찍는 것을 '가점'(加点)이라고 한다. 훈점이 찍혀 있는 한문책을 훈점본이라 하는데, 이 훈점본을 연구자료로서 취급할 경우 훈점자료라고 부른다.

그러면 정화본을 참고로 훈점과 훈독에 대해 구체적으로 살펴보자.

먼저 A에는 원문을 적고 B에는 정화본에 나타난 훈점이 찍힌 훈독문을 옮겨 적었다. 이때 정화본에서는 글자의 오른쪽에 적혀 있는 훈을 글자 위에 적어 나타내었다. 또 一二점 등은 글자 사이에 작게 나타내고 오코토점은 (　)안에 히라가나로 작게 나타내었다. 이를 훈점의 지시에 따라 풀어 적은 것이 C이며, D는 이 내용을 현대일본어로, E는 우리말로 옮긴 것이다.

A　子曰、学而時習之、不亦悦乎、有朋自遠方來、不亦楽乎、

B　子曰、学(て)而時(に)習之、不二亦悦 一乎(や)、有下朋(の)自二遠方一來(たる)上、
　　不二亦楽 一乎(や)、

C　子の曰わく、学んで時に習ふ、亦た悦ばしかあずや、朋の自遠方より来た
　　る有り、亦た楽 しからずや、

D　孔子がいわれた、'学んでは適当な時期におさらいをする、いかにも心嬉
　　しいことだね。だれか友達が遠いところから訪ねてくる、いかいも楽し
　　いことだね。…'

E　공자님께서 말씀하셨다. "배워 때에 맞추어 익히니 얼마나 기쁜 일인가?
　　친구가 먼 곳에서 찾아오니 얼마나 즐거운 일인가?"

　　위의 예를 각각의 어구 내의 읽는 순서를 번호로 나타내보면 다음
과 같다. 읽는 순서가 바뀌지 않는 부분도 있으나 반면 크게 달라지는
곳도 있다. 또한 한문에는 있으나 일본어 훈독에는 필요하지 않은 글자
도 있는데 그러한 글자는 ○로 나타내었다.

　　子曰, 学而時習之, 不亦悦乎, 有朋自遠方來, 不亦楽乎,

　　①②, ①○②③○, ③①②④, ⑥①④②③⑤, ③①②④,

　　이렇게 한문을 일본어로 풀어 읽는 훈독이라는 방식이 보이기 시
작하는 것은 8세기 말엽이다. 현존하는 훈점본 중 가장 오래된 것은 다
이토큐기념문고(大東急記念文庫)에 소장되어 있는 『게곤칸조키』(華嚴刊

定記) 권5이다. 783년과 788년에 주점(朱點)으로 구를 나누는 점, 즉 구절점(句切点)과 一二점을 찍었다. 구절점과 一二점 외에 가나점이 찍힌 책은 9세기 초기에 나타나고 이어서 오코토점이 찍힌 자료가 나타난다. 가나와 오코토점을 같이 사용한 훈점본 중에서 가점 연대를 명기한 가장 오래된 자료는 『조지쓰론』(成実論)으로 828년에 가점된 백점본(白点本)이다.

일본에는 상상을 초월할 만큼 방대한 양의 훈점본이 남아있는데, 이러한 훈점본의 연구를 통해 당시 일본어의 음운, 어법, 어휘 등이 어떤 모습이었는지를 살펴볼 수 있다. 또한 한자와 훈의 대응관계, 그리고 한자음의 연구에도 이용할 수 있다.

훈점 및 훈독이 일본에만 존재했던 것은 아니다. 구절점이나 오자를 고치기 위해 사용된 부호, 성점(声点) 표시 등은 일찍이 중국의 고사본(古写本)에서도 확인되고 있다. 하나의 한자가 여러 가지 의미를 지니는 경우도 있으므로 중국인이라도 어려운 한자에 대해서는 성점 등을 통한 힌트가 필요했던 것이다.

우리나라와 일본은 한문의 이해를 위해 중국과는 다른 고안이 필요했고 양국의 언어적인 유사성으로 말미암아 훈독-우리나라에서는 석독(釈読)이라고 한다-이라는 한문독법을 고안하게 되었던 것이다. 우리나라 석독구결자료(釈読口訣資料)에도 역시 어순을 바꾸는 부호와 우리말 훈을 기입한 것이 확인된다. 또 최근에 발견된 부호구결자료에는 일본의 오코토점과 같이 점·선 등을 이용하여 조사·조동사 등을 표기한 것이 보인다.

얼마 전까지만 해도 일본의 오코토점을 중심으로 한 초기 훈점 기입 방식은 일본에만 존재하는 독특하고 고유한 것으로 인식되고 있었다. 그러나 최근의 연구를 통해서 신라 법승들의 구결기입방식의 영향을 받았을 것이라는 가능성이 지적되었다. 이 연구 결과의 진위에 대해서는 신중하게 검토할 필요가 있을 것이다. 그러나 이를 통해 베일에 싸여 있던 고대 한일 문화교류사가 다시금 주목을 받게 되었고, 한자문화권 내에서 훈독이라고 하는 학문 양식이 지니는 의미에 대해서도 깊이 생각해야 할 필요성이 제기되었다.

11. 1000년 전의 일본어와 지금의 일본어는 얼마나 다를까?

【이성근】

　　지금부터 약 1천2백 년 전 일본에서는 수도를 나라(奈良)에서 교토 (京都)로 이전함으로써 이전과는 전혀 다른 새로운 사회적 변화를 이룩 하게 되었다. 흔히 이 시대를 헤이안(平安) 시대라 하는데, 가나문자의 정착을 비롯하여 일본어에 있어서 정체성의 기반을 구축한 시기였다고 말할 수가 있을 것이다.

　　이러한 점에서 헤이안시대의 일본어는 오늘날의 일본어의 토대를 이루었다고 말해도 과언이 아니라고 할 수가 있겠지만, 역시 1천 년 전 과 현재는 시간적인 차이가 있는 만큼 언어 역시 상당한 괴리가 있는 것 또한 명백한 사실이다. 사실 1천 년이란 오랜 시간의 흐름 속에 일 본어가 어떻게 바뀌어 왔는가를 한마디로 설명하기란 무척이나 어려운 일이다. 이를 설명하기 위해서는 일본어를 전반적인 면에서 취급되지 않으면 안 되기 때문이다.

　　따라서 헤이안시대를 기반으로 하는 일본어의 특질을 종합적으로 설명하기보다는 이 시대의 일본어가 오늘날의 일본어와 어떠한 차이를 보이고 있는 것인가를 몇 가지 예를 들어 살펴 보도록 하자.

당시의 일본어는 오늘날과 비교해볼 때 중첩된 양상을 나타내고 있다고 볼 수 있다. 이는 언어의 분절적인 측면에서 보자면 다소 비효율적이라고 이야기할 수도 있다.

언어의 분절성이란 유한한 언어도구를 효율적으로 결합시킴으로써 무한한 표현을 가능하게 한다는 전문용어로, 간단한 예를 들어 설명해 보면 다음과 같다.

	は	I
私	の	my
	に	me

영어에서의 I, my, me에 해당하는 일본어는 위에서 나타내고 있는 바와 같이 각기 私は(나는), 私の(나의), 私に(나에게)에 해당되는 말들일 것이다. 이때 영어의 I, my, me는 더 이상 말을 쪼개었을 때 전달하고자 하는 의미에 손상을 가져와서 불가능하지만, 일본어에서는 영어의 격에 따른 변화를 조사를 달리 씀으로써 가능하게 할 수가 있다. 즉 영어의 I, my, me는 '나'라고 하는 동일한 개념에 문법적인 의미를 달리 부여한 차이만이 있을 뿐이지만, 이러한 역할을 일본어에서는 조사라는 문법적 표현으로 세분화시킬 수가 있다는 것이다. 즉 일본어는 영어보다 세분화된 표현이 가능하기에 언어학적으로는 분절화가 발달되었다고 하는 것이다.

이러한 점에서 1천 년 전의 일본어는 오늘날의 일본어에 비해서 비분절적인 면을 볼 수가 있다.

恨みお負ふつもりにやありけむ(源氏物語)

恨みお負った結果であったのだろうか

원한을 산 결과였던 것일까?

何の契りにか, かかる目お見るらむ(源氏物語)

どんな前世の因縁でこのような目を見ているのであろうか

어떤 전세의 인연으로 이와 같은 처지가 되었을까요?

幾代しもあらじ我が身(古今和歌集)

幾世というほど生きてもいないだろう我が身

수많은 세월을 살아 있지도 않을 것인 이 몸

위의 예에서 보여지는 조동사 けむ, らむ, じ의 표현이 이전인 나라 시대의 문헌에서도 나타나지 않는 것은 아니나, 이 시대에 많은 문헌들에 흔히 나타나는 표현으로 이를 현대어에서 보자면 けむ는 과거추량 ~たのだろう(~었던 것이겠지), らむ는 현재추량 ~ているだろう(~고 있는 것이겠지), じ는 부정의 추량 ~ないだろう(~않겠지)를 나타내는 말로 쓰이고 있는 것들이다.

전술한 바와 같은 언어의 분절적인 면에서 볼 때 けむ에서는 문의 표현내용 중 시제와 관련되는 た(과거/~ㅆ다)와 이야기하는 사람의 표현태도에 관련되는 だろう(추량/~겠지)가 분리되어 있지 않고 뒤섞여 있으며, らむ에서는 상(aspect)을 나타내는 ている(~고 있다)가 だろう와 뒤섞여 있고, じ에서도 부정의 ない(~지 않다)가 だろう와 뒤섞여 있다는 것을 알 수 있다. 이것은 오늘날의 일본어와 비교하여 볼 때 확실히 언어가 가지는 역할이 중첩되어 있으므로 앞에서 이야기한 바와 같이 분절적인 면에서 비효율적이라 할 수가 있는 것이다.

언어의 시대적인 변화의 흐름에서 볼 때 비분절적인 구조에서 분절적인 구조로의 변화라는 것은 분명히 언어의 효율적인 면에서의 발전된 모습이라 할 수가 있으며, 이러한 점에서 1천 년 전의 일본어에서는 오늘날의 일본어와 많은 차이점을 나타내고 있다. 또한 언어의 분절적인 면에서 뿐만이 아니라, 그 사용되는 장면에 따르는 선택적 표현에서 볼 때에도 이 시대의 언어표현은 오늘날의 일본어와 비교해 보면 복잡한 면을 보여 주고 있는 점이 있다.

다음의 경어표현은 그 좋은 일례가 될 수 있는 것으로 오늘날의 쓰임에서는 도저히 생각해 볼 수가 없는 표현이라고 할 수 있다.

宮服の中将は, なかに親しく馴れ聞え給ひて(源氏物語)
宮服の中将は, なかでも(とくに源氏に)親しくお馴れ申し上げなさって
어머니가 황녀인 주조는, 그중에서도 (겐지와) 친하게 지내시어

'馴れ'(가까이 지내다)라는 행위의 주체인 주조(中将)가 그 대상인 겐지(源氏)에 대한 공경을 나타냄과 동시에 작자인 무라사키 시키부(紫式

部)의 존경의 대상이 되는 표현은 적어도 오늘날의 일본어에서는 볼 수가 없는 표현이다.

오늘날의 일본어에서 '社長はいまお出かけなさっております'와 같은 표현은 성립될 수가 없다. 이러한 표현의 의도를 굳이 설명하자면 사장은 이야기하려는 사람의 공경의 대상이 됨과 동시에 회사 외의 사람에 대한 공손함의 대상이 된다는 복잡한 의도에서 만들어진 비문(非文)이라고 할 수 있다.

山田はいま出かけております.(회사 외의 사람에게, 山田:사장 이름)
社長はいまお出かけです.(회사 내의 사람에게)

위와 같이 오늘날 일본어의 경어는 듣는 대상에 따라서 바뀌는 구조를 가지고 있다고 한다면, 헤이안시대의 경어는 그 이야기의 대상에 따른 경어표현이 보다 중시되고 있다는 점에서 차이가 있다. 이는 오늘날의 일본어와 비교하여 볼 때에 장면에 따른 선택적인 표현에서 큰 차이를 보이는 면이 있다고 할 수 있는 것이다.

이처럼 헤이안 시대의 일본어는 오늘날 일본어 정체성의 기반을 마련한 시기라는 점에서 큰 의의를 가지고 있으나 오늘날의 일본어와 비교하여 볼 때는 역시 시간적인 큰 차이를 느끼지 않을 수 없는 것은 너무나도 당연하다고 여겨진다.

12. 동사활용으로 보는
옛날 일본어와 현대 일본어

【오종열】

 '옛날 일본어'란 무엇을 가리키는 말일까? 간단히 말해서 오늘날 일본사람들이 쓰는 말이 현대어이고, 옛날 일본사람들이 쓰던 말이 옛날 말이다. 옛날 말은 '고어'(古語)라고 해서 자료로 남아 있는 문헌 속에서 찾아볼 수밖에 없는 말이다. 그러므로 현대어는 현대어로서의 체계를 갖고 있고 고어는 고어로서의 체계를 갖추고 있는 것이다.

 일본어는 계속 변해 왔기 때문에 옛날 말이라고 해도 시대마다 다르지만, 고어라고 하면 일반적으로 10세기 헤이안시대 중기의 언어가 대표성을 지니며 표기나 문법체계도 당시의 것을 가리킨다.

 고어와 현대어의 차이는 첫째 표기법이 다르고, 둘째 문법도 차이가 나며, 셋째 현대어에서는 볼 수 없는 수사법이나 어휘 등이 있다는 점을 꼽을 수 있다. 본문에서는 표기와 어휘의 문제는 다른 항목으로 미루고 문법적인 면만을 다루기로 한다 .

 고어와 현대어는 문(文)의 구조, 품사 종류와 용법 등 말[語] 구성

상의 기본적인 점에서는 크게 다르지 않지만 용언(用言) 즉 동사, 형용
사, 형용동사의 활용 등에서 큰 차이를 보이며, 조사 및 조동사의 용법
이 차이를 보인다.

1. 용언의 활용이 다르다.

현대어 : 朝はやく**お**(起)**きる**　　　고어 : 朝はやく**お**(起)**く**

　　　　　朝はやく**おきる**時　　　　　　　朝はやく**おくる**時

현대어 : 空が**きよ**(清)**い**　　　　고어 : 空**きよ**(清)**し**

2. 고어에는 현대어와는 다른 조사 조동사가 있다.

현대어 : 船で渡れば　　　　　고어 : 船**にて**渡り**ぬれ**ば

현대어 : 梅の花が咲**いた**　　　고어 : 梅の花咲**きけり**

3. 고어에는 현대어에는 없어진 가카리무스비(係り結び)라는 문의 제약현
　상이 있다.

현대어 : 雪が降った　　　　　　고어 : 雪降り**けり**→雪**ぞ**降り**ける**

4. 고어에는 체언 등에 붙는 조사 또는 체언에 준하는 형식명사를 생략하
　는 경우가 있다.

현대어 : 日が**く**(暮)**れる**　　　고어 : 日○暮る

현대어 : 行く人も帰る人もいる　　고어 : 行く○も帰る○もあり

용언의 활용에 있어서도 현대어와 고어는 많은 차이를 보인다.

1. 동사 : 현대어의 동사는 모음 u로 끝난다. 고어의 경우도 u로 끝나지만
   あり-현대어의 ある-는 예외이다.
2. 형용사 : 현대어는 い로 끝나지만 고어는 し로 끝난다.
3. 형용동사 : 현대어에서는 だ로 끝나고 체언을 수식할 때에 な의 형태를
   취하나 고어에서는 なり, たり로 끝난다.

현대어와 고어의 차이는 활용형에 있어서도 나타난다. 일본 현대 국문법 즉 학교문법에서는 활용형을 미연형(未然形), 연용형(連用形), 종지형(終止形), 연체형(連体形), 가정형(仮定形), 명령형(命令形)의 6개로 나눈다.

고어문법에서는 미연형, 연용형, 종지형, 연체형, 이연형(已然形), 명령형의 6개이다. 고어에서는 '아직 이루어지지 않았다'는 의미의 미연형과 '이미 이루어졌다'는 의미의 이연형이 대응하고, 연용수식어로서 아래에 오는 용언을 수식하는 연용형과 체언을 수식하는 연체형이 대응한다. 그 외에 문을 종지하는 종지형, 명령형이 있다. 이 중 현대어와 용법이 다른 고어의 미연형(–a)과 이연형(–e)의 특징에 대해 알아보기로 한다.

미연형 : 조사 ば에 이어져서 만일 '~한다면'이라는 의미이다.

花さかば(꽃이 핀다면)는 현대어의 花さけば에 해당한다.

이연형 : 조사 ば에 이어지며 '그렇게 되어서'라는 뜻이다.

　　　　　花がさけば(꽃이 피었으니)는 현대어의 花がさいたので에

　　　　　해당한다.

　지금은 외국어교육에 있어 일본어 동사를 어간 또는 어미의 종류에 따라 제1류, 제2류 혹은 u동사, ru동사, 자음어간동사, 모음어간동사 등으로 나눈다. 그러나 일본의 학교 문법은 현대어의 동사를 5단(五段)활용동사, 상1단(上一段)활용동사, 하1단(下一段)활용동사, 사행변격(さ行変格)동사, 가행변격(か行変格)동사 5가지로 나눈다. 그러나 고어에서는 모두 9가지로 나눈다.

　현대어의 5단동사는 고어에서는 4가지로 나누어진다.

4단(四段)활용동사 a i u e로 활용한다.

　　　　미연형　　연용형　　종지형　　연체형　　이연형　　명령형

咲く : さか(ず)　さき(たり)　さく　　さく(時)　さけ(ば)　　さけ

　　이와 같이 4단에 걸쳐 활용하므로 4단활용동사라 한다. (ずと 부정의 조동사로 미연형에 붙는다. たり는 완료를 나타내며 연용형에 붙는다)

な행변격활용동사 현대어의 しぬ는 고어에서는 4단동사가 아니라 변격활용을 한다.

死ぬ : しな(ず), しに(たり), しぬ, しぬる(時), しぬれ(ば), しね

　　와같이 4단에 걸쳐 활용하지만 각각의 활용형의 형태가 모

두 다르다. 모든 동사 중 6개의 활용형이 모두 다른 형태를
취하는 것은 しぬ와 いぬ뿐이다.

ら행변격활용동사 현대어의 ある는 고어에서는 기본형(종지형)
이 あり이다.

하1단활용동사 ける는 현대어에서는 5단활용동사인데 고어에서
는 유일하게 하1단활용동사이다.

蹴る : けら(ず), け(たり), ける, ける(時), けれ(ば), けよ

하2단활용동사 현대어의 하1단활용동사는 고어에서는 하2단활용
동사인데, 기본형이 현대어와 다르다. うける를 예로 들어
보자. 기본형은 うく이다.

受く : うけ(ず), うけ(たり), うく, うくる(時), うくれ(ば), うけよ
와 같이 e, u의 2단으로 활용한다. u를 기준으로 아래로 2단
에 걸쳐 활용하므로 하2단활용동사라 칭했다.

현대어의 상1단활용동사는 고어에서는 상1단활용동사와 상2단활
용동사의 2가지이다.

상1단활용동사 み(mi-)의 i는 u를 기준으로 위의 1단에서 활용
하므로 상1단활용동사라고 한다. 이 종류의 동사로는 기본
적으로 9개가 있는데, き(着)る, に(似)る, に(煮)る, ひ(干)
る, み(見)る, い(射)る, い(鋳)る, ゐ(居)る, ゐ(率)る 등이다.

見る：み(ず), み(たり), みる, みる(時), みれ(ば), みよ

상2단활용동사 하2단활용동사와 마찬가지로 기본형이 현대어와
다르다. おきる의 예를 보면 기본형이 おく이다.

起く：おき(ず), おき(たり), おく, おくる(時), おくれ(ば), おきよ
와 같이 i, u로 u를 기준으로 위로 2단(二段)에 걸쳐 활용하
므로 상2단활용동사라 한다.

か행변격활용동사 현대어의 くる는 고어에서는 기본형이 く이다.

来(く)：こ(ず), き(たり), く, くる(時), くれ(ば), こよ와 같이 i,
u, o에 걸쳐 활용한다.

さ행변격활용동사 현대어의 する는 고어에서는 기본형이 す이다.

為(す)：せ(ず), し(たり), す, する(時), すれ(ば), せよ와 같이 i,
u, e에 걸쳐 활용한다. 특징적인 것은 조동사 ず에 이어
질 때 せず의 형태를 취한다는 점이다.

이상으로 동사의 활용을 중심으로 간단하게나마 고어와 현대어의
차이를 살펴 보았다. 고어 문법은 현대어 문법과 많이 다르지만 현대
어 문법과 같은 부분이 많다는 것도 알 수 있었다. 조사 조동사의 종류
와 용법도 현대어와 다른 것이 많아 생소하게 느껴지지만 주어와 동사
에 대한 정확한 파악이 되어 있으면 어느 시대 문장도 문맥을 잡을 수
가 있어서 고어에 대한 이해를 할 수 있게 된다.

13. '봄'+'비'는 봄비인데,
はる+あめ는 はるさめ?

【황광길】

2개의 단어가 결합하여 복합어를 구성하게 되면, 그 구성요소가 그대로 나열되기도 하지만 그 중에는 구성요소 사이에 변화가 나타나는 경우도 있다.

1. 구성요소에 변화가 나타나지 않는 복합어

   한국어 : 봄+비=비, 저녁+밥=저녁밥

   일본어 : たべる+もの=たべもの, かね+もち=かねもち

2. 구성요소에 변화가 나타나는 복합어

   한국어 : 초+불=촛불, 코+등=콧등

   일본어 : はる(春)+あめ(雨)=はるさめ, ふね(船)+のり(乗り)

   　　　　=ふなのり

위의 예처럼 '봄비', '저녁밥', たべもの(食べ物), かねもち(金持ち)는

구성요소에 변화가 없이 복합어를 이루고 있는 것에 비해 촛불, 콧등, はるさめ, ふなのり는 내부에 발음과 표기에 변화가 나타나고 있다.

한국어의 경우에는 대부분 복합어 전항의 뒷부분에 사이시옷을 첨가하는 형태인 반면 일본어에서는 매우 다양한 변화양상을 보이고 있다. はるさめ에서는 후항에 자음이 삽입된 모습을 보이고 있고, ふなのり에서는 전항 모음이 e → a의 변화를 보이고 있다.

고대로부터 일본어에는 몇 가지 음배열 규칙이 있는데 그 중 하나가 모음이 연속하는 것을 꺼린다는 것이다. 대부분 일본어는 '자음+모음·자음+모음' 혹은 '모음·자음+모음'처럼 구성되어 있어 모음이 연속하지 않지만, 복합어의 경우에는 사정이 다르다.

즉 복합어의 후항이 모음으로 시작하는 경우에는 '자음+모음·자음+모음'+'모음·자음+모음'='자음+모음·자음+모음+모음·자음+모음'으로 되어 중간에 모음이 연속적으로 나타나게 된다. 이러한 경우는 다음의 예처럼 자음이 삽입된다든지 모음이 탈락하는 현상이 일어난다.

자음삽입 : はる(春)+あめ(雨)=はるさめ(haru+ame=harusame)

모음탈락 : なが(長)+あめ(雨)=ながめ(naga+ame=nagame)

모음축약 : なが(長)+いき(息)=なげき(naga+iki=nageki)

위의 'はるさめ'는 u와 a의 사이에 자음 s를 첨가한 것이고, ながめ는 모음 a를 하나 생략한 모습이다. 그리고 なげき는 모음 a와 i를 축약하여 e로 변형시켰다. 이와 같은 변화는 물론 원인은 모음연속회피에서 찾을 수 있겠지만 여기서 주의하여야 할 점은 발음이 변화하고 표기까지 바뀌게 되면 의미가 변화하게 되는 경우도 발생한다는 것이다. なげき를 예로 들어 보면 다음과 같은 여러 단계를 생각할 수 있다.

ながいいき(長い息)→ながいき(長息)→なげき(長息)→なげき(嘆き)

처음 단계인 '長い息'에서는 단순히 2단어가 나열된 것으로 앞의 단어가 뒤 단어를 수식하는 관계를 보이고 있다. 두 번째 단계인 ながいき는 2단어가 단순히 나열된 것이 아니고 전체로서 하나의 단어(복합어)를 구성하고 있는 것이다. 다음에는 상술한 모음연속을 회피하기 위해서 제3의 모음으로 변화한 형태인데 여기서도 처음에는 원래의 의미인 '긴 숨'을 나타냈다고 생각할 수 있다. 그러나 현대어의 なげき에는 더 이상 원래의 의미는 존재하지 않고 '한탄'이나 '탄식'의 의미로만 사용되고 있다.

이러한 예에서 알 수 있듯이 어떤 이유에서 변화가 나타나기 시작하여 일단 변화가 정착되면, 그 변화형은 나름대로 역할을 담당하게 된다는 것을 알 수 있다.

한편 2개 이상의 단순어가 결합하여 복합어를 형성하는 과정에서 발음과 표기에 변화가 나타나는 것은 위의 모음연속의 경우 이외에도 다음과 같이 여러 경우를 들 수 있다.

1. 연탁(連濁) : やま(山)+かわ(川) → やまがわ

みず(水)+き(着) → みずぎ

복합어의 후항이 청음에서 탁음으로 변하는 현상을 지칭하는 것으로 역시 발음 표기의 변화로 인하여 의미의 변화를 보이는 경우도 있다. やまがわ와 やまかわ를 비교해 보면 후자는 '산과 강'의 의미 즉 병렬적인 의미를 나타내지만 전자는 의미의 중심이 뒷부분 즉 강에 놓여져 있고 앞부분인 산이 뒷부분을 수식하는 관계로 이루어져 있다.

그러므로 단순한 열거가 아닌 '산의 계곡을 흐르는 강'의 의미를 나타내고 있는 것이다. 또한 みずぎ의 경우도 단순한 물과 옷이라는 의미에서 전체가 한 단위가 되어 '수영복'의 의미를 나타내게 된다. 이처럼 연탁에서는 복합어의 구성요소 간의 관계가 단순 병렬이 아닌 긴밀한 관계를 구성하고 있고 이러한 이유로 종종 의미의 변화를 초래하기도 한다.

2. 연성(連声) : てんおう(*) → てんのう(天皇)

さんい(*) → さんみ(三位)

앞부분의 어말이 뒷부분 모음에 영향을 끼치는 현상을 연성이라고 부른다. 현대어에서는 몇몇 단어에 화석적으로 나타나고 있을 뿐이다. 天皇은 원래 '天 ten'과 '皇 o:'으로 구성되어 있지만 teno:→ tenno: 로 되어 てんのう로 표기하게 되고, 이것이 굳어진 것이다.

'三位'의 경우도 구성요소의 발음은 각각 '三 saN'과 '位 i'이지만, sami→sammi로 발음이 변화한 결과, 표기도 さんみ로 정착하게 되었다.

3. 음편(音便) : 書きて(*) → 書いて

　　　　　　読みて(*) → 読んで

　　　　　　待ちて(*) → 待って

동사의 연용형이 조사 て, 조동사 た에 계속될 때는 5단동사가 어간 말 자음에 따라 각각 い, っ, ん으로 변화하는 현상을 일컫는다.

어간말 자음	カ・ガ行	ア・タ・ラ行	ナ・マ・バ行	サ行
음편형	イ음편	ツ음편	ン음편	비음편
용례	かいて ぬいで	かって まって ふって	しんで よんで あそんで	はなして

4. 촉음(促音) : きもたま(肝玉) → きもったま(肝っ玉)/

　　　　　　はなばしら(鼻柱) → はなっぱしら(鼻っ柱)

복합어에서 촉음(促音)이 나타나는 경우이다. 촉음이 단어 사이에 삽입된 형태는 촉음이 없는 경우와 비교해 강조 등의 역할을 담당한다. 이러한 종류로는 まんなか(真ん中:한가운데), まんまる(真ん丸:아주 동그란 것)처럼 촉음 이외에 발음 ん이 삽입되는 경우도 있다.

이처럼 촉음 발음이 삽입되는 용례는 강조 등의 기능을 담당하기 위해서 구어체에 일회적으로 나타나는 경우가 대부분이지만, 그중에 자주 나타나는 것은 はなっぱしら(鼻っ柱:콧대), まんなか처럼 표기에 까지 그 모습을 나타내어 하나의 단어로 정착되는 경우도 있다.

14. 50음도 빈칸의 유래

【권경애】

일본어를 처음 배울 때 가장 먼저 접하는 것이 '아이우에오'로 시작하는 '50음도'이다. 단어의 의미 그대로 50개의 음가(音価)를 지닌 히라가나를 나열한 표를 말한다. 일본어를 처음 배우는 학습자가 모르는 단어를 사전에서 찾고자 하면 단어가 어디에 수록되었는지 몰라 당황하기가 쉽다. 또한 일본에 가서 이름만 아는 지인(知人)에게 연락을 하고 싶어도 전화번호부에서 이름을 찾지 못할 수도 있다. 이 모두가 50음의 순서를 제대로 알지 못할 때 생길 수 있는 일이다.

사전이나 전화번호부뿐 아니라 명함꽂이 등, 모든 배열이 50음도의 순서를 따르고 있는 경우가 많은데, 이는 원래 불교 경전을 읽기 위해 만들어진 표였다고 한다. 오늘날과 같이 로마자 표기가 없었던 시기에는 '반절'(反切)이라고 해서 한자를 읽기 위해 2자의 한자를 이용하여 발음을 표기하는 방법을 썼었는데, 예를 들면 다음과 같다.

東 = 德 + 紅
tou   tok   kou

예와 같이 東의 발음을 나타내는데 어두자음은 德으로 모음이나 받침 상당의 부분은 紅으로 표시했던 것이다. 그러나 로마자에 익숙한 우리들과는 달리 당시의 사람들에게는 자음과 모음을 나눈다는 것이 좀처럼 이해가 되지 않은 탓에 50음도가 등장하게 된 것이다.

예를 들면 'かきくけこ', 'さしすせそ'는 모두 자음이 같고 'いきしちに…', 'うくすつぬ…'는 모두 모음이 같다는 것을 50음도에서는 한눈에 알아볼 수 있는 것이다.

이 50음도가 현재와 같은 배열이 된 것은 11세기 후반 무렵부터인데, 이는 고대인도어인 산스크리트의 배열에 맞춘 것이라 한다. 원래 불교계의 경전에서만 사용되고 있었던 탓으로 학자들과 같이 아주 한정된 부류의 사람들 사이에서만 알려졌던 50음도가 일반인들에게 알려지기 시작한 것은 메이지유신(明治維新) 이후 학교교육에서 언급되면서부터이다.

그런데 정말 일본어의 글자는 50음일까?

표-1 현대 일본어의 50음도

行										
わ(wa)	ら(ra)	や(ya)	ま(ma)	は(ha)	な(na)	た(ta)	さ(sa)	か(ka)	あ(a)	
	り(ri)		み(mi)	ひ(hi)	に(ni)	ち(thi)	し(shi)	き(ki)	い(i)	
	る(ru)	ゆ(yu)	む(mu)	ふ(fu)	ぬ(nu)	つ(tsu)	す(su)	く(ku)	う(u)	段
	れ(re)		め(me)	へ(he)	ね(ne)	て(te)	せ(se)	け(ke)	え(e)	
を(o)	ろ(ro)	よ(yo)	も(mo)	ほ(ho)	の(no)	と(to)	そ(so)	こ(ko)	お(o)	

표1에서 보는 바와 같이 や행음의 경우 や, ゆ, よ처럼 3개의 글자만 분포하고 있으며, わ행의 경우 わ, を만이 들어 있다.

게다가 を는 wo가 아닌 o음으로 발음되고 있으니 구별되는 음은 44개 뿐이다. 그럼 나머지 공란으로 비어있는 음은 원래 존재하지 않았던 음이었을까? 아니다. 호랑이가 죽어서 가죽을 남기듯, 50음도는 일본어 음의 변천사를 우리들에게 시사하고 있는 것이다.

50음도가 만들어진 당시의 일본어로 거슬러 올라가 보자.

표-2 고어의 50음도(행이나 단의 순서는 당시와 다름)

行										
わ(wa)	ら(ra)	や(ya)	ま(ma)	は(fa)	な(na)	た(ta)	さ(sa)	か(ka)	あ(a)	
ゐ(wi)	り(ri)		み(mi)	ひ(fi)	に(ni)	ち(ti)	し(si)	き(ki)	い(i)	
	る(ru)	ゆ(yu)	む(mu)	ふ(fu)	ぬ(nu)	つ(tu)	す(su)	く(ku)	う(u)	段
ゑ(we)	れ(re)	江(ye)	め(me)	へ(fe)	ね(ne)	て(te)	せ(se)	け(ke)	え(e)	
を(o)	ろ(ro)	よ(yo)	も(mo)	ほ(fo)	の(no)	と(to)	そ(so)	こ(ko)	お(o)	

표2처럼 당시 존재하던 음을 현재와 같은 배열로 나열해 보면 음가 면에서 모음 i, u와 유사하여 공백으로 남게 되는 や행음의 yi와 わ행음의 wu를 제외하고는 꽉 차 있음을 알 수 있다.

이 가운데 **や행**의 江(ye)음이 あ행의 え(e)음을 흡수한 후 わ행의 ゑ(we)음과도 통합되어 흡수하게 되고, 근세에 이르러 다시 e음으로 바뀌어지는 변천과정을 겪는다. 이 과정에서 히라가나는 e음가를 지닌 'え'쪽 글자가, 가타카나는 ye음가를 반영하던 'エ' 글자가 남는 기이한 상황이 벌어진 것이다.

わ행의 を(wo)음 또한 あ행의 お(o)음을 흡수하여 wo음으로 근세 까지 세력을 뻗치다가 다시 o음으로 변화하여 글자만 남고 음가는 사 라져 버린다.

わ행의 ゐ(wi)음도 あ행의 い(i)음으로 흡수되면서 わ행음은 실질 적으로 wa음만이 살아남아 현재에 이르고 있다.

50음도 밖에 위치하는 문자

탁음(濁音) 글자들이 50음도 밖에 위치하는 이유는 일본인들의 청 탁의식에 기인한다. 당시 일본인들에게 청탁은 액센트의 차이나 비음 성의 유무를 구별하는 정도였던 모양이다. 다시 말하면 같은 '국'자라 하더라도 '한국'이라고 할 때의 '국'과 '국수'라고 할 때의 '국'을 우리는 똑같은 음이라고 생각하지만, 실제로는 유성음과 무성음으로 구별되는 다른 음으로 발음하고 있다는 사실을 의식 못하는 상황과 비슷하지 않 았나 하는 것이다. 그러나 50음도를 만들었거나 이를 활용하는 사람들 은 한자음에 대해 박식했고, 청음이라고 일컬어지는 글자에 부가적으 로 점을 찍어 탁음을 표기함으로서 음가를 분명히 구별하고 있는 것으 로 보아 청탁음을 구별할 수 있는 식견을 가졌던 것으로 보여진다.

촉음(促音 : っ), **발음**(撥音 : ん), **요음**(拗音 : きゃ · きゅ · きょ) 등은 50음도가 만들어지던 시대에는 존재하지 않았으며 나중에 음편(音便) 현상이나 장음화(長音化) 현상으로 생겨난 음들이어서 후대에 문자를 부여받았기 때문에 50음도에는 들어가 있지 않은 것이다.

반탁음인 ぱ행음이 50음도에 없는 것은 일본어의 は행음이 무로마치(室町) 시대까지는 fa, fi, fu, fe, fo이고 훨씬 전에는 pa, pi, pu, pe, po였다는 역사적 사실을 알아야만 이해할 수 있다. は행음이 p〉f〉h로 음가가 변해가는 가운데 p음은 의성어나 의태어, 강조 어휘 표현에서 여전히 살아 있었고 이것이 나중에 문자로 반영되게 된 까닭이다.

당시의 음가와 바뀐 문자

た행음도 옛날에는 ta, ti, tu, te, to였다가 ち(ti) つ(tu)가 구개음화 현상을 일으켜 현재와 같은 chi, tsu가 되었다고 하니 결국 50음도가 성립했을 당시의 일본어보다 훨씬 더 복잡한 음운체계 속에서 현대 일본인들이 언어생활을 영위하고 있다고 볼 수 있다.

이렇게 발음을 공부하기 위해 사용하기에는 문제가 많은 표이지만 가나를 외우게 하기 위한 방편으로 50음도를 외우게 하는 것은 초보학습단계에서는 나쁜 점보다 좋은 점이 많기 때문에 여전히 그 명맥을 유지하고 있는 것으로 보인다.

15. 한국의 가나다, 일본의 いろは

【성희경】

현재 일본어 사전의 순서와 사물의 배열 등 여러 가지 순서가 50음 도인 あいうえおかきくけこ… 순으로 되어 있다. 그러나 옛날에는 사전의 순서나 글자의 순서가 いろはにほへと… 순으로 되어 있다.

이는 '이로하우타'(いろは歌)라는 시가의 순서에 따른 것이다. 이로하우타는 이로하(いろは)로 시작되는 시가로 그 내용은 불교의 무상(無常)을 노래한 것이다. 이 시가가 만들어진 당시 사용되던 47종의 일본문자 가나를, 똑같은 가나를 2번 사용하지 않고 1회씩 사용하여 만들어진 것이다. 옛날부터 일본문자인 가나 습득을 위해 학습되어 왔고 결과적으로 당시의 일본어 가나의 일람표로 되어 왔다.

전문은 다음에 나타내는 바와 같다. 의미와 관련해서 한자가나혼용(漢字仮名交じり)문도 아울러 첨가해 둔다.

いろなにほへと	色は匈へど
ちりぬるを	散りぬるを

わかよたれそ	我が世誰ぞ
つねならむ	常ならむ
うゐのおくやま	有為の奥山
けふこえて	今日越えて
あさきゆめみし	浅き夢見じ
ゑひもせす	酔ひもせず

봄의 꽃과 가을의 단풍잎이 아무리 아름답다해도 언젠가는 지고 마는 것을 그와 같이 우리 인간세계도 언제까지나 이렇게 있을 수 있는 것은 아니다. 이와 같이 덧없는 세계를 극복해서 지금까지와 같이 얻기 힘든 것, 피하기 힘든 것을 구하는 것은 단절하고 진정한 깨우침의 경지에 들어갈 뿐이다.

위 시가는 열반경(涅槃経)의 일절 제행무상(諸行無常), 시생멸법(是生滅法), 생멸멸이(生滅滅已), 적멸위락(寂滅為楽)을 일본어로 번역한 것이라고 일컬어지고 있다.

이로하우타의 전문이 기록되고 있는 현존 최고의 문헌은 『곤고묘사이쇼오교온기』(金光明最勝王経音義, 1079)이지만, 이 시가가 언제 누구에 의해 어떠한 목적으로 만들어진 것인가에 대해서는 확실하지 않다.

이 시가의 작자는 오래 전부터 헤이안(平安)시대 초기의 고오보(弘法) 대사 구카이(空海 774~835)라고 여겨져 왔으나, 요즈음은 이로하우타에 들어 있는 가나 중 헤이안 초기인 8세기 말에 존재했다는 あ행(e)과 や행(je)의 그음 구별이 나타나 있지 않은 점, 이로하우타가 헤

이안 중기 이후에 번성했던 7·5조의 4구형식을 취하고 있는 점 등으로 보아 고보대사 시대로부터 약 2백 년 후인 10세기 말에서 11세기 초의 작품으로 보고 있다. 이와 같이 이로하우타는 헤이안 중기 이후, 불교와 관계가 깊고 와카(和歌)의 소양도 있으며 더구나 언어유희의 센스를 가진

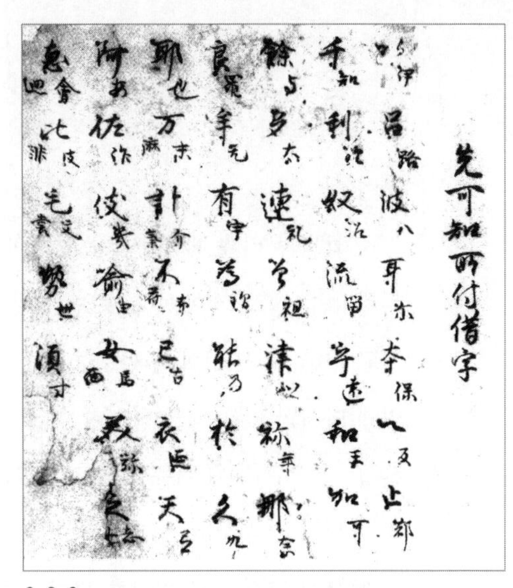

이로하우타 전문 – 『곤고묘사이쇼오교온기』

사람에 의해 만들어진 것으로 추정되고 있다. 또한 만들어진 목적에 관해서는 가나 습자(習字)의 글씨본을 위한 것이라는 설, 지적유희의 결과라는 설, 또한 최근에는 한자 성조의 습득에 도움을 주기 위한 설 등이 있다.

이로하우타 47문자는 초보자에게는 필수적이었던 만큼 규범화되어 원래 각각 다른 음질이었던 い(i)와 ゐ(wi), え(e)와 ゑ(we), お(o)와 を(wo)가 음운변화의 결과, 동음이 된 후대에도 다른 가나로 구분해야 할 것으로 생각되어 근래에 이르기까지 가나일람표로 사용되어 왔다. 또한 이로하 47자는 사물의 배열이나 순서를 나타낼 때에도 사용되어 왔다.

일본어사전의 단어 배열은 다치바나 다다카네(橘忠兼)의 이로하지루이쇼(色葉字類抄, 1177~1181) 이후 이로하(いろは) 순으로 되어 있

고, 50음도가 순서의 주류가 된 것은 다이쇼(大正) 시대인 1912년 이후이다.

이로하우타와 관련해서 조선시대 일본어 역관을 양성하기 위한 일본어학습서로 조선에서 1492년 간행된 조선판 이로하(伊路波)가 전해지고 있다. 이 자료에는 이로하우타 47자가 가나로 기재되어 있고, 그 옆에 당시의 발음을 잘 반영한 한글로 기재되어 있어 당시의 일본어의 음성·음운 연구에 귀중한 자료로 취급되고 있다.

다음으로 이러한 이로하우타 이전에 이미 이로하우타와 마찬가지로 발음이 다른 모든 가나를 모아 만든 히라가나 학습서가 있었다. 이는 이로하우타보다 시기적으로 앞선 약 10세기 중반 이전에 만들어진 것으로 추정되며 아메쓰치(あめつち) 또는 아메쓰치노고토바(あめつちの詞)로 불려진다. 원문과 해석은 다음과 같다.

あめ(天 하늘), つち(地 땅), ほし(星 별), そら(空 하늘), やま(山 산),

かは(川 하천), みね(峰 산봉우리), たに(谷 산골짜기), くも(雲 구름),

きり(霧 안개), むろ(室 실), こけ(苔 이끼), ひと(人 사람), いぬ(犬 개),

うへ(上 위), すゑ(末 끝), ゆわ(硫黃 유황), さる(猿 원숭이),

おふせよ(生ふせよ 피어나라), えのえを(榎の枝を 팽나무의 가지를),

なれゐて(馴れ居て 쓰다듬고)

이것은 미나모토노 시타고(源順, 911~983)의 가집(歌集) 『미나모토노시타고슈』(源順集) 등에 나와 있는 것이지만, 괄호 안에 표시되어 있

는 것 같이 해석-おふせよ 이하는 다른 설도 있다-되어 있다. 여기에서는 48자의 음절이 구별되어 있으며 중복없이 사용되어 있다.

위의 '에노에오(榎の枝を)'에 え가 2번 나오는 것은 あ행의 e와 や행의 ye가 구별되어 있다는 것을 나타낸다. 이 '아메쓰치'의 성립에 관해서는 가나를 배우기 위한 학습노래-『우쓰보이야기』(宇津保物語)에 그 기술이 있다-라는 설, 말 놀이라는 설, 한자어의 액센트형을 습득하기 위한 설 등 여러 가지 설이 있다.

16. 어머니와는 두 번 만나는데
아버지와는 한 번도 만나지 못하는 것은?

【황광길】

16세기 초의 수수께끼집 『나조다테』(なぞだて)에 실려있는 일본어 관련 수수께끼의 하나. 50음도와도 관련이 있고, 신체와도 관련이 있다.

ははには二たびあひたれども, ちちには一どもあはず

어머니와는 두 번 만나는데 아버지와는 한 번도 만나지 못하는 것은?

일본어는 표음문자로 각각의 가나가 일정한 발음을 나타내고 있다. 일본어를 처음 학습할 때 50음도를 통해 가나를 익히게 되는데, 이때 각각의 가나에 로마자로 그 읽는 법을 표시한 것을 본 적이 있을 것이다. 이것은 바로 일본어에서 발음과 문자가 대응하고 있기 때문이다. 그러나 모든 경우에서 가나와 발음이 일치하고 있는 것은 아니다.

山田は ご飯を 食べて 図書館へ 行きました.

야마다(山田)는 밥을 먹고 도서관에 갔습니다.

위의 예문에서 밑줄친 부분인 조사 は, を, へ는 각각 wa, o, e로 읽는다. 발음대로 표기하려면 わ, お, え로 적어야 되겠지만 실제로는 위와 같이 は, を, へ로 나타내므로 발음과 가나가 일치하고 있지 않다. 시대 흐름에 따라 발음은 변했음에도 표기는 변하지 않은 결과, 발음과 표기에 차이가 나타나게 되는 것이다. 이와 같은 현상은 특히 は행음에 두드러지게 나타나고 있다. 우선 현대어의 は행음의 발음을 보면 다음과 같다.

は	ひ	ふ	へ	ほ
ha	hi	hu	he	ho
(ha	çi	Φu	he	ho)

우리는 보통 は행음의 자음을 모두 h로 인식하고 있으며 실제로 50음도에서도 발음 표시를 할 때에 모두 h로 표시하고 있다. 이것은 예를 들어 ふるい(古い)를 발음할 때 [h]음을 사용하여 [hurui]로 발음하든 혹은 [Φ]음을 사용하여 [Φurui]로 발음하든 의미상 차이가 없기 때문이다.

즉 일본어에서는 [h]와 [Φ]가 의미상 차이가 나지 않기 때문에 굳이 이를 구별하지 않고 모두를 익숙한 [h]로 나타내고 있는 것이다. 이를 보통 음운표시라고 하는데, 2번째 행에 잘 나타나 있다.

그러나 실제 발음은 は행의 모든 자음이 동일한 것은 아니고 3번째 행에 나타낸 것처럼 [h], [ç], [Φ]의 3가지 자음이 나타나고 있다. [h]

와 [Φ]에 대해 살펴보면 [h]는 후두(喉頭)에서 조음(調音)되는 반면 [Φ]는 입술에서 조음되기 때문에 조음위치는 대단히 상이하다고 하겠다.

그럼에도 불구하고 이것을 의미구별에 관여하지 않는다는 이유 때문에 하나의 음으로 간주하는 것은 공시론적 입장에서 설명하고 있기 때문이다. 즉 i 모음 앞에서는 모음의 영향으로 구개음인 [ç]로, u 모음 앞에서는 입술소리인 [Φ]로 실현된다고 간주하는 것이다.

하지만 통시론적 입장에서 보면 は행음에 3가지 자음이 출현하는 것은 역사적인 변화의 결과로 설명이 가능하다. 1600년 전후의 자료인 기리시탄 자료에서는 일본어를 로마자를 사용하여 표시하고 있는데, は행음이 포함된 단어는 다음과 같이 나타내고 있다.

はる(春) faru, ひめ(姫) fime, ふみ(文) fumi, へいけ(平家) feiqe,
ほど(程) fodo

이처럼 후속모음에 관계없이 모두 [f]를 사용하여 나타내고 있는 것으로 보아, 당시 は행자음은 양순마찰(両唇摩擦)적인 음으로 즉 [Φ]에 가깝다고 생각할 수 있다.

한편 시대를 거슬러 올라가면 일본어에서도 한자의 음과 훈을 사용한 만요가나 자료가 많이 등장한다.

は행음을 나타내는데 사용된 음가나(音仮名)를 『만요슈』(万葉集)에서 조사해 보면 波, 破, 半, 伴, 方, 芳, 播, 幡, 泊, 房, 薄, 盤, 倍, 曙 등이 있다. 이들 한자는 원래 중국어에서 [p]음을 나타내던 것이었다.

이러한 이유로 일본어의 は행자음이 고대에는 [p]음이었을 가능성이 제기되고 있다.

이상을 요약하면 は행자음이 어두에 나타나는 경우, 고대에서 현대에 이르기까지 p〉Φ〉h의 변화를 나타낸 것으로 설명할 수 있다.

그러나 は행자음이 어두(語頭)가 아닌 어중(語中)이나 어말에 나날 때에는 위와 상이한 변화가 나타나고 있다. 헤이안(平安) 시대 문헌을 살펴보면 かわ(川)는 かは로, おもう(思)う는 おもふ로, 그리고 かお(顔)는 かほ로 표기되어 있다.

즉 현대어에서 わ・あ행음이 고어에서 は행으로 표시되어 있는데 이는 다시 말하면 어두 이외의 경우는 고어의 は행음이 わ행음-단, あ단 이외에는 あ행음-으로 변했음을 나타내는 것이다. 이러한 음운변화를 は행전호음(転呼音)이라고 한다.

이 중 は행음의 표기와 발음의 변화과정을 살펴보면 다음과 같다.

ハ行〉ワ行 : かは[kaΦa]〉かは[kawa]〉かわ[kawa]

ハ行〉ワ行〉ア行 : カほ[kaΦo]〉カほ[kawo]〉

かを[kawo]〉かを[kao]

한편 처음에 언급한 'はは'는 は행음이 어두와 어중에서 나타나고 있으므로 위에서 설명한 어두의 변화, 그리고 어중의 は행전호음의 결과, 다음과 같은 변화를 예상할 수 있다.

예상변화 : はは[papa] 〉 はは[ΦaΦa] 〉 はは[Φawa] 〉 はわ[hawa]

실제변화 : はは[papa] 〉 はは[ΦaΦa] 〉 はは[Φawa] 〉

はわ[hawa] 〉 はは[haha]

'はは'는 예상과 달리 はわ(hawa)에서 멈추지 않고, はは(haha)로 되어 있어 다른 は행음과 다른 모습을 보이고 있다. はは의 이러한 변화는 일반적인 음운변화로는 설명이 곤란하다. 이에 대해서는 はは와 대응 관계에 있는 ちち가 동음반복형으로 되어 있는 사실, 그리고 고빈도의 신체어 유아어 등에서 역시 てて(手), めめ(目), みみ(耳), ちち(乳)에서 동음이 반복되고 있다는 사실과 무관하지 않은 것으로 생각할 수 있다. 이러한 결과 현대어에서는 はは(haha)로 나타나게 된 것이다.

물론 현대어와 달리 고어에서 어머니는 [ΦaΦa] 혹은 [Φawa]를 예상할 수 있고 [Φ, w]는 모두 입술소리이므로 발음시 윗입술과 아랫입술이 두 번 만나게 된다. 반면에 아버지 ちち의 당시 발음은 [tʃitʃi]이므로 윗입술과 아랫입술이 닿지 않는다. 따라서 처음에 있는 수수께끼의 정답은 '입술'(くちびる)이다.

17. 애정에서 아름다움으로 바뀐 우쓰쿠시(うつくし)

【이사치코】

말의 의미는 시대와 더불어 변한다. 이를 두고 언어에는 생명이 있다고 말하기도 하는데 실은 그 내면에는 고대부터 현재에 이르기까지 만들어지고 없어지기도 한 단어의 수와 깊이 관련되어 있다. 단어는 시대의 흐름에 따라 끊임없이 생성되고 소멸하는데 전체적으로 보면 생성되는 단어가 훨씬 많다. 즉 단어는 꾸준히 증가해 왔던 것이다.

일본어를 공부하는 이라면 누구나 한 번쯤 들어 보았을『겐지이야기』(源氏物語)는 총 207,808개의 단어-연어휘(延語彙)-가 쓰였는데, 동일한 단어를 하나로 치면 이어휘(異語彙)는 11,423개이다.『만요슈』(万葉集)에는 총 50,070개의 단어가 쓰였는데 이어휘는 6,505개에 불과하다.『다케토리이야기』(竹取物語)나『가게로일기』(蜻蛉日記)에서도 각각 1,311개와 3,598개의 이어휘가 쓰였다.

오늘날 신문을 읽고 이해하며 일상생활에 불편함이 없을 정도가 되려면 약 4만 정도의 단어를 알아야 한다는 사실과 비교해 볼 때 옛날에는 무척 단어가 적었음을 알 수 있다.

그러나 단어의 수에 관계없이 인간의 감정과 생활은 옛날이나 지금이나 기본적으로는 별 차이가 없으며 희로애락을 나타내는 형용사의 경우는 더욱 그렇다. 즉 옛날에는 적은 단어로 다양한 뜻을 표현하기 위해 한 단어에 여러 가지 의미를 부여하는 용법이 발달했던 것이다. 그러다가 한자어의 유입 등으로 동일개념을 나타내던 단어들의 의미분화가 일어났고, 점차 하나의 단어가 표현하는 영역이 좁아졌다고 할 수 있다.

이러한 변화를 추적하기 위해 고전 문학작품에 나타난 형용사의 용법을 살펴보는 것이 중요한데, 작가의 성향 및 문학사조에 따라 그 의미가 다양하게 나타난다는 점에 유의해야 한다.

현대어의 형용사 おかしい를 우리나라 학습자들은 '이상하다'는 뜻으로만 이해한다. 그러나 사전을 찾아보면 '우스꽝스럽다, 이상하다, 수상하다' 등의 뜻을 가졌음을 알 수 있다. おかしい는 고어에서는 おかし로서 '재미있다, 흥미롭다, 뛰어나다' 등의 뜻으로 쓰였다. 또한 新(あたら)しい는 '새 것이다, 처음이다, 지금 막 완성된 것이다'라는 의미로 사용되고 있으나, 옛말 あたらし의 뜻은 '애석하다, 아깝다'라는 의미였다. 그리고 愛(いと)しい의 현대어의 의미는 '자식이나 연인에 대해 애정을 품고 마음이 끌려 그리워하는 모습' 또는 '귀여워서 어쩔줄 모르는 모습'을 나타내지만, 고어에서는 '불쌍하다, 딱하다'라는 의미로 쓰였다.

이와 같이 경우에 따라서는 상이한 뜻으로 쓰거나 여러 의미를 나타내던 단어들이 시대의 흐름에 따라 그 의미가 하나로 고정되는 변천

과정을 밟게 되었던 것이다.

　　현대어의 うつくしい의 의미는 '아름다운 산, 아름다운 소리'와 같이 '시각적·청각적으로 아름답고, 깊은 감명을 준다'는 뜻이다. 그러나 옛날에는 그러한 의미로 사용하지 않았던 것 같다. 일본에서 가장 오래된 운문집인 『만요슈』에 다음과 같은 노래가 있다.

父母見れば尊し妻子見れば米具斯宇都久志
부모를 보면 존경스럽고, 처자를 보면 슬프도록 <u>사랑스럽다.</u>

　　이 경우의 うつくし(宇都久志)는 '사랑스럽다'라는 의미로 쓰였지만, 다음의 노래에서는 '그립다'는 뜻으로 쓰였다.

あめつちのいづれの神に祈らばかうつくし母にまた言問すむ
천지 어느 신에게 기원해야 <u>그리운</u> 어머니와 또 다시 말을 주고받을 수가 있을까

　　위의 예문들에서 알 수 있듯 うつくし는 부부 사이나 부모, 처자식 또는 연인에 대해 매우 친밀한 가족적인 위로와 연민의 감정을 나타내며, 결코 오늘날과 같은 아름다움을 나타내는 말은 아니었다.

　　헤이안시대의 여류궁중문학에서 うつくし는 작은 것을 향한 애정의 표현으로 변해 갔다. 『마쿠라노소시』(枕草子)에서는 사람이 쥐의 울음소리를 흉내내어 찍찍 소리를 내면 참새새끼가 날아오는 것을 보고

うつくし라고 표현하고 있다. 또 갓난아기가 급히 기어오다가 작은 먼지가 있는 것을 용케 보고 손가락으로 집어 어른에게 보이는 장면을 うつくし라고 표현하고 있다. 이처럼 무엇이든 작은 것은 모두 うつくし라고 표현하고 있다.

なにもなにも小さき者はみなうつくし
무엇이든 작은 것은 귀엽다.

여기서 말하는 うつくし는 '작은 것에 대한 귀여움'을 표현한 것인데, 종종 오역(誤訳)하는 경우를 보게 된다. 즉 현대어의 '아름답다'로만 생각해서 '일본인들은 작은 것을 좋아한다'는 식으로 확대해석을 하는 것이다. 여기서 이야기하는 '작은 것'은 '어린 아기', '병아리', '작은 꽃잎'처럼 모성애적인 관찰자의 눈으로 보았을 때 쓰는 표현이며 남성 문학에서는 잘 등장하지 않는다. 그리고 『다케토리이야기』(竹取物語)에서 가구야히메를 대나무 속에서 발견했을 때 할아버지가 다음과 같은 표현을 하고 있는데, 이 역시 '귀엽다'는 의미로 볼 수 있다.

それを見れば三寸ばかりのなる人うつくしうてるたり
빛나는 대나무를 보니 9센티미터쯤 되는 사람이 귀여운 모습을 하고 있었다.

이렇듯 '귀엽다'를 나타내던 うつくし는 무로마치시대 이후 점차 '깨끗하다'거나 '멋들어지다' 또는 '아름답다'는 의미로 바뀌게 된다.

猫がうつくしう食うた

고양이가 밥을 하나도 남김없이 깨끗이 먹었다.

色濃く咲きたる木の, 樣体うつくしきが侍りしを

선명하게 핀 매화의 멋들어진 모습이여.

身共はそなたのようなうつくし女中に近づきはおりない

나 같은 것은 당신처럼 아름다운 여인에게 가까이 갈 수가 없다.

이 가운데 '깨끗하다'의 경우는 한자어 '기레이'(綺麗)의 등장에 의해 깨끗하다는 의미가 없어진 것으로 추정되며, 꽃이나 여인을 표현한 '멋들어지다', '아름답다'는 현재까지도 그대로 쓰이게 되었다. 즉 고어의 うつくし는 혈육에 대한 사랑에서 작거나 어린 사람 또는 물건에 대한 사랑으로, 그리고 작은 것이 갖는 미(美)에 대한 사랑으로, 나아가 무로마치시대에 이르러서는 드디어 아름다움 자체를 표현하게 되었으며, 오늘날에 이르기까지 어휘의 분화와 문학사조의 변천이 작용했다고 할 수 있다.

그런데 언제부터인지 고유어 うつくし에는 한자 美가 붙어 美しい로 표기하게 되었다. 이 美しい의 美라는 한자에 대해 거의 모든 일본인이 '아름다운 말, 아름다운 글자'라는 이미지를 갖고 있다. 이는 어느 신문사가 실시한 '일본인이 좋아하는 한자' 앙케트 조사 결과에서도 엿볼 수 있다.

하지만 원래 美라는 글자는 羊과 大를 합하여 만들어진 글자로 '맛이 좋다'는 의미를 가졌다고 한다. 즉 고대 중국인은 통통하게 살이 올라 먹음직스러워 보이는 양의 모습에서 '美'라는 글자를 생각해낸 것이다. 이처럼 같은 글자를 가지고도 중국과 일본이 너무나도 판이한 것은 어쩌면 민족적인 특질의 차이일지도 모른다.

18. NIHON, NIPPON, JAPAN은 모두 한 뿌리 한 형제

【권경애】

2002년 여름, 월드컵을 뜨겁게 달군 한일 응원전을 기억하는가. 우리는 '붉은 악마'의 '대~한민국! 짝짝짝짝짝!'이라는 구호로, 일본은 '울트라 닛폰'의 '닛폰! 짝짝짝!'이라는 구호로 열띤 응원전을 펼치던 관중들의 함성이 지금도 귀에 선하다.

1980년대만 하더라도 우리나라 선수들의 유니폼에는 'KOREA'가, 일본선수들 등에는 'JAPAN'이라는 글자가 새겨져 있었다. 그러던 것이 어느 사이에 'HANGUK'과 'NIPPON'이라고 바뀌었다. 양국 모두 영어식 국가명인 KOREA이나 JAPAN이라는 명칭 대신에 HANGUK과 NIPPON이라는 국호를 사용하고 응원하는 것을 보고 강한 자아의식(自我意識)의 표출이라고 보기도 한다.

그러나 KOREA라는 명칭은 역사적으로 '고려'라는 국호가 서양으로 건너가 변화된 것인 만큼 분명 우리나라를 가리키는 우리나라 말이다. 그렇다면 JAPAN은 어디서 유래된 말일까? 우리가 알고 있는 '일본'이라는 말, 일본원어민 발음으로 '니혼'(NIHON), '닛폰'(NIPPON)

이라는 말은 언제 어떻게 해서 생겨난 말일까? 왜 일본축구 응원팀의 구호가 '울트라 니혼'이 아니라 '울트라 닛폰'이어야 하는가? 이 점에 대해 생각해보기로 하자.

'일본'(日本)이라는 명칭

일본인들이 자기 나라를 일컬을 때 사용하는 가장 오래된 명칭으로는 やまと(大和)가 있다. 지금도 일본 고유어를 가리켜 やまとことば(大和言葉)에서 따온 わご(和語)라 하며, '일본인의 혼'을 やまとだましい(大和魂), '일본여성'이나 '요조숙녀'를 やまとなでしこ(大和撫子)라고 한다. 이처럼 고유의 어떤 것을 가리킬 때에는 꼭 やまと라는 말을 붙여 쓴다.

그런데 대외적으로는 일본(日本)이라는 명칭을 쓰는 것이 관례였다. 국호가 일본으로 불리게 된 것은 무척이나 오래 전부터인데, 중국 『당서』(唐書), 『동이열전』(東夷列伝)에 다음과 같은 기술이 보인다.

日本古倭奴 悪倭名更号日本 国近日所出以為名

일본은 옛날의 왜를 일컫는 말이다. 왜라는 명칭이 좋지 않아 일본이라고 바꾸었다. 해가 뜨는 곳에서 가깝다 하여 그렇게 이름을 지었다.

또한 서기 720년에 편찬된 『니혼쇼키』(日本書紀)에서도 이같은 사실이 확인된다.

JAPAN이라는 명칭

야마토(大和) 또는 일본(日本)이라는 나라가 'JAPAN'이라는 이름으로 서방세계에 알려지기 시작한 것은 중국한자음의 영향이다. 즉 JAPAN은 日本이라는 한자음을 중국어로 발음한 [nźiĕtpuan]이 변한 것이다. 마르코 폴로의 『동방견문록』에서 Zipangu라고 소개된 것도 중국식 발음에 따른 것이다.

NIHON, NIPPON이라는 명칭

8세기에 일본에서 통용되던 한자음의 발음은 日이 nit, 本이 pon〉fon으로 변한 것으로 추정되므로, 日本은 nitpon이나 nitfon이라는 음으로 읽혀졌을 것으로 보인다. 이것이 후에 nippon 즉 'NIPPON'으로 이어져 온 것이라 볼 수 있다.

그렇다면 NIHON이라는 명칭은 언제부터 생겨난 것일까? 일본도 우리나라와 마찬가지로 공식문서에서는 한자를 사용하여 표기를 했던 관계로 문헌상으로는 음을 확인할 단서가 없었다.

그런데 16세기 후반부터 17세기 전반에 걸쳐 포르투갈 선교사들의 일본어 학습을 위해, 일본어를 당시의 음운에 근거한 로마표기로 표기한 기리시탄 자료라 불리우는 문헌들이 있어 현대인들에게 많은 것을 시사해 주고 있다. 그 중의 『아마쿠사판 헤이케이야기』(天草版 平家物語)라는 자료에 NIFON이라는 로마표기가 보인다. 이것이 日本의 발음을 문헌상에서 확인할 수 있는 가장 오래된 것이다. 이를 통해 헤이케이야기가 간행된 1592년 이전에 이미 NIFON이라는 형태로 쓰이고 있었음을 알 수 있다.

단 1년 후에 간행된 일본판 『이솝이야기』(イソポ物語)에서는 NIPPON이라는 형태로 쓰이고 있으므로, 어느 시기부터인가 NIPPON과 NIFON이 공존하게 되었다는 것을 알 수 있다.

여기서 한 가지 짚고 넘어가야 할 일본어의 상식이 있다. 그것은 일본어의 は행음이 현재의 は행음이 아니라는 사실이다. 아주 옛날 は행음의 자음은 p음이었으며, 문헌시대에 들어서는 f음이 된 것으로 추정된다. 이것이 h음으로 변화하는 것은 18세기 이후이므로 NIFON은 18세기 이후 NIHON으로 음가가 바뀌어 오늘날 NIHON이라는 명칭으로 이어지게 된 것이라 할 수 있다.

NIPPON에서 NIHON으로의 변화

이상과 같이 NIHON이라는 명칭은 NIPPON에서 나온 것임을 알 수 있다. 그런데 왜 NIPPON에서 NIHON으로 변하게 되었는가 하는 이유에 대해서는 다음과 같은 2가지 해석이 있다.

하나는 옛날에는 にっぽん(NIPPON)의 촉음(促音) 부분을 표기하는 글자가 없었기 때문에 にほん(NIFON)이라 표기가 이루어져, 그것이 나중에 NIHON이 되었다고 보는 입장이다. 그러나 글자가 없다고 해서 일본어의 단어 속에서 p계통의 음이 사라진 것은 아니다. 의성어나 의태어 의미를 강조하는 표현 등에서 p계통의 음은 살아 있었고 이것이 나중에 ぱ(pa)행음으로 표기수단을 갖게 된다.

다른 하나는 앞에서 본 바와 같이 표기수단의 결여에서 그 원인을

찾는 것이 아니라, 강한 어감을 지닌 어형에 대비되는 어형을 만들려는 작용에서 비롯된 것이라 보는 입장이다. 일본의 부사들 중에는 촉음이 삽입된 단어와 그렇지 않은 단어를 대비시킴으로서 강한 어감을 표시하는 경우가 있다. 예를 들면 やはり와 やっぱり, とても와 とっても에서 やはり와 とても에 비해 やっぱり, とっても는 강한 느낌을 주며 회화체적인 부사들에 속한다.

にほん(NIHON)과 にっぽん(NIPPON)을 비교해 볼 때 にっぽん(NIPPON)은 やっぱり, とっても처럼 촉음을 지니고 있어서 어감 면에서는 강한 느낌을 주므로 촉음을 지니지 않는 にほん(NIHON)을 만들어내지 않았나 하는 것이다.

전자에 대해 후자의 해석이 설득력을 지니는 것은 제2차 세계대전 당시의 일본의 국호가 NIPPON인데 반해, 패전 이후의 일본은 NIHON이라는 국호를 사용하여 전쟁 도발국이라는 이미지에서 벗어나려고 한 점, 올림픽과 같이 스포츠 세계에서는 치열한 승부욕과 NIPPON이 주는 강력한 이미지가 조화를 잘 이룬다는 점에서 찾아볼 수 있을 것이다.

19. 현대어와 고어는
어순이 다른 것도 있다

【이묘희】

가카리무스비(係り結び)

일본 속담에 好きこそものの上手なれ라는 말이 있다. 어떤 일이라도 자기가 좋아하면 열심히 하게 되고, 또 열심히 하게 되면 더욱 더 잘 하게 된다는 뜻인데, 이 속담의 의미보다는 형태적인 면에 주목해 보자. 이 속담은 조사 こそ에 의해 강조된 문장인데, 종지형인 上手なり로 마친 것이 아니라 上手なれ로 끝을 맺고 있다.

현대어와 고어의 가장 큰 차이 중의 하나로 '가카리무스비'(係り結び)라는 현상을 들 수 있다. 현대어에서 문장 끝의 동사, 형용사 등은 종지형-때로는 명령형-을 사용하는 것이 일반적인데, 고어에서는 문장 중에 조사 ぞ·なむ·や·か가 사용될 때는 문장 끝이 연체형이 되고, 'こそ'가 사용될 때는 문장 끝이 현대어의 가정형에 해당하는 이연형(已然形)이 된다.

이러한 현상을 가카리무스비라 하고 이들 ぞ·なむ·や·か·こそ 등의 조사를 계조사(係助詞)라고 한다. 이들의 호응관계를 표로 나타내면 다음과 같다.

가카리		무스비	의미
ぞ・なむ・や・か	…	연체형(連体形)	강조・의문
こそ	…	이연형(已然形)	강조

　가카리무스비는 그 명칭에서 알 수 있듯이 문중에 특정한 조사가 있으면 이렇게 문말을 맺는다는 일련의 호응관계인데, 와카(和歌)를 짓거나 문장을 쓰기 위한 법칙이었다.

　현대어에서는 고전 와카를 짓거나 고문을 쓰는 것이 아니므로 가카리무스비라는 용어가 적당치 않지만 대신할 만한 적절한 용어가 없으므로 그대로 쓰기로 한다.

　현대어에도 や・か・こそ 등의 조사가 있지만 이들이 있는 문장도 다음과 같이 문말의 활용형이 바뀌는 일은 없다.

1. 草むらに虫の声が**するか**。풀숲에서 벌레소리가 들리는가?
2. 今こそ実行の時だ。지금이야말로 실행할 때다.

　'ぞ・なむ・や・か…연체형'과 같은 가카리무스비는 현대어에서는 완전히 모습을 감추었고, 예 1은 의문문으로, 문말에 쓰인 조사 か는 의문을 나타내는 조사이다. 'こそ…이연형'과 같은 가카리무스비는, 위의 예 2에서 보듯이, 가카리 즉 こそ만이 그 명맥을 유지하고 있고, 형태적인 호응관계는 소멸했다.

고어와 현대어의 어순이 다른 예들을 보기로 하자. 우선 평서문을 현대어와 고어를 비교해 보면 다음과 같다.

草むらに虫の声がする → 草むらに 虫の声す。
풀숲에서 벌레소리가 들린다.

다음에는 평서문을 의문문으로 고치는 방법을 생각해 본다. 의문문으로 고치는 방법을 현대어에서 보면, (1)문말에 か를 붙이는 방법과 (2)의문사를 사용하는 두 가지 형식을 생각할 수 있다.

(1) 문말에 か를 붙여 의문문으로 하는 방법

草むらに虫の声がするか。(현대어)

위의 예를 고어 의문문으로 만들려면, 질문하고 싶은 부분에 や·か를 붙이고 술어에 사용되는 동사를 종지형(す)으로 하지 않고 연체형(する)으로 해야 된다.

草むらに 虫の声やする。　　　풀숲에서 벌레소리가 들리는가?
草むらにや虫の声 する。　　　풀숲에서 벌레소리가 들리는가?

고어의 의문문에는 문말에 오는 や·か도 있는데, 여기서 문말 용법은 대상 외로 한다.

고어에서는 や・か를 어디에 붙이는가에 따라 질문 부분이 명확해진다. 즉, や・か가 있는 부분을 강하게 발음하게 되고, 강조한다는 것을 알게 된다.

술어에 사용되는 동사의 형태가 바뀌는 것은 や・か를 사용하는 의문문에서만 일어나는 것은 아니다. 의문사를 사용하는 (2)의 경우도 마찬가지이다.

(2) 의문사를 사용하는 방법

どこで 虫の声が するか。(현대어)
草むらに なにの声が するか。(현대어)

이 예를 고어 의문문으로 하려면, 의문사를 사용하는 부분에 か를 붙이고, 다음의 예와 같이 술어동사를 종지형(す)으로 하지 않고 연체형(する)으로 바꾼다.

いづくに**か** 虫の声 **する。**　　어디에서 벌레소리가 들리는가?
草むらに なにの声**か** する。　　풀숲에서 무슨 소리가 들리는가?

이처럼 고어에서 술어동사의 형태가 바뀌는 것은 모든 의문문에 공통되어 있다.

113

や・かは 의문 외에 반어를 나타내기도 한다.

近き火などに逃ぐる人は、しばしとや いふ。(徒然草)
가까운 곳에서 불이 나서 도망가는 사람은, 잠깐만 기다려 줘,라고 말할 것
인가. 아니, 자기 몸을 구하기 위하여 바로 도망을 갈 것이다.

이와 같이 고어에서는 문중에 있던 や・かは, 현대어에서는 か로
바뀌어 문말로 이동하여 의문을 나타내는 종조사로 쓰이고 있는 것이
다. 즉, 현대어에서는 고어와 어순이 달라진 것이다.

草むらに虫の声や する(고어) → 草むらに虫の声が するか(현대어)
いづくにか虫の声 する(고어) → どこで虫の声が するか(현대어)

な〜そ

어순이 달라지는 것은 금지표현의 'な〜そ'에서도 볼 수 있다. 가카
리 な에 대하여 무스비에 そ가 사용되는 가카리무스비의 일종으로 볼
수 있다.

가카리		무스비	의미
な	… 연용형 …	そ	금지

현대어에서는 금지를 나타내는 な는 문말에서 사용되기 때문에 종
조사로 취급되고 있지만, 고어에서는 문말용법과 병행하여 문중에서도

사용되기 때문에 계조사로 취급되고 있다.

もの知らぬことと**な**のたまひ**そ**。

（もののわからないことをおっしゃいます**な**）

알지 못하는 것을 말씀하지 말아 주세요.

나코소(な來そ)라는, 현재 후쿠시마(福島)현에 세키쇼(関所)의 지명이 있었는데, 죄인은 여기에 오면 잡히니까 오지 말라는 뜻이다.

고어의 특징 중의 하나인 가카리무스비는 현대어에서는 완전히 흔적이 없어졌지만, 고어의 의문을 나타내는 문중에 있던 계조사 や·か는 현대어에서는 か로 바뀌어 문말로 이동되었고, 금지를 나타내는 な도 문말로 옮겨져 사용되므로, 현대어와 고어는 어순이 달라진 것이 확인되었다.

또한 서두의 好きこそものの上手なれ와 같은 속담에 화석적으로 남아있을 뿐인 가카리무스비는 다른 언어형식으로 바뀌어 남아 있을 터인데, や·か·こそ 등의 강조용법은 현대에서는 프로미넌스(prominence:강조, 卓立)에 의해 표현된다고 할 수 있다. 표현자가 강조하고 싶은 것을 프로미넌스에 의해 표현하는 것이 현대어에서 가카리무스비의 모습이라고 생각된다.

20. む를 정복하면 고어가 보인다

【이묘희】

일본어를 배우는 중에 고전문법을 처음 접하게 되면 또 다른 외국어를 배우는 것과 같은 당혹감을 느끼게 된다. 그 중에서도 가장 어렵게 느껴지는 것은 조동사의 습득일 것이다.

世(よ)のなかにもし助動詞のなかりせば古文の時間のどけからまし。

이 세상에 조동사가 없었더라면 고전시간이 정말 평화로왔을 텐데.

위의 예문은 어떤 학생이 읊은 것으로, 이 정도라면 조동사에 대해 상당한 실력을 갖췄다고 말할 수 있다.

고어에서 의지·추량의 표현은 조동사에 의해 주로 표현되는데, 사용되는 조동사로는 む·けむ·らむ·らし·まし·めり·なり·じ·まじ·べし 등이 있으며, 현대어에 비해 종류가 많다.

이들 조동사 중에서 'む'는 추량계통 조동사의 기초어로서 らむ·けむ·まし는 む에서 파생된 조동사로 생각된다. む는 어형변천을 거쳐, 현대어에서는 う・よう・だろう로 그 명맥을 유지하고 있다.

む는 나라시대 이래 계속 사용되었으며, 발음은 mu에서 m을 거쳐 n이 되었으며, 표기는 헤이안시대 이후는 ん으로도 쓰고, 가마쿠라시대 이후는 う로 변했다.

む의 의미・용법은 아직 실현되지 않은 것이나, 불확실한 것에 대하여 추량하는 것이 기본의미이므로, 현대어의 だろう에 해당한다. 즉, む의 추량용법은 거의 だろう가 맡고 있고, う・よう는 주로 의지를 나타내고 있다.

조동사 む의 용법은 학자에 따라서 편의상 4가지로 나누기도 하고, 5가지 또는 6가지로 나누기도 한다. 그러나 이러한 분류보다는 '추량(推量)'이라는 기본의미를 익혀 두고 문맥에 따라 구별하는 것이 효과적이다.

千年を過ぐすとも、一夜の夢のここちせめ。(徒然草)
비록 천 년을 산다 해도 하룻밤 꿈처럼 짧게 느껴질 것이다.

めは む의 이연형(已然形, –e)으로, 추량 だろう(~일 것이다)의 의미이다.

一事をかならずなさむと思はば、他の事を破るをもいたむべからず。(徒然草)
한 가지 일을 반드시 성취하려고 마음먹고 있다면 그밖의 다른 일을 버리는 것을 애석하게 생각할 필요가 없다.

かならずなさむ의 주어는 없지만, 자신 혹은 일인칭이다. 일인칭을 받는 む는 의지용법으로서 しよう(~해야지)의 의미이다. 희망의 뜻이 내포되어 있으므로 문맥에 따라 적절히 해석하면 된다. む는 미연형(未然形, -a)에 접속하므로 なす의 미연형에 접속해 なさむ가 되었다.

이번에는 む가 권유용법으로 쓰인 예를 살펴보자.

ししこらかしつる時は、うたて侍るを、とくこそ試みさせ給は**め**。
(原氏物語)
잘못되면 좋지 않으니 빨리 시험해 보시는 것이 좋겠지요.

히카루겐지(光源氏)가 열병에 걸렸을 때, '빨리 치료하십시오' 하고 옆에서 충고하고 있는 장면이다. 권유는 こそ~め-め는 こそ의 무스비이다-의 형식을 취할 경우가 많고, ~するのがよい(~하는게 좋다)의 의미이다. 회화에서 상대에게 권유하는 용법이며, 명령보다는 부드러운 말투이다.

思は**む**子を法師になしたらむこそ心苦しけれ (徒然草)

む가 연체수식으로 사용될 때는 가정이나 완곡용법이 된다. 즉, 思はむ子를, 大事に思う子がいるとしたら、その子を(소중하게 키워온 아이가 있다면 그 아이를)라는 의미로 해석하면 가정이고, 大事に思うような

子(소중하게 키운 것 같은 아이)라는 단정을 부드럽게 한 의미로 해석하면 완곡이다. 이와 같이 문맥에 따라 어느 쪽인가가 결정되는데, 판단하기 어려운 예도 있다.

世の中に絶えて桜のなかりせば春の心はのどけから**まし** (古今集)
만일 이 세상에 벚꽃이라는 꽃이 없었더라면 봄에 사람들의 마음은 평화롭고 한가로왔을텐데.

서두의 예문은 위의 『고킨슈』(古今集)의 와카를 풍자적으로 흉내낸 시인데, 문말의 'まし'도 む용법의 연장으로, 현실에 반한 것을 가정하여 그 결과를 가상하는 용법이다.

마지막으로 む와 관계가 있는 조동사로서 らむ·けむ가 있는데, 그 용법은 추량의 む에 현재라는 성격이 들어가면 현재추량 らむ가 되고, 과거라는 성격이 들어가면 과거추량 けむ가 된다는 것이다.

憶良らは今は罷らむ子泣く**らむ**その母も待つ**らむ**ぞ (万葉集)
小野小町こそ見目、かたち、もてなし、心遣いよりはじめ、何事もいみじかり**けむ**と学ゆれ (無名草子)

위의 첫 번째 예문에서, 오쿠라(憶良)는 연회에 출석 중이어서 아이와 그 아이의 엄마, 즉 부인이 거기에서 보이지 않는다. 그 보이지

않는 상대에 대하여 いまごろ泣いているだろう(지금쯤 울고 있겠지), い
まごろ待っているだろう(지금쯤 기다리고 있겠지)라고 추량하고 있는 것
이다. らむ는 ~ているだろう의 의미로서 현재추량의 성격을 잘 나타내
고 있다.

또한 두 번째 예문의 오노노코마치(小野小町)는 미인이었다는 점에
서 많은 전설을 낳았는데, 여기에서도 '모든 일에 훌륭했을 것이다'라는
과거에 대한 추량을 나타내고 있다.

이처럼 고어에서의 의지·추량을 나타내는 대표적인 형태인 む는
う·よう·だろう로 그 형태는 바뀌었지만, 현대어에서도 여전히 많
이 쓰이고 있기 때문에 익히기 쉬운 장점이 있다. 반면에 많은 종류의
추량을 나타내는 조동사가 현대어에서는 소멸하여 그 용법을 익히기가
어려운데, む의 용법을 토대로 고어를 배운다면 이해가 훨씬 용이할 것
으로 여겨진다.

21. 조건표현은 변해 왔다

【신충균】

'이소가바 마와레'(急がば回れ)라는 속담이 있다. '성과를 서둘러야 한다면 얼핏 느려보여도 착실한 방법을 취하는 편이 낫다'는 뜻으로 우리의 '바쁠수록 돌아가라'라는 속담에 해당된다고 할 수 있다.

그런데 어딘가 조금 이상하지 않은가? '서둘러야 한다면'이라고 가정하는 부분에 '急ぐ'의 a모음(急が)에 조사 ば가 붙어 있다. 현대어에서는 a모음에 조사 ば가 붙는 경우가 없음에도 말이다.

이것은 현대어와는 다른 체계를 가지고 있던 고어가 속담·격언·관용표현 등에서 정형화되어 남아있는 예이다. 이러한 예는 **毒食**わば皿まで(독을 먹으려면 접시까지)나 人を呪わば穴二つ(남을 저주하면 무덤이 둘) 등에서도 보이는데, '만약 ~한다면'이라는 부분에 '이연형'(已然形, −e모음)+ば가 아니라 '미연형'(未然形, −a모음)+ば가 사용되었음을 알 수 있다. 고어에서는 이처럼 동사의 −a모음에 ば가 붙어 가정을 나타냈던 것이다.(이하, 미연형, 이연형은 동사의 종류에 따라 다른 형태를

취하나, 4단 동사의 활용형을 대표로 미연형은 -a모음, 이연형은 -e모음으로 대신하여 설명한다.)

이를 이해하기 위해, 우선 일본어의 조건표현체계에 대해 대략적으로 알아보기로 하자. 조건표현이란 둘 이상의 문장이 어떠한 논리적인 관계에 의해 하나의 문장으로 표현되어지는 것을 말하는데, 그 논리관계에 의해 순접조건과 역접조건으로 나뉘며, 다시 가정조건과 확정조건으로 각각 나뉘게 된다.

가정조건이란 실제로는 발생하지 않은 사태를 가정하여 그 결과로서 예상되는 내용을 추측하는 것이며, 확정조건이란 이미 발생한 앞의 사태를 전제로 뒤의 사태가 발생함을 서술하는 것으로 간단히 말하자면 인과관계접속이라 생각할 수 있다.

그러면 기나긴 일본어의 역사에서 조건표현이 어떤 과정을 거쳐 변천을 해왔는지 순접조건표현을 중심으로 간단하게나마 알아보자. 일본어는 역사적으로 볼 때 현대어와 고전어-또는 근대어와 고대어-로 크게 나누게 된다.

고어에서는 a모음+ば(急がば)가 가정조건을, 그리고 e모음+ば(急げば)가 확정조건을 나타냈지만, 현대어에서는 e모음+ば(急げば) 또는 ~なら(急ぐなら) 등이 가정조건을, ~から(急ぐから) 또는 ~ので(急ぐので) 등이 확정조건을 표현한다는 것이 개략적인 특징이다.

여기에서 우리는 急げば라는 형태가 고대어에서는 확정조건에 사용되었는데 반해 현대어에서는 반대로 가정조건에 쓰이고 있다는 사실을 확인할 수가 있다.

일본어가 문자에 의해 대량으로 기록되기 시작한 시기는 일본 운문 문학의 백미라고도 일컬어지는 『만요슈』(万葉集) 등이 편찬된 상대(上代)로, 이 시기에는 a모음+ば가 가정조건을, 그리고 e모음+ば가 확정조건을 나타내고 있었다.

天へ行かば 汝がまにまに 地ならば 大君います (万葉集)
하늘에 가면 네 뜻대로겠지만 이 땅이라면 천황이 계신다.
ますらをの 靫取り負ひて い出て行けば 別れを惜しみ 嘆きけむ妻 (万葉集)
(남편이) 전통을 메고 (전장에) 나가자 이별을 슬퍼하며 탄식했을 아내.

위의 예문을 현대어로 쓴다면 각각 天へ行けば, 出て行ったから로 표현되리라는 것, 즉 전자가 가정조건 후자가 확정조건을 나타낸다는 것을 확인할 수 있다. 이러한 a모음+ば=가정조건, e모음+ば=확정조건이라는 큰 틀은 일본 산문문학의 대표격인 『겐지이야기』(源氏物語)가 창작된 시기인 헤이안(平安) 시대에도 거의 유지되는데, 단지 헤이안 시대에는 가정조건이 세분화해 '종지형+ならば', '연용형+たらば'가 모습을 나타내게 되어 그 후의 중세시대에 활성화되며 이후 말미의 ば가 탈락한 상태로 근대어로 이어지게 된다.

한편 위에서 언급한 항상조건이란 것이 있는데 항상조건이란 '~すると(常に)~するものだ'와 같은 보편적인 진리, 항상성을 갖는 논리관계로써 앞뒤의 문장을 연결하는 것으로서 다음과 같은 噂をすれば影がさす(남 이야기를 하면 그림자가 드리운다 = 호랑이도 제 말하면 온다)나 塵

も積もれば山となる('먼지도 쌓이면 산이 된다'='티끌 모아 태산')와 같은 속담들이 항상조건에 해당한다 하겠다.

이러한 항상조건은 구체적인 시간개념을 벗어나 일반화되어 있기 때문에 확정조건에도 가정조건에도 근접해 있어 중첩되는 점을 그 특징으로 하는데 중세시대에 들어서면 e모음+ば는 이러한 항상조건을 나타내는 용법을 매개로 해서 추량적인 내용의 뒷 문장을 취하게 되는 것을 통해 가정조건을 나타내기도 하게 되었다.

武悪：これがいきわかれじゃ. 又命もあらば御目にかかる事もござらふ

太郎冠者：中々命さへあれば, 又めぐりあふ事もあらふが….

부악: 이것으로 생이별이군. 목숨이 붙어 있다면 다시 뵐 날도 있겠지요.

다로과쟈: 그렇지요. 목숨만 붙어 있다면 다시 마주칠 일도 있겠지만….

위에 예를 든 도라아키라본교겐(虎明本狂言) 부악(武悪)의 경우, 같은 상황에서 거의 같은 내용을 각각 a모음+ば와 e모음+ば를 써서 나타내고 있는데, e모음+ば가 가정조건으로 사용되고 있음을 볼 수 있다. 이와 같이 e모음+ば가 가정조건을 나타내는 경향은 점차 커져 에도(江戸) 시대에 들어서서는 가정조건을 주로 e모음+ば가 나타내고 고전적인 a모음+ば는 에도 후기가 되면서 거의 완전히 소멸된다. 이것으로 e모음+ば는 명실공히 가정형으로서의 역할을 하게 되며 이후 근대를 거쳐 현대에 이르게 된다.

여태까지 알아본 바와 같이, 순접조건 중에서도 동사의 가정조건 표

현형식의 변화는 다른 조건의 표현에도 일어나 오늘날에도 자주 사용되는 속담 격언 등에 자취를 남기고 있다. 성서에 나오는 유명한 문구인 叩けよさらば開かれむ(두드려라, 그러면 열릴 것이다)의 경우는 접속사적 용법의 さらば가 사용된 예인데, 고대어의 a모음+ば형식이 사용

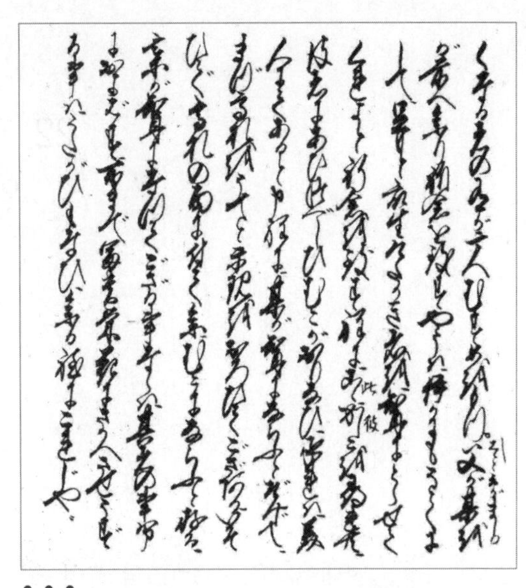

도라아키라본교겐(虎明本狂言)

되고 있음을 볼 수 있다. 이처럼 a모음+ば의 흔적을 남기고 있는 예로서, 특히 문장체에서 지금도 자주 쓰이는 접속사적 용법의 なぜならば(왜냐 하면), 부사적 용법의 いわば(말하자면) 등을 들 수 있다.

또한 雉も鳴かずばうたれまい(꿩도 울지 않으면 총을 맞지 않을 것이다)나 虎穴に入らずんば虎子を得ず(호랑이 굴에 들어가지 않으면 호랑이새끼를 얻지 못한다) 등의 속담에는 현대어라면 ～しないなら, ～しなければ라고 표현할, 부정의 고대어 조동사 ず의 가정조건표현이 남아 있는 예이며 武士は食わねど高楊枝(무사는 먹지 않았어도 배가 부르다는 듯 이를 쑤신다＝(양반은) 냉수를 마시고도 이를 쑤신다)의 경우에는, 현대어라면 ～たけれども 등으로나 옮길 수 있는 역접(확정)조건을 나타내는 고대어 e모음+ど(も)가 남아있는 예이다.

22. 일본에서는 옛날부터
완곡한 표현을 즐겼다

【오종열】

현대어 れる · られる의 고어 る · らる는 옛날부터 자발 · 가능 · 수동 · 존경의 4가지 용법으로 쓰였으며, 이는 결국 자발의 의미가 근본이 되어서 나온 용법이다.

1. 자발 : 동작 · 작용 · 상태가 자연발생적으로 성립하는 뜻을 동작에 첨가하여 자연스럽게 그렇게 된다는 뜻을 나타낸다.

心なき身にもあはれは知られけり (新古今集)

출가한 나에게도 가을의 적막함은 느껴진다네.

2. 가능 : 사물이 자연의 섭리로서 자연스럽게 성립해서 완성된다는 뜻을 나타낸다.

腰なむ動かれぬ (竹取物語)　　허리를 움직일 수 없다.

3. 수동 : 자신이 관계하지 않았음에도 자연의 섭리로서 자신에게
　　　　어떤 사태가 일어난다는 뜻을 나타낸다.

ありがたきもの、舅にほめらるる婿、また姑に思はるる嫁の君
좀처럼 보기 힘든 것은, 장인에게 칭찬 듣는 사위, 시어머니에게 사랑
받는 며느리이다.

4. 존경 : 상대의 동작이 자신과 관계없이 자연스럽게 이루어졌다
　　　　는 뜻으로 る·らる를 붙여 존경의 뜻을 나타낸다.

御心地はいかがおぼさるる (竹取物語)
기분이 어떠하신지요.

이 경우 자발은 심경을 나타내는 말 즉 思う, 嘆く, 泣く 등과 함께
사용될 때가 많다. 또한 가능은 헤이안(平安) 시대에는 부정 혹은 반어
표현이 올 때에만 사용되었다. 그러나 중세 이후에는 단독으로 사용된
예도 있으므로, 자발인지 가능인지 알 수 없는 경우, 부정·반어를 동
반하지 않는 것은 자발로 보아도 좋다. 한편 수동의 주어는 인간이거
나, 이에 준하는 동물이나 사물인 경우가 일반적이며, 비정물(非情物)
이 주어가 되는 경우는 드물었다. 이러한 조동사 る·らる의 연용형·
연체형은 동사의 어미와 혼동하기 쉬우므로 주의할 필요가 있다.
　그런데 る·らる에는 어째서 자발·가능·수동·존경이라고 하

는, 서로 다른 4개의 의미가 존재하는 것일까? る·らる 조동사는 일본의 학교문법에서는 위에서 언급한 4가지 의미를 나타낸다고 가르치고, 학생들은 그것을 암기하지만, 어째서 하나의 단어가 여러 의미를 가지고 있는가를 생각해 보면, る·らる의 성격을 더 잘 알 수 있을 것이다.

자발 서로 다른 의미의 근본은 자발, 즉 자연의 섭리를 나타내는 데에 있다. 일본인은 사물을 자연의 섭리대로 받아들이는 경향이 강하고, 또한 자연의 섭리라면 어쩔 수가 없다고 수긍하는 경향이 강하다. 예를 들면 会議の結論は…することになりました(~하기로 되었습니다)라고 하면 사람들은 쉽게 받아들이지만, 会議の結論は…することにしました(~하기로 하였습니다)라고 하면 반대를 하거나 반론을 제기하는 경우가 많다.

가능 어떤 일이 가능해지면 できるようになった라고 말한다. できる의 고어형은 でくる이며, 出で来る(いでくる) 즉 出で来る(でてくる)의 의미이다. 出で来る는 형태를 이루고 자연스럽게 나타나는 것이므로, 일본인은 가능이란 노력의 산물이 아니라 자연의 섭리대로 따랐을 때 얻어지는 것으로 생각하고 있기 때문이다.

る·らる는 또한 수동을 나타내기도 하는데, 일본어의 특징으로서 迷惑の受身(피해의 수동)를 들 수가 있다.

先日母に死なれました。

얼마 전에 어머니가 (저를 두고) 세상을 떴습니다.

恋人に逃げられて世をはかなんだ女

사랑하는 사람한테 버림받고 허무에 빠진 여인

예문의 경우, 死ぬ, 逃げる와 같은 자동사의 수동으로서, 母に死なれる는 결국 어머니에게 있어 죽음이라고 하는 것은 자연스럽게 온 것으로 자신은 그것에 관여할 수 없으며, 어머니의 죽음으로 인해 무엇인가 영향을 받고 있음을 나타낸다. 恋人に逃げられる도 마찬가지로 애인이 도망가 버린 것도 자신의 의지와는 상관없이 이루어진 것이며, 자신이 그 영향을 받고 있음을 의미한다. 결국 일본어의 수동은 자신이 관여하지 않는데도 불구하고 자연의 섭리로서 이루어진다고 하는 る・らる를 근거로 하고 있기 때문에 자동사의 수동을 만들 수가 있는 것이다.

존경　る・らる는 헤이안시대가 되면 존경의 의미도 나타내게 된다. 예를 들면, 현대어에서 社長は大阪に行かれた(사장님은 오사카에 가셨다)의 경우, れ는 존경을 나타내는 조동사이지만, 社長が大阪に行く라고 하는 동작이 자연스럽게 성립했고, 자신은 그 행동에 아무런 도움도 주지 않았으며 관여도 하지 않았다라는 것이 근본의미이다. 즉 る・らる라는 조동사가 존경의 표현으로 사용되면 상대의 동작에 대해 자신은 관여하지 않았다는 것을 의미한다. 그것이 결국, 상대에 대한 존경을 나타내는 것이 되는 것이다.

한편 현대어에서 れる·られる의 가능용법 중에 ら抜きことば(ら 생략 가능표현)로 불리는 표현형식이 있다. 예를 들면 みられる→みれる, でられる→でれる와 같이 표현하는 경우이다. 그렇지만 이 경우 みられる/でられる가 전혀 쓰이지 않는 것은 아니고, みれる/でれる와 함께 여전히 사용되고 있다. 그렇다면 みれる/でれる와 みられる/でられる는 어떤 경우에 쓰여지며, みれる/でれる형이 생겨난 이유는 무엇일까?

れる·られる의 용법 중에 존경과 가능의 의미에서 혼란이 생기는 경우가 있다. 예를 들면, あの一言が悔やまれる(그 한마디가 후회된다), 先生にほめられた(선생님께 칭찬받았다)와 같은 경우는 자발과 수동으로 해석되며, 다른 의미로 혼동될 가능성은 거의 없다. 그러나 先生は あした 来られますか라고 할 경우는 존경(선생님은 내일 오십니까?)과 가능(선생님은 내일 올 수 있습니까?) 양쪽 모두의 해석이 가능하다. 이 경우, 이야기하는 쪽은 존경의 뜻으로 했더라도 받아들이는 선생님 쪽은 가능표현으로 오해해서 화를 낼 수도 있다. 이처럼 오해가 생기는 이유는 조동사 れる·られる가 존경과 가능의 2가지 뜻을 다 가지고 있기 때문이다.

하지만 都合が悪いので来れません(상황이 안 좋아서 올 수 없습니다)과 같이 れる를 사용해서 가능표현을 한다면 존경표현으로 오해될 소지는 없어진다. 즉 가능용법일 경우에는 동사 미연형에 れる를, 그 외의 다른 용법에는 이전과 마찬가지로 られる를 연결하면 존경과 가능이 혼동되지도 않을뿐더러 다른 용법, 즉 자발·수동용법과도 자연스럽게 구별이 된다.

　그렇다면 れる형 가능동사는 왜 생겨났을까? くる / みる에 대응하는 これる / みれる의 관계는, 5단동사 かく / よむ에 대응하는 가능동사 かける / よめる의 관계와 일치한다. 즉 5단동사 かく에 대응하는 가능동사 かける와 그 외의 동사인 くる / みる에 대한 れる형 가능동사 これる / みれる의 관계인 것이다.

　이처럼 소위 ら抜きことば로 불려지며 일본어의 혼란(日本語の乱れ)으로서 취급되었던 れる형 가능동사는, れる·られる 표현이 가지고 있는 용법 가운데 존경과 가능이 혼동되는 것을 피하기 위해 기존 5단동사의 가능동사에서 유도되어 형성된 형태로서, 단순한 오용의 문제로서 취급해서는 안 될 것이다. 결국 언어에 있어 형태가 변화하는 것은 그 나름의 이유가 있으며, 다른 의미와 다른 용법을 가지게 되면서 그 형태도 변화한다고 할 수 있다.

23. 옛날에는 자기자신도
높여서 이야기했다?

【도기정】

일본어는 우리나라 말과 마찬가지로 경어(敬語)가 있다. 경어는 동양인의 예(礼) 사상을 나타내는 것으로 서구언어에서는 찾아보기 힘든 표현이기도 하다. 그래서 많은 서구인들이 일본어나 우리말을 배울 때 가장 힘들어하기도 한다.

그러면 과연 경어법의 원류는 어디에 있을까? 우리가 현재 볼 수 있는 가장 오래된 문헌자료는 8세기 초의 『고지키』(古事記)이다. 따라서 8세기 이전의 경어법에 대해서는 고지키나 그 후의 자료를 검토해 예측할 수밖에 없다.

경어사용은 아마도 신이나 절대자에 대한 외경(畏敬)에서 출발했을 것이다. 신과 통치자가 분리되지 않았던 고대사회에서 신을 모시는 일은 곧 정치를 의미했다. 그러한 고대사회에서 경어사용이라는 것은 신 또는 통치자와 그렇지 않은 일반인들의 절대적인 구분에서 비롯되었다고 볼 수 있다. 상위자는 언제나 상위자로 파악해 경어사용을 하며 이를 절대경어(絶対敬語)라고 한다.

여기에서 더 나아가 절대자가 자기 자신을 스스로 높여 경어사용을 하는 자경표현(自敬表現)도 보인다. 『고지키』에서 용례를 보면 다음과 같다.

「この鏡は專ら我がみ魂として、吾が前お拝むが如いつき奉れ。次に思今神は、前の事お取り持ちて政せよ」とのりたまひき。
'이 거울을 오로지 내 혼이라고 여겨, 나를 공경하여 절하듯이 이 거울을 모시도록 해라. 그리고 오모이가네는 내가 해왔던 대로 신을 모시는 일 즉 정치를 하도록 해라'고 말씀하셨다.

고지키에서도 중요한 천손강림(天孫降臨) 장면 중의 하나이다. 아마테라스오오미가미(天照大御神)-일본왕실의 祖神-가 니니기노미코토(迩々芸命)-아마테라스오오미가미의 손자-에게 자신의 권위와 권력을 계승하는 장면이다. 명령을 내리는 부분에서 みたま(み魂)는 아마테라스 자신을 높인 용법이고, まつれ(奉れ)는 아마테라스가 듣는 자의 입장에 서서 상대방의 행위를 낮추어 말한 겸양어의 용법이다. 즉 그 표현구조는 하위자가 상위자에 대해 사용하는 존경어, 겸양어를 그대로 상위자가 하위자에게 사용하여, 거기에 절대적 우위성을 효과적으로 나타내기 위한 것이다.

이러한 자경표현은 왕을 신격화하고 왕위의 존엄성과 군신 간의 상하질서를 지키기 위해서 사용된 것이라 볼 수 있다.

과연 자경표현은 『고지키』이후는 어떠한 모습으로 나타나는지,

『다케토리 이야기』(竹取物語)에서 용례를 살펴보자.

> 帝：汝が持ちて侍るかぐや姫たてまつれ。顔かたちよしときこしめして、御
> 使をたびしかど……と(翁二)仰せらる (竹取物語, 御門の求婚)
> 왕：네가 데리고 있는 가구야히메를 내게 바쳐라. 용모가 뛰어나다고 (내
> 가) 들으셔서, 사자를 보내셨지만,…라고 (할아버지에게) 말씀하셨다.

가구야히메를 키워준 할아버지에게 왕이 자신에게 딸을 바치라고 하는 대화 부분이다. かぐや姫たてまつれ는 왕이 신분이 아래인 할아버지의 행동을 겸양어로 써서 '가구야 히메를 바치거라'와 같이 구분해서 썼으며, 왕은 자신의 행위에 존경어(きこしめし, たび)를 사용하고 있다.

헤이안시대의 경어에는 왕을 비롯하여 왕비, 동궁(東宮), 왕족에 대해서만 사용하는 경어가 있었다. みゆき(御幸)・そうす(奏す)・けいす(啓す) 등을 들 수 있는데, 이들 경어는 다른 신분의 대상에게는 사용할 수 없는 고정적인 어휘이다. 또한 이 시대에는 왕실의 최상급 신분에는 높은 존경을 나타내는 (さ)せおはします・(さ)せたまふ를 쓰고 있었다. 따라서 주어를 명시하지 않는 경우가 많은 고전문에서는 이와 같은 객관적이며 고정적인 경어어휘를 통해 주어나 인물관계를 파악하는 경우가 많다. 고전경어에서는 이러한 절대경어가 신분사회에 있어 상하관계의 질서를 나타내는 말로서 기능을 수행하고 있었다.

부인이나 아이들이 상위자 앞이라 할지라도 자신의 남편이나 아버지에 대한 표현을 わが夫 家斉が仰せになりました(우리 남편인 이에나리

께서 말씀하셨습니다)와 같이 늘 존경어로 표현하는 것이 이 시대에 흔히 볼 수 있는 경어표현이었다. 현대적 감각으로는 이해하기 어려울지 모르나, 신분에 따라 거의 고정적으로 정해진 절대경어적 성격이 강한 상황에서 스스로를 높여 표현한다는 것이 당시로서는 가능했을지도 모른다.

그러나 절대경어적 성격이 강한 일본어도 상황과 조건에 따라 대상에 대한 표현이 달라지는 상대경어로 점차 바뀌어 간다. 이같은 상대적 경어의식은 헤이안시대의 문헌에서부터 보이기 시작하는데, 『마쿠라노소시』(枕草子)에는 다음과 같은 내용이 있다.

わが使ふものなどの(自分ノ夫ヲ) ‘なにとおはする’, ‘のたまふ’ などいふ いとにくし。ここもとに ‘侍り’ などいふ文字をあらせばやと聞くこそ多かれ。
(枕草子, 三卷本 262段)

내가 데리고 있는 궁녀가 (자신의 남편을) ‘어떻게 잘 계십니까’, ‘말씀하십니다’ 등으로 말할 때는 정말 마음에 들지 않는다. 이런 경우에는 ‘하베리’ 라는 말을 사용해야 하는데…라고 생각하면서 이 말을 들을 때가 많다.

세이쇼나곤(清少納言)이 자신이 데리고 있는 궁인들이 자기 남편에 대해 절대경어적 표현인 おはする와 のたまふ를 남 앞에서 사용하는 것을 못 마땅하게 여겨 이들 표현 대신에 はべり(侍り)를 쓸 것을 강조하고 있다. 즉 화제의 인물이 화자(話者)보다 상위자라 할지라도 자신의 남편이라면 청자(聴者)에 대한 배려로 그에 대한 경어표현의 억제 또는

표현의 자기규제가 필요하다는 것이다.

이러한 경어의식의 변화는 신분계급에 의한 절대경어의 사용이 청자에 대한 배려로 변화했다는 것을 의미한다. 헤이안 중기 이후 일본어는 절대경어에서 청자를 중심으로 상황과 장면을 중시하는 이러한 상대경어로 그 특성이 점차 바뀌어 간다.

예를 들면 현대 경어에 있어서는 자기자신은 물론이고 자신의 가족이나 이에 준하는 인물이라면, 화제의 인물이 경어로 대우해야 할 대상이라 할지라도 청자에 대한 배려로 높여서 표현할 수 없다는 것이다. 즉 자신의 아버지에 관한 것을 다른 윗사람에게 전달할 때 父はしばらくすると帰ると申しております(우리 아버지는 조금 있으면 돌아온다고 합니다)로 나타내는 것이 현재의 일반적인 경어용법이라고 할 수 있다.

물론 현재에도 절대경어적 흔적이 남아 있는 지방도 있다. 예를 들어 오키나와(沖繩)에서는 부모에 관한 일을 남에게 이야기할 때 존경어를 사용하는 경우가 있고, 도야마(富山)의 일부 산골에서는 노년층에서 절대경어를 사용한다거나, 니가타현(新潟縣)에서는 부인이 다른 사람에게 자신의 남편의 동작을 설명할 때 (ら)れる를 사용한다는 보고가 있다. 그러나 극히 일부지역에서 국한적으로 사용하고 있으며, 이러한 현상은 점차 소멸되어 가고 있는 실정이다.

24. 단어 앞에 붙이는
御는 어떻게 읽었을까

【도기정】

현대 일본어에 있어서 '御'는 명사나 형용사 앞에 붙여서 존경을 나타내기도 하고, 경우에 따라서는 말의 품격을 더하거나 화제를 미화하는데 사용된다. 또한 화자 자신의 행위에 붙여서 私がお持ちします(제가 들겠습니다)와 같이 겸양표현(御~する)을 나타내는 데 쓰이는 등 그 용법이 매우 다양한 경어접두사이다.

특히 오늘날에 있어서는 おかね(金:돈), おこめ(米:쌀), おてあらい(手洗い:화장실), おさけ(酒:술), おちゃ(茶:차), ごちそうさき(잘 먹었습니다)와 같이 お/ご(御)가 붙은 형태로 일상용어로 쓰이는 경우가 많으며, 더욱이 ごはん(飯:밥), おやつ(간식), おしぼり(물수건), おしめ(기저귀) 등은 접두사와 단어와의 접속이 강해 お/ご(御) 없이는 사용할 수 없는 것도 있다.

또 품위있는 표현을 하려는 여성들이 모든 단어 앞에 お/ご를 붙여서 사용하기도 해서, 언어정책 차원에서 어휘를 선별해서 사용하도록 할 정도로 일상생활에 중요한 접두사로서의 역할을 하고 있다.

그러나 御는 이러한 중요성과는 달리, 뒤에 오는 단어에 따라 ぎょ·ご·み·おん·お 등 다양하게 발음되므로 일관된 규칙성을 찾아내기에는 어려움이 많고 정확한 구분 또한 쉽지 않다.

현대어에 있어서 おみず(水:물), おねがい(願い:부탁), おてがみ(手紙:편지)와 같이 고유일본어 앞에 사용된 御는 お로 읽으며, ごりかい(理解:이해), ごめんかい(面回 :면회), ごけんぎゅう(研究:연구)와 같이 한자어 앞에서는 御가 ご로 발음되어 존경과 정중의 의미를 나타내는 것을 원칙으로 하고 있으나 예외적인 것이 많다.

한자어 어휘지만 어원이 희박해져 일본고유어와 같은 느낌을 주는 おかし(菓子:과자), おたく(宅:댁), おちゃ(茶:차)와 같은 단어나 おしょくじ(食事:식사), おべんとう(弁当:도시락), おすいじ(炊事:취사), おべんきょう(勉強:공부)와 같이 여성들이 많이 사용하는 가사나 육아, 교육에 관한 어휘 앞에는 お(御)를 붙여 존경을 나타내거나 또는 보다 품위있는 언어로서 사용하기도 한다. 또한 이와는 반대로 ごゆっくり(천천히), ごゆるりと(천천히)와 같이 아주 드물게 고유일본어 앞에 ご(御)를 사용하는 경우도 있다.

외래어 앞에는 御를 잘 붙이지 않으나, ごミサ(미사)를 제외하고는 おビール(맥주)·おトイレ(화장실)·おコーヒー(커피)와 같이, 일부의 외래어 앞에 'お'를 붙여서 주로 미화어로서 사용한다. 그리고 お/ごつうち(通知,통지)·お/ごへんじ(返事,답장)·お/ごねんし(年始,연시)와 같이 お나 ご를 둘 다 붙일 수 있는 어휘도 존재한다.

또한 お는 み와 결합하여 접두사 おみ를 만들어 おみあし(足:타인의 발에 대한 존경어)와 같이 모음으로 시작하는 어휘 앞에 사용되어 존경을 나타내는 경우도 있다. 이것은 おあし가 되면 모음이 중복되어 발음하기 어려워지기 때문에 おみ를 사용한 것으로 볼 수 있으나, おみくじ-신사 참배하면서 뽑는 제비-, おみこし-신을 모신 가마-와 같이 おみ는 자음 앞에 쓰이는 예도 있다.

　이밖에 ぎょ·み·おん으로 발음되는 御는 특정한 어휘 앞에 붙이는 경우도 있으나, 현대어에서는 편지 속의 인사말이나 문어적(文語的) 특색이 있는 단어 앞에 제한적으로 사용된다.

　먼저 ぎょ로 읽는 御는 ぎょせい(御製)-왕이 지은 시가-, ぎょぶつ(御物)-왕실의 소장품-와 같이 1글자로 된 한자어 앞에 붙여서 존경을 나타내며, 왕이나 왕실에 관계되는 어휘에만 한정적으로 사용되는 경향이 강하다.

　み로 읽는 御는 나라시대부터 사용된 가장 오래된 고유일본어의 접두사로서 みどう(御堂)-불상을 안치시킨 법당-와 같이 한자어 앞에 쓰이기도 하지만, みあかし(御灯)-불상 앞에 놓는 등불-, みけ(御食)-왕의 식사-, みかき(御垣)-왕궁의 담-처럼 신이나 왕실, 궁중에 관계된 어휘 앞에 주로 쓰였으며, 헤이안 시대 이후에는 특정한 어휘에만 제한적으로 사용되고 있다. 현대어에서는 부분적인 어휘 앞에 즉 みほとけ(仏:불상), みこころ(心:마음)와 같이 존경을 나타내거나, みやま(山:산), みゆき(雪:눈)와 같이 어조(語調)를 정리하거나 아름답게 표현하는데 み를 붙여서 사용하고 있다.

おん으로 읽는 御는 お보다도 존경이나, 정중의 의미가 강하며 중후한 느낌을 나타낸다. 현대 일상생활의 구어문에서는 거의 사용하지 않지만 あつくおん礼申しあげます(충심으로 감사드립니다), お元気のおん事と存じます(건강하시리라 믿습니다)와 같이 서간문의 인사말이나 문어적 뉘앙스를 풍기는 표현에 남아 있다.

고전어에서 おん으로 발음되는 御는 대부분이 고유일본어의 어휘인 かた(方)・こころ(心)・こと(事) 등의 앞에 접속되어 화제 속의 동작주를 대우하는데 쓰이고 있으나, ふく(服), しゅくせい(宿世), そぼ(祖母) 등과 같이 한자어 앞에도 사용되고 있다. 또한 중세 중기에는 むつかしく, ゆかしく, をさなく 등 형용사나 まいる, みせらるる와 같이 동사 앞에 직접 붙여서 おん으로 발음하기도 하고 ひしひしなり, ひしひしと와 같은 형용동사나 부사 앞에 おん(御)을 접속시켜서 술어에 대한 존경의 의미를 강화시키는 형식도 나타난다. 이러한 おん은 おほみ(大御)에서 발생되어 おほみ→おほん→おん이라는 음운변화의 과정을 거쳐 중세 가마쿠라시대에 전용되며, 차츰 ん이 탈락하여 무로마치시대에는 구어적 성격이 강한 お가 그 자리를 대신하게 되고, 중세 후기 이후 おん은 문장어로서 명맥만을 유지하게 된다.

御가 お로 발음되는 것은 중세 무로마치시대부터라 할 수 있으며, 교겐(狂言)이나 쇼모노(抄物) 그리고 기리시탄 관련자료에서 찾아볼 수 있다. 주로 고유일본어에 많이 쓰이고 있으며, 동시에 へんじ(返事),

やくそく(約束)와 같은 일상생활에 관련된 한자어 앞에서도 사용되어 오늘날까지 대표적인 경어 접두사로 자리를 잡고 있다.

한편 お는 おん에서 그 발생 기원을 찾고 있는 것이 일반적인 통설로 알려져 있으나, 쓰지무라 도시키(辻村敏樹)는 お를 전부 おん에서 온 것이 아니라, 일부는 헤이안 시대 이전의 おほ(大)에서 출발점을 찾고 있다. 예를 들어 일부의 극히 한정된 어휘지만, 헤이안시대의 おまへ, おまし, おもと, おもの 등의 お는 おん에서 온 것이 아니라, 이 시대에 이미 고정화된 것으로 보고 있다. 즉 무로마치 시대 이후 おん에서 온 お와 구분하고 있으며, 우리가 알고 있는 현대어 おまえ(お前, 너)는 おんまへ에서 ん이 탈락하여 おまへ가 된 것이 아닌 おほまへ에서 おまへ로 된 것으로 추정하고 있다.

교토(京都)에 가면 御前通り가 있다. 몇 년간 이곳에 살면서 おんまえどおり를 おまえどおり로 읽다가, 일본인 친구에게 지적을 받고 정확하게 고쳐 부르게 되었다는 어떤 유학생의 이야기가 생각난다. 이처럼 같은 한자어라도 일관된 규칙성 없이 다양하고 복잡하게 쓰이기 때문에 외국인에게 일본어의 한자 읽기란 결코 쉬운 일이 아니니 잘 구별해서 사용해야 할 것이다.

25. わが国는 내가 국가? 우리나라?

【임창규】

일본어의 '와가쿠니'(わが国)는 '우리나라'를 의미한다. が의 의미를 현대어의 주격조사로 해석하면 '내가 국가'라는 의미가 된다.

다음 『만요슈』(万葉集)의 예는 현대어의 문법의 관점에서 본다면 の를 써야 할 곳에 が가 쓰인 표현이다.

松が枝(え)を引き結び… (万葉集・二・一四)
소나무의 가지를 당겨 매어…

현대 일본어에 있어서 の는 우리말 '의'에 해당하는 조사로서 わたしのかばん과 같이 주로 체언과 체언 사이에 삽입되어 의미적으로는 소유 혹은 선행하는 명사의 속성을 나타내는 조사로, 체언을 수식한다고 해서 연체격조사라고도 한다. 그런데 고대일본어에서는 위에 든 예문처럼 の외에 が가 연체격조사로 쓰이는 것을 볼 수 있다.

일본어의 가장 오래된 연체격조사로는 目(ま)な交(か)ひ(눈 앞), 水

(み)な底(そこ)(물 밑바닥), 庭(にわ)つ鳥(とり)(정원의 새), 沖(おき)つ藻(も)(바다의 해초)와 같은 예문 중에 나타나는 な와 つ가 있다. 연체격으로서의 な와 つ는 나라(奈良) 시대까지의 문헌에서는 볼 수 있으나 이후에는 거의 소멸되고 연체격의 기능은 が와 の가 대신하게 된다. 나라 시대의 연체격조사로서의 の, が는 다음과 같이 사용되었다.

1. 체언+の+체언

秋の夜(가을 밤), 衣の紐(옷 끈), 人の膝(다른 사람의 무릎),

おおきみの御彦(왕의 명령), 神の社(신사)

2. 체언+が+체언

わが背子(남편), 妹が名(님의 이름), 母が手(어머니 손, 슬하),

我が衣(내 옷)

위의 예문에서는 の, が 모두가 연체격조사로 쓰이나, の를 받는 어휘가 が를 받는 어휘 수보다 많으며 が는 어휘의 제한을 받는다. 또 상대에 따라 쓰이는 범위를 보면, 사람을 나타내는 말이 が를 받는 경우는 자기와 가까운 친인척이 많다고 한다. 이는 단순히 문법의 기능에 의한 분류와는 다르게 대우의식에 의해 쓰이기도 했다는 근거가 된다.

주격조사는 현대어에서 雨が降る와 같은 독립문에서 주격조사 が가 필요하지만 헤이안 시대까지는 雨降る와 같이 조사의 개입없이 문장이 성립되었다. 또한 조사 が나 の의 역할도 지금과는 달랐다. の, が

의 본질은 연체격조사이며, 거기에서 주격으로서의 용법이 파생되었다고 하나 당시 주격도 함께 사용되었다고 보는 것이 일반적이다.

그러나 주격조사라고 해도 현대어에서와 같은 독립문-私が行く-에서가 아니고 당시에 나타나는 예들은 私が行く道와 같이 명사를 수식하는 용언이 오는 예문 즉 연체수식절 내에서의 주격조사의 역할이다. 이런 구조에서 の도 쓰이게 되어 雨の降る日와 같은 예들이 나타나며, 연체수식절 내의 주격조사 の의 용법은 현대에도 여전히 흔적을 보이고 있다.

헤이안 시대에는 연체격조사가 주격조사로서의 이행이 강해지며 용언이 술어화한다. 이후 が는 주격 전용이 되고, の는 연체격 전용의 방향을 걷지만 주격으로 쓰이는 の도 소멸된 것은 아니었다.

중세에 들어서면서 종래의 문법적인 구분 외에 대우의식에 의한 구분이 강해진다. 나라시대에도 が는 자기쪽 사람에게 많이 쓰는 등 사용에 제한을 보이나 연체격, 주격이라는 문법적인 개념에서 나누는 것이 일반적이다. 그러나 중세에는 の와 が가 문법적으로는 설명이 되지 않는 분류가 있다고 인정되는 예들이 보이고, 그 차이에 대해 확실한 언급들이 보인다.

일본어에 대한 상세한 기술로 유명한 로드리게스의 『니혼다이문텐』(日本大文典)에 다음과 같은 지적이 있다.

주격 주격의 の는 보통 2인칭이나 3인칭에 쓰고, が는 1인칭 및 신분이 낮은 3인칭에 쓴다.

속격(연체격) 조사는 단 2가지가 있을 뿐이다. 2인칭 및 3인칭의 존경할 만한 사람에게 쓰는 の와, 1인칭 및 낮은 신분의 3인칭에 대해서 그리고 때로는 상대를 경멸할 경우에 2인칭에도 쓰는 が가 그것이다.

중세의 설화집 '우지슈이 이야기'(宇治拾遺物語)의 '사무라이 사타(佐汰)의 이야기'의 예는 の와 が에 대한 언급으로 유명하다.

하리마(播磨)의 다메이에(為家) 집에 있는 하위직 사무라이 '사타'가 입고 있던 헤어진 옷을 판장 너머로 던지니 아낙은 옷은 꿰매지 않고 다음과 같은 시가를 지어 그 옷자락에 묶어 다시 밖으로 던졌다.

われが身は竹の林にあらねどもさたがころもをぬぎかくるかな
내 몸은 대나무 숲이 아닐진데 어찌 사타의 옷을 벗어 거는가.

사타는 이를 읽고 당당한 사무라이에게 さたの라고 해야 할 것을 さたが라고 했다고 펄펄 뛰며 아낙을 욕한다. 이를 보아도 당시에는 の와 が에 대한 엄격한 구분이 있었음을 알 수 있다.

또, 다음과 같은 예문에서 차이점을 알 수 있다.

あれ梅川様のござんした (冥途の飛脚)
아 우메가와님께서 오셨다

145

　　예문 중의 の는 현대어의 관점에서는 が가 되어야 문법적이다. 그런데 が와 の 모두가 주격과 연체격을 표시하였다고 한다면 그 차이점은 무엇인가? 이는 로드리게스의 지적처럼 이야기의 화제가 되는 사람을 높여 문법상으로는 が가 쓰일 곳에 の가 쓰였다고 볼 수 있는 것이다.

　　이러한 구분에 대해 학자들은 존비(尊卑) 개념에 의한 차이라고 보는 것이 일반적이나 の와 が의 뉘앙스의 차이 때문이라고 하는 설도 있다. 즉 の는 뉘앙스 때문에 어감이 좋은 말이나 품위있는 말에 붙었고, が는 특별한 어감이 느껴지지 않는 보통어에 결부되었다는 것이다.

　　그러나 어감이든 존비에 대한 구분이든 당시 문법에서 벗어난 용법이 있었다는 것은 부인할 수 없는 일이다.

　　하지만 무로마치와 에도시대 전기에 걸쳐서 중세 특유의 용법이 흔들리기 시작하여 대우의식에 의한 の, が의 구분과 순수한 문법상의 구별이 혼재한다. 이후 대우의식에 의한 용법은 소멸되어 가는데, 주격조사 전용으로서의 が가 확고한 위치를 차지함으로써 の는 품위와는 상관없이 자연스럽게 연체격으로서 자리매김을 하게 되는 것으로 본다.

　　이렇게 해서 현대 일본어의 연체격 조사는 본고의 주제인 わが国(우리나라)와 같이 문어적인 느낌을 주는 が를 제외하고는 の로 흡수되고, 주격조사는 연체수식절 내의 주격조사인 の를 제외하고는 が가 쓰이게 되는 것이다.

26. 500년 전의 일본어와 지금의 일본어는 얼마나 다를까?

【박재환】

지금으로부터 5백 년 전이라고 하면 우리나라 조선시대 초기에 해당하는 시기로, 일본은 무로마치(室町) 시대였다. 일본어를 공부한 사람이라면 마치(町)란 작은 마을을 나타내는 행정단위인데 어떻게 한 시대의 이름을 나타내는데 사용될 수 있는지 궁금할 것이다.

정권을 잡은 아시카가(足利)가 교토의 작은 거리인 무로마치에 막부를 세우면서 그와 같은 이름이 붙여진 것인데, 당시는 지금과 같은 중앙집권에 의해 통치되는 하나의 나라라기보다는 각 지역을 다스리는 세력들의 균형적 대립 속에서 일시적인 안정이 지속된 시기라고 보는 것이 옳다. 그러나 한편으로는 1백여 년 간의 전란을 거쳐 도쿠가와 이에야스(德川家康)가 에도(江戸)에 막부를 세우고 전국이 통일되기 전까지의 혼란스러운 시기이기도 하다.

이 시기는 또한 오랜 혼란을 통해 집권층의 힘이 약화되고, 그동안 피지배계층으로 억눌려 살아 왔던 서민들 특히 상공인들이 실리를 쫓아 세력화하는 시기이기도 하다. 그 과정에서 서민층도 문자 및 문서의

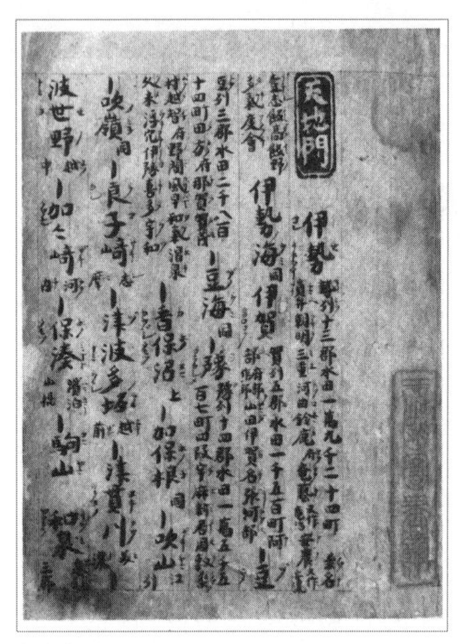

분메이본세쓰요슈(文明本節用集)

사용이 필요해졌고, 사원 등에서 서민들을 대상으로 한 교육이 활발히 이루어지기 시작했다.

이처럼 새로운 학습수요의 확대에 맞춰 『세쓰요슈』(節用集)를 비롯한 많은 사전류가 편찬되었다. 이 시기의 정치·경제·문화의 중심지는 교토를 중심으로 한 관서(関西) 지방으로 당시의 대부분의 문헌들이 교토 지방의 언어로 기술되었다고 할 수 있다.

언어적인 관점에서 보자면 당시는 고대어와 근대어의 경계에 해당한다고 볼 수 있다. 따라서 고대어의 모습이 많이 남아 있으나, 근대어로의 변모를 꾀하는 과도기적 형태라 할 수 있다. 이 시기의 특징 중 하나로 구어체 문헌이 많이 남아있는 것을 들 수 있는데, 대표적인 것으로 쇼모노(抄物)가 있다. 쇼모노란 학승(学僧)이나 학자들의 강의를 필기한 것으로, 『시키쇼』(史記抄), 『모시쇼』(毛詩抄) 등을 비롯한 많은 문헌이 존재한다.

특히 기독교를 전파하기 위해 일본에 온 선교사들에 의해 쓰여진 '기리시탄'(キリシタン) 자료는 당시의 언어를 알 수 있는 소중한 사료(史料)이기도 하다. 선교사들은 포교활동을 하기 위해 일본어·포르투갈어 사전인 『닛포지쇼』(日葡辞書)를 비롯해서 문법해설서라고 할 수

있는 로드리게스(Rodriguez)의 『니혼다이문텐』(日本大文典), 이솝우화를 일본어로 번역해서 로마자로 표기한 『아마쿠사판 이솝이야기』(天草版伊曾保物語), 일본의 유명한 이야기책 가운데 하나인 『헤이케이야기』(平家物語)를 로마자로 각색해 기록한 『아마쿠사판 헤이케이야기』(天草版平家物語)와 같은 서적들을 편찬했다. 이러한 자료들은 당시의 음운, 문법, 어휘 등 언어연구에 막대한 도움을 주는 귀중한 자료들이다.

당시에는 오늘날과 마찬가지로 가타카나, 히라가나 모두 사용되었으나, 글자체는 지금과는 다른 모습이었다. 가타카나는 당시 주로 사용되던 문자로 현재 사용하고 있는 글자체와 비슷했지만, 히라가나의 경우 '헨타이가나'-変体仮名:1900년 小学校令 제정에 있어 히라가나의 글자체를 현재 사용하고 있는 것으로 정했는데 그 외의 글자체를 부르는 말이다. 무로마치시대에는 지금의 히라가나와는 다른 글자체들이 다수 존재했다-가 많이 사용되고 있었다.

앞서 언급한 바와 같이 서민들의 문자 사용이 늘어나면서 히라가나의 사용이 늘어났고, 그와 더불어 むつかし(六借), うらやましく(浦山敷)와 같은 아테지(宛字)의 사용이 늘어나기도 했다.

음운학적으로 당시에 사용되던 정확한 음은 알 수 없지만 문헌의 기록들을 토대로 몇 가지 사항을 추측할 수 있다. 첫째로 は행전호음(は行転呼音)이라 불리는 음운 현상으로 단어의 중간이나 끝에 오는 は행음이 わ행음으로 바뀌는 현상이다. 예를 들어 かは(川)로 표기하고 실제 발음에서는 かわ로 했다는 이야기다. 비슷한 현상으로 ゐ, ゑ, を와 い, え, お의 구별이 없어져 하나의 음으로 발음되기 시작해 가나표기법의 혼란이 발생하기도 했던 시기이다. 또한 연성(連声)-앞 부분의 어말이 뒷부분 모음에 영향을 끼치는 현상-이 활발히 이루어진 시기이기도 한데, おんなるじ(御主), こんにった(今日は), ねんぶっと(念仏を) 등 많은 예가 있다.

문법적으로 보면 현대어에서는 당연한 사항들이 당시에는 전 시대와는 구별되는 획기적인 변화의 모습이었을 것이다. 고전문법을 배운 사람들이라면 아마도 익숙할 가카리무스비(係り結び)가 쇠퇴한 시기이다. こそ의 가카리무스비는 남아있으나 ぞ, なむ, や, か의 경우 완전히 소멸했다. 그것은 종지형과 연체형이 단일화하는 것과 관계가 있다고 보여지는데, 이러한 현상을 통해 ら행변격활용을 했던 동사-あり · をり · はべり · いますがり-가 ら행4단활용에 흡수되게 되었고, 형용사의 경우 く활용과 しく활용의 구별이 없어져 단일화됐다.

가능동사도 이 시기에 나타난다. 또한 과거 · 완료를 나타내는 조동사로 전 시대까지 사용되던 き, けり, つ, ぬ, り 등이 모습을 감추게 되고, たり는 모습을 바꿔 た의 형태로 남게 된다. 추측을 나타내는 조동사의 경우도 めり, まし, けむ가 모습을 감추고 む가 う로 모습을 바꿔 사용되게 된다.

대우표현에 있어서는 존경표현의 사용이 많아진 시기이다. 존경의 정도에 따라 대명사, 경어동사, 보조동사, 조동사 등은 다른 말을 사용하기도 했다. 예를 들어, 상대방을 부르는 대칭(対称)의 경우 경의(敬意)의 정도에 따라 こなた, そなた, おぬし, そち, をのれ 등을 구별해서 사용했고, 현대어 ます의 기원인 まいらする, まらする, まする 등이 사용된 시기이기도 했다.

어휘에 있어서는 앞에서 언급한 바와 같이 서양의 선교사들로 인해 외래어가 본격적으로 전래되는 시기였다. 특히 パン, カステラ, シャボン, ビロード 등 포르투갈로부터 전래된 외래어가 많았다.

한편 대표적인 위상어(位相語)로는 뇨보코토바(女房詞)를 들 수 있다. 뇨보코토바는 궁중이나 귀족의 집안에서 일하는 뇨보(女房)들이 주로 사용하던 말로 모지코토바(文字詞)라고도 하는데, すもじ(すし), そもじ(そなた)와 같이 단어의 첫 음절 뒤에 もじ를 붙여 사용했다.

이상과 같은 당시의 언어 사실이 현대어와는 다르나 몇 가지 사항에 있어서는 근대어, 현대어로 이어지는 출발점이 되었다고 할 수 있다. 언어는 살아있는 생명체와 같이 새로 만들어지고 사용되다가 소멸해 가는 과정을 거치면서 끊임없이 변화해 왔다고 볼 수 있다. 따라서 현재 우리가 사용하고 있는 언어가 5백 년 후에는 과연 어떠한 모습으로 남아 있을지 궁금하다.

27. 일본어의 장음이야기

【이경철】

일본어는 음의 장단이 의미를 구별하는 한 기준이 된다. 예를 들어 [ku]와 [ku:]는 '구'(九)와 '먹다'[食]라는 의미상의 구별이 있다. 즉 [ku]라고 짧게 1박자로 발음하면 '아홉'이라는 의미가 되고, [ku:]라고 길게 2박자로 발음하면 '먹다'라는 의미가 되는 것이다. 이러한 일본어의 특성으로 인해 일본어를 모라-モ-ラ:음운론상의 단위, 박-언어라고도 한다.

우리말도 조선시대까지는 이처럼 음의 장단이 의미를 구별하는 기준이 되었지만, 현대어에는 그러한 기준이 사라졌다. '말'이라는 단어를 짧게 발음하면 '말'[馬]이라는 의미이지만, 길게 발음하면 '말'[言]을 뜻하는 정도의 소수의 흔적들이 남아 있으나, 지금은 거의 사라진 상태라고 할 수 있다.

일본어는 원래 '자음+모음'이라는 구조이므로 모음의 연속을 꺼린다. 자음은 남자, 모음은 여자로 해석할 수 있는데, 여자끼리 모이는

것을 싫어한다는 의미가 있다. 그래서 고대어에서는 あ행음이 어두(語頭)외에는 오지 않았다. 그런데 헤이안시대 이후 は행전호음(は行転呼音)과 한자음에 의해 모음이 연속되는 경우가 나타나게 되었다.

예를 들면 は행전호음으로 인해 '사다'라는 의미의 買ふ가 かう로 변하게 된 것이다. 즉 우리말에서 '고향'이라는 발음이 '고양'으로 변하는 것처럼, [kaɸu]가 [kau]로 변하게 된 것이다. 또한 당시의 중국어를 일본어로 나타내려다 보니 高, 好 등을 かう로 표기하여 [kau]와 같이 모음이 연속하는 연모음(連母音)이 발생하게 되었다. 당초에는 이처럼 모음이 연속할 때 2개의 모음을 따로따로 발음했지만, 점차 하나로 발음하게 되어 결국 장모음(長母音)이 성립하게 된 것이다.

o단에는 연모음 au에서 생긴 [ɔ:]와 ou와 oo에서 생긴 [o:]라는 2종류의 장음이 성립하게 되었다. 전자를 개음(開音), 후자를 합음(合音)이라 하여, 이 2종류의 장음은 가마쿠라시대 이후 혼동되기 시작하였는데, 무로마치시대까지 표기상으로는 어느 정도 개합(開合)을 구별하고 있다. 무로마치시대의 『닛포지쇼』(日葡辞書), 『아마쿠사판 헤이케 이야기』(天草版 平家物語) 같은 기리시탄(キリシタン) 자료에서는 au는 [ɔ]로, ou는 [ô]로 표기하여 개합을 구별했다.

그러나 이미 무로마치시대에도 개합의 장모음은 상당히 혼동되고 있었으며 역사적가나표기법(歷史的仮名遣い)에서는 이 2개의 개합장모 음을 구분해서 표기하다가, 현대가나표기법(現代仮名遣い)에서부터 'おう'형 표기로 통일되기에 이르렀다.

또한 o단 장모음의 요음(拗音)형에는 연모음 yau에서 생긴 [yɔ:]와 you와 (y)eu에서 생긴 [yo:]라는 2종류의 장음이 성립하게 되었고, 위의 au와 ou가 장모음으로 합류한 과정과 동일한 과정을 겪으며 통합되었다. 표기형이 변한 예를 중심으로 o단 장모음의 형성과정을 살펴보면 아래와 같다.(한자어와 외래어는 가타가나로, 고유어는 히라가나로 표기)

1. au 〉 o : 央 アウ 〉 オウ, 甲 カフ 〉 カウ 〉 コウ

   ありがたうござる 〉 ありがとうございます

2. yau 〉 yo : 養 ヤウ 〉 ヨウ, やうやく 〉 ようやく

3. (y)eu 〉 yo : 葉 エフ 〉 エウ 〉 ヨウ, 鳥 テウ 〉 チョウ

   今日 けふ 〉 けう 〉 きょう

u단에는 연모음 uu에서 생긴 [u:]와 iu에서 생긴 [yu:]라는 2종류의 장음이 성립하게 되었는데, 이 역시 처음에는 각각의 모음을 따로따로 발음하던 것이 점차 합쳐져 장모음으로 발음하게 되었다. 무로마치 시대의 기리시탄자료에서는 [u:]를 [ǔ]로 표기하고 있었다.

표기형이 변한 예를 중심으로 u단 장모음의 형성과정을 살펴보면 아래와 같다.

4. uu 〉 u : 食ふ くふ〉くう, 吸ふ すふ〉すう

5. iu 〉 yu : 十 ジフ 〉 ジウ 〉 ジュウ, 九州 キウシウ 〉 キュウシュウ

うれしうござる〉うれしゅうござる

e단 장음은 에도어(江戸語)의 특색이라고 할 만큼 에도시대부터 발달하여 현대어에까지 이어지고 있다. 대표적인 예로 '先生'의 'せい'를 [se:]로 발음하는 것처럼 ei를 [e:]로 발음하는 것 외에, 현대 도쿄어에서는 ai, ae, oi도 [e:]로 발음하고 있다. 그러나 현대가나표기법에서도 그 표기는 원래 형태의 ei, ai, ae, oi형을 취하고 있다. 또한 ai, ae, oi를 [e:]로 발음하는 것은 속어로 취급받고 있으므로, 여기에서는 ei가 변한 장모음만을 예로 들기로 한다.

　6. ei 〉 e : 丁寧 テイネイ 〉 [te:ne:]

　　　orientation オリエンテーション / [orieNte:syoN]

그 밖에 a단에 a가 연속할 때의 a단 장모음과 i단에 i가 연속할 때의 i단 장모음이 있다. 일본어 표기에서는 같은 a나 i모음을 연속해서 쓰고, 외래어 표기에서는 대시(-)를 사용하고 있는데, 외래어표기에서는 다른 장모음도 대시(-)를 사용하고 있다. a단과 i단 장모음의 발음을 실례를 들어 살펴보면 아래와 같다.

　7. aa 〉 a : お母さん おかあさん 〉 [oka:saN], car カー 〉 [ka:]

　8. ii 〉 i : 詩歌 シイカ 〉 [si:ka], うれしい 〉 [uresi:]

　　　key : キー 〉 [ki:]

지금까지 일본어의 장음에 대해 살펴보았는데 이 중에서 특히 au
〉o:, yau 〉yo:, iu 〉yu:의 변화, 그리고 は행전호음의 소멸은 우
리의 한자음과 규칙적인 대응을 이루고 있어 한국인 학습자에게 상당
한 도움이 된다. 끝으로 우리 한자음과의 대응을 간단히 소개해 두고
자 한다.

9. ㅏo −アウ 〉オウ 央 앙 −アウ 〉オウ 唐 당 − タウ 〉トウ

10. ㅑo −ヤウ 〉ヨウ 樣 양 − ヤウ 〉ヨウ, 両 량 − リャウ 〉リョウ

11. 업 엽 − エフ 〉エウ 〉ヨウ 業 업 − ゲフ 〉ゲウ 〉ギョウ,

猟 렵 − レフ 〉レウ 〉リョウ

28. 탁음부호는 언제부터 사용했을까?

【성희경】

일본어는 유성음과 무성음이 구분되는 언어이지만 우리말은 그 구분이 되지 않는다. 따라서 일본어 학습 초급단계인 한국인은 청탁음의 구분이 힘든 경우도 종종 있다.

일본어는 무성음과 유성음을 청음과 탁음으로 구분하고 있는데, 탁음은 우측상단에 탁점을 부여한다. ガ, ズ 등과 같이 가나문자의 우측상단에서 탁음을 나타내는 부호 '〝'를 탁음부 또는 탁점이라고 부른다.

가나의 우측에 찍는 탁음부의 사용은 언제부터 시작되었으며, 최초의 발명자는 누구인가에 대해서는 현재까지도 충분한 해명이 있지 않으나, 아마도 9세기 말경 히에산(比叡山)에 있는 엔랴쿠사(延暦寺)의 천태종의 학승(学僧)이 최초로 사용한 것으로 추측되고 있다.

탁점은 '다라니'(経) 읽는 법을 나타낼 필요성에 의해 생겨났다고 전해지고 있다. 헤이안시대 초기 이후 밀교에서 범음(梵音)을 배울 때, 청탁음을 구별하기 위해 탁음 자모(字母)가 사용되었고, 그것이 약체가나(略体仮名)의 체계 안에서 소멸해 가는 것을 보완하는 방법으로 유표기호(有標記号)로서의 성점이 고안된 것으로 보인다.

탁점의 기원은 한자의 성점(声点)이지만 실담(悉曇:범어 梵語)과 관계가 있다고 전해진다. 탁음을 나타내기 시작한 것은 9세기 말경부터로 훈점자료인 한문훈독에서 보이기 시작하며, 초기의 탁음 표시형식은 한문훈독의 시행착오로서 고안된 것으로 추측되고 있다.

현재 알려진 가운데 탁음이 표시된 가장 오래된 것은 889년 가점(加点)의 『금강정연화부심염송의궤』(金剛頂蓮華部心念誦儀軌)에 붙여진 것으로 '濁'의 행서체의 약체 일부 シ-한자 '濁'의 변-을 사용해서 부호로써 한자에 첨가해 써넣은 탁주기(濁住記) 방식이다. 또 성점-한자음의 성조, 액센트-과 탁점을 겸용하는 부호를 탁성점(濁声点)이라고 하는데 『금강계의궤』(金剛界儀軌, 987)의 탁성점을 가장 오래된 것으로 보며, ○(청)●(탁), ●(청)··(탁), ○(청)∞(탁) 등으로 구분해서 가점되어 있다.

그리고 탁음부 ··의 가장 오래된 것은 1004년에 기록된 점이며, 탁성점에는 성점에 '·'를 부가해서 복성점 ··으로 표현하는 방식이 있다. 또한 성점의 형태를 ➞, －, ﹨, △ 등으로 표시하는 여러 형식이 사용되었는데, 이 방식은 천태종에서 시작된 것으로 보인다.

한편 성점과 관계없이 기존의 가나에 청탁만을 구별하는 탁음요소의 부호를 기입하는 탁점방식이 있는데, 가장 오래된 것은 만슈원(曼珠院)에 소장된 『태장계사기』(胎蔵界私記, 979)로 가나의 하부에 '、'을 첨가했고, 천태종 관계의 것으로 보여진다.

별도로 가나의 우측 상단에 '、'을 기입한 오래된 것으로서 다이고사(醍醐寺) 소장 『법화경석문』(法華経釈文) 등이 있고, 이 형식은 법상

종과 진언종 관계의 것으로 보여진다. 이외에도 탁점은 아니지만 약체 가나를 반전시켜서 탁음가나로 사용된 것도 있었다.

이러한 형태 가운데 성조와 청탁을 동시에 나타낼 수 있는 탁성점만 남고 그 중에서도 발생시기부터 가장 우세했던 복성점 ‥ 만이 남아 다른 표기는 점차 도태되며 1150년 경에 통일되었다.

탁성점이 본래의 성조에 관계없이 가나의 우측에 복성점을 찍는 형태로 오늘날의 탁점과 같아지는 것은 『루이주묘기쇼』(類聚名義抄)에서 볼 수 있다. 이 자료는 탁음을 두드러지게 표시하기 위해 그 성립의 초기 단계를 반영하고 있는 것으로 보인다.

이와 같이 탁음부는 헤이안시대에 훈점자료의 세계에서 일어나, 천태종 또는 남도(南都)의 불가에 의해 시작되었다. 그 후 한학자 사이에도 확대되어 가마쿠라시대 이후에는 히라가나로 쓰여진 『고킨와카슈』(古今和歌集), 『슈이와카슈』(拾遺和歌集) 등의 고사본(古写本)에도 성조겸용의 청탁점이 표시되었다.

일본고유어로 작성된 것에는 탁점이 붙여지지 않은 경우가 많았지만 근세에 이르러 많은 비율로 사용되었다. 탁점 ‥ 형태의 복점탁음부(複点濁音符)가 성조와 관계없이 단순히 청탁만을 나타내는데 사용되어지고 탁점 ‘ ˝ ’으로써 우측상단에 고정하게 된 것은 17세기 초 이후이다.

탁점의 발생과 변천에 대해서 개략적으로 살펴보면, 탁점은 원래 한자음의 평성·상성·거성·입성을 나타내기 위해 한자의 좌측하단에서부터 순서대로 좌측상단, 우측상단, 우측하단 순으로 각각의 사각형의 구석에 찍었던 성점(声点)에서 발생했지만, 이 점을 찍는 방법은 한자음이 청음일 때는 ㅇ이나 •을 찍었으며, 탁음일 때는 ∞이나 ‥ 그리고 연탁일 때는 횡으로 점 2개를 찍어 표시했다.

이 방법을 이용해서 가나에도 성점을 붙여서 일본어의 액센트와 청탁을 동시에 나타내는 것이 사전 등에 시도되었지만, 세월이 흘러 시대가 바뀌면서 탁음만을 나타내기 위해 사용되었으며, 탁점을 붙이는 위치도 우측 상단으로 고정되었다. 에도시대 이후 일부 한자에도 탁점이 보이고 있지만, 현재와 같은 탁점을 사용한 것이 다수 나타난다.

무로마치시대의 분메이본(文明本)『세쓰요슈』(節用集)에는 가타카나의 우측에 복점 'ヾ'을 나타낸 것과 권점(圈点) 'ㅇ'을 나타낸 것이 보인다. 복점은 탁음을 나타낸 것이고, 권점은 그 가나를 탁음으로 읽어서는 안 되며 청음으로 읽어야 한다는 것을 적극적으로 나타내는 부호로 불탁점(不濁点)이라고 한다. 이 불탁점의 기능은 한문서적의 훈독문에 보여지는 권점 'ㅇ' 부호가 가해진 가나의 한자음, 즉 한음(漢音)을 오음(吳音)으로 혼동해서는 안 된다는 것을 적극적으로 나타낸 것이다. 또한 쇼모노(抄物)에서도 '清'(スム, 청), '濁'(ニゴル, 탁)을 주기(注記)해서 당시의 청탁음을 구분하고 있다.

이와 관련해서 현재 사용되고 있는 반탁음부호-は행의 가나의 우측 상단에 보여지는 °부호-는 위의 불탁점 부호인 권점과는 전혀 상관이 없는 것으로, 가장 오래된 예는 1442년에 옮겨진『와칸로에이슈』(和漢朗詠集)에 기재되어 있는 것이다. 이후에도 산발적으로 반탁점이 기재되어 있는 것이 보이지만 조직적으로 기재되어 있는 것은 기리시탄자료

『라쿠요슈』(落葉集, 1598)에 많은 반탁음의 용례가 보이고 있다. 다만 선행 문헌에 기재되어 있는 반탁점과 기리시탄자료에 기재되어 있는 반탁음의 관계 및 그 이후의 문헌으로의 영향에 대해서는 아직 해명되지 않은 상태이다.

그 후 에도시대 중기 이후『가타고토』(片言),『고쇼쿠이치다이오토코』(好色一代男) 등에도 ぱ행음을 나타내는 반탁음이 사용되기 시작하여 현재에 이르고 있다.

29. 일본에서는 언제부터
사전을 만들었나?

【오미영】

세계 여러 나라에서 출판된 책을 바라보노라면 '책'이라는 일반명사 안에서 이렇게도 여러 가지 모양이 나올 수 있는가에 대해 감탄하고는 한다. 가깝게는 한, 중, 일 3국의 책을 비교해 봐도 그렇고, 미국이나 유럽 등의 서양에서 출판된 책을 보면 각 나라마다 뭔가 다른 특징과 개성을 지니고 있음을 발견할 수 있다.

일본은 책을 튼튼하게 잘 만들기로 명성이 나있다. 뿐만 아니라 세계 각국의 서적을 번역하여 출판하는 데도 열심이다. 그런 만큼 출판 문화의 자유가 오래전부터 정착되었다. 또한 일반 연구서에는 잘 정돈된 색인이 달려있는 경우가 많아서 이용자에게 편의를 제공한다. 일본인의 세심함이 한권 한권의 책에 배어 있는 것이다.

색인과 맥을 같이 하는 것이 사전이다. 일본의 서점에 가보면 다양한 크기의 여러 가지 사전이 진열되어 있다. 그렇다면 일본인은 언제부터 사전을 만들기 시작했을까? 지금부터 초기의 사전을 중심으로 일본 사전의 역사를 살펴보기로 하자.

  문자문화가 일본에 전래된 직후의 문헌은 한문으로 적혀진 것이었고, 이를 읽고 이해하는 것이 학문의 중심이었으므로 중국의 사전을 이용했다. 이로 인해 일본의 사전은 중국의 것을 모방하는 것에서 시작되었다고 해도 과언이 아니다.

  그러나 한문을 일본어와 대응시켜서 독해하기 위해서는 한자와 훈의 대응과 정착이 필수조건이었다. 따라서 그 배경에는 한문서적을 일본어로 독해하는 작업, 즉 한문훈독(漢文訓読)이 존재했다. 한문훈독의 결과 생겨난 훈을 각 한자별로 모아놓은 사전이 만들어지고, 중국의 한자사전을 모방한 것에 훈을 부가함으로서 일본 독자의 사전이 탄생하게 된다.

  일본인이 편찬한 현존 최고(最古)의 한자사전은 『덴레이반쇼메이기』(篆隷万象名義)이다. 훈을 수록하지 않은 한자사전으로 고오보(弘法) 대사 구카이(空海)가 편찬한 것으로 알려져 있다. 한자 1만6천여 자를 부수에 따라 542그룹으로 분류하고, 단일한자를 표제로 하여 반절(反切)에 의한 한자음주와 의미주를 싣고, 가끔 자체(字体)에 관한 주를 달았다. 배열이나 주가 중국 양나라의 옥편과 거의 일치하는 것으로 볼 때 이에 의거하여 만들어졌음을 알 수 있다.

  훈을 수록한 사전, 즉 소위 한화사전(漢和辞典)-일본의 한자사전-으로 현존 최고의 것은 『신센지쿄』(新撰字鏡)이다. 서문에 의하면 옥편, 세쓰인(切韻), 쇼가쿠헨(小学篇), 혼조쇼(本草書) 등과 그 외의 자료를 첨가하여 898년에서 901년 사이에 12권을 완성했다고 한다. 한자를 표제로 하고 주를 달아 놓은 한자사전이지만, 부수에 따라 배열한 것과

163

의미에 따라 분류·배열한 것의 2종류가 혼재한다. 『신센지쿄』에 수록된 훈은 약 3천 개인데, 표제한자가 약 2만1천 자인 것을 보면 극히 일부분에만 훈이 게재되어 있음을 알 수 있다.

다음으로 백과사전류의 한화사전인 『와묘루이주쇼』(和名類聚抄)를 들 수 있다. 미나모토노 시타고우(源順, 911~983)에 의해 934년 경에 만들어진 것으로, 한자로 표기된 문장을 일본어로 읽고 쓰기 위한 자료가 되도록 훈을 싣는 것을 목적으로 했다. 일상생활에서 사용되는 모든 항목을 의미 분류하고 그 한자를 표제로 하여 축자적으로 훈을 기입했다. 수록된 단어는 백과사전적인 명사가 중심이어서 용언이나 부사, 조사까지는 포함되어 있지 않지만 다음 시대의 사전편찬의 참고자료가 되었고 중세의 고전 주석에도 인용되는 등 널리 활용되었다.

『신센지쿄』나 『와묘루이주쇼』의 훈은 음(音)가나로 사용된 한자로 표기되었으나 12세기가 되면 훈(訓)을 가타카나로 표기한 것이 섞여 있는 한화사전이 편찬된다. 바로 『루이주묘기쇼』(類聚名義抄)로 원본계(原本系, 原撰本系統)와 광익본계(広益本系, 改編本系)의 2계통이 있다. 원본계는 12세기 초에 법상종의 학승에 의해 편찬된 것으로 추정된다. 단일한자 및 숙어 3,650개를 옥편에 준하여 편방에 의한 부수로 분류하여 게재하고, 일본과 중국의 한자사전·음의(音義)·훈점본 등 130여 종의 문헌으로부터 내용을 정확하게 인용하여 출전을 명기하고 있다. 광익본계의 성립은 12세기 말에서 13세기 초로 추정되며 진언종의 학승에 의해 편찬된 것으로 보고 있다. 원본계의 불교사전적인 항목과 한문주 대부분을 삭제하고 표제한자도 늘렸으며, 출전표시는 생략되었고 가타카나훈이 중심이 되었다.

위에 소개한 사전이 한문을 일본어로 읽기 위해 만들어진 것이었다면 일본어를 한문으로 표기하기 위해 만들어진 것이 『이로하지루이쇼』(色葉字類抄)이다. 12세기 경에 성립된 것으로 추정되며 일상의 실용적인 작문뿐만 아니라 한시문·기록·문서 등의 표기를 위해 만들어졌다. 각각의 일본어 단어를 나타내는 한자를 수록했고, 2종 이상의 표기가 존재할 경우에는 그 단어 일반적인 표기를 맨 위에 적은 후 다른 한자를 순서대로 적었다.

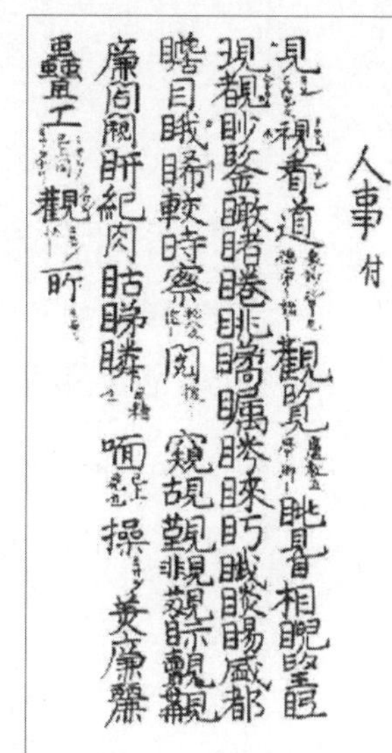

이로하지루이쇼(色葉字類抄)

중세에는 일본의 국어사전에 해당하는 사전이 만들어지기 시작하는데, 그 하나가 1444년에 성립한 『가가쿠슈』(下学集)이다. 초학자에게 알맞은 백과어휘적인 분류체계를 지니고 있어서 사전의 형태를 띤 교과서라고도 할 수 있다. 약 3천 단어가 수록되어 있으며, 각 단어에 해당하는 한자를 적고 대부분의 단어에 한문주를 달아서 의미·용법·어원 등을 소개했다.

또 하나 대표적인 국어사전으로 『세쓰요슈』(節用集)를 들 수 있다. 세쓰요슈는 무로마치(室町) 시대부터 에도(江戸) 시대를 거쳐 메이지(明治) 시대까지 사용된 일본 국어사전의 통칭이기도 하다. 에도시대 초기까지의 사본 및 1615년 이전에 나온 판본을 『고본(古本) 세쓰요슈』라고 하고 이후의 것을 『근세 세쓰요슈』라고 한다. 이 양자는 수록항목도 다르고 사전으로서의 성격도 차이를 보인다.

『고본세쓰요슈』는 1496년 이전에 성립된 것으로 추정되며 단어 첫 글자에 따라 い・ろ・は 이하 각 부(部)로 나누고, 그것을 다시 단어의 의미에 따라 천지(天地), 시절(時節) 등의 각 문(門)으로 분류했다. 에도 시대가 되면 『세쓰요슈』는 대부분이 판본으로 인쇄・간행되고 이용자도 크게 늘어난다. 근세의 『세쓰요슈』 중에는 이전의 것을 그대로 계승한 것도 있으나 한편으로 내용을 대폭 개정하고 독자적인 형식으로 고친 것도 있다. 이렇게 『세쓰요슈』가 사전의 대명사가 될 정도로 널리 이용된 데는 당시 사회적으로 읽기 및 쓰기 능력이 향상되었다는 점을 원인으로 들 수 있다.

중세에 만들어진 사전 중에서 주목하지 않으면 안 되는 것이 『닛포지쇼』(日葡辞書)이다. 본편은 1603년에, 보유(補遺)는 1604년에 간행되었다. 선교를 위해 일본에 온 포르투갈 선교사들에 의해 만들어진 이 사전은 포교를 위해 필요한 일본어를 포르투갈어로 풀어 놓은 것이다. 수록어 수도 약 32,893어에 이르고 설명도 대단히 자세하다.

이상에 소개한 것은 일본에서 만들어진 사전의 극히 일부를 소개한 것에 불과하다. 이 외에도 8세기 이전에 만들어진 현존 최고(最古)의 음의서(音義書)인 『신야쿠케곤쿄온기시키』(新訳華厳経音義私記) 이래 대단히 많은 사전이 편찬되었다. 또 현재에도 새로운 사전 편찬 작업과 기존에 만들어져 있는 사전의 개정작업이 끊임없이 이루어지고 있다.

30. 조선시대 일본어 통역관의 교과서

【편무진】

1394년에 건국한 조선은 중앙정부에 사역원(司譯院)을 두어 외교에 필요한 통역 및 번역 등의 업무를 행하도록 하였다. 세종조에 이르러서는 한학(漢學), 몽학(蒙學), 왜학(倭學), 여진학(女眞學:후에 清学 즉 만주어학으로 교체)의 사학(四學)이 완비되어 각각 중국어, 몽고어, 일본어, 여진어 즉 만주어가 학습되었다.

사역원은 조선을 둘러싼 이웃 나라들의 언어를 통역하는 것뿐만이 아니라, 통역을 담당하는 역관을 선발하고 그들을 교육하는 것도 중요한 과업의 하나였으며, 사역원 역서(譯書)는 바로 이를 위하여 사용된 교과서류이다. 이러한 역학서들은 한글 창제 이후에는 대부분 한국어의 대역과 대음(對音)을 가지는 체재로 발전하였으며, 역과(譯科)의 과거에서 강서(講書), 사자(寫字), 역서(譯書)의 출제서이기도 하였다. 조선초의 『경국대전』(經國大典, 1469)에 역학서들의 서명(書名)들이 제시되어 있는데, 일본어 교과서의 경우는 『이로파』(伊呂波:いろは), 『소식』(消息), 『서격』(書格), 『노걸대』(老乞大), 『동자교』(童子敎), 『잡어』(雜語),

『본초』(本草),『의론』(議論),『통신』(通信),『구양물어』(鳩養物語),『정훈
왕래』(庭訓往來),『응영기』(應永記),『잡필』(雜筆),『부사』(富士)의 14종
이었던 것이『속대전』(續大典, 1746)에는 이들을 전부 폐지하고『첩해신
어』(捷解新語) 하나만 채용했다.

한편 초기의 경국대전에 규정된 서목(書目) 중『이로파』(伊路波) 외
에는 오늘날 그 소재나 내용이 불분명한 것들이 대부분이다. 조선시대
일본어 통역관들이 사용하였던 교과서로는『이로파』와『첩해신어』그리
고 어휘집인『왜어유해』(倭語類解)를 들 수 있다. 이하 3종류의 일본어
교과서에 대하여 간단하게 설명하기로 한다.

1.『이로파』(伊路波, 1권 1책)

1492년에 조선 동활자체로 간행되었는데, 조선인에 의하여 만들
어진 최초의 일본어 교과서로서 현존 최고(最古)의 것이다. 일본의 문
자, 일본어 학습을 위한 초보적 학습서로서 현재 일본 가가와(香川) 대
학 부속도서관 간바라(神原) 문고에 소장되어 있는 것이 유일본으로 전
해지고 있다.

내용은 크게 '이로파 사체자모각사십칠자'(伊路波 四體字母各四十七
字)의 권두부와 '이로파 합용언어격'(伊路波 合用言語格)의 본문부로 나
뉘어진다. 권두는 일본어 자체(字體)를 명시한 부분으로 '통상 자체평
가명 이로파'(通常字體平假名 伊路波)와 '우각자모외동음삼십삼자류'(右
各字母外同音三十三字類) 그리고 '별작십삼자류'(別作十三字類)에는 가나
에 대한 한글의 대음이 있다.

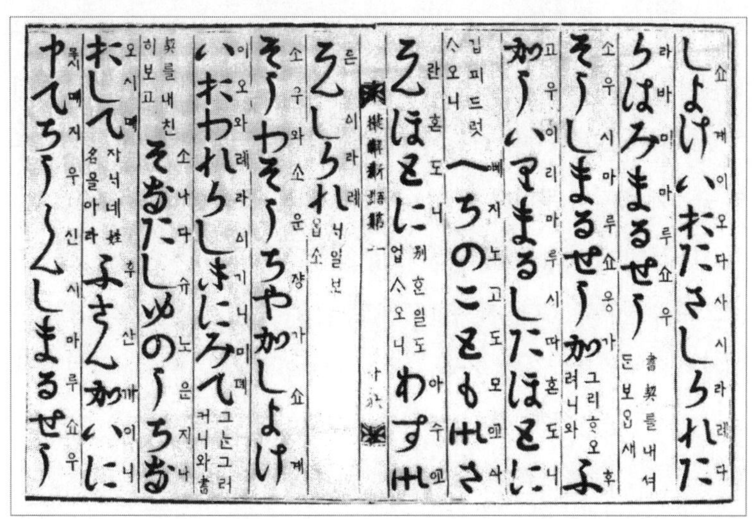

원간본 첩해신어(原刊本 捷解新語)

　　본문은 소위 소로(候) 문체의 서한(書翰) 문집으로, 가나표기가 주를 이루고 있다. 하지만 일본어 교과서로는 미흡한 것이었으며, 다음의 『첩해신어』에 이르러 일단의 체제를 완비한 일본어 학습서가 탄생하게 된다.

2. 『첩해신어』(捷解新語, 10권 10책)

　　『첩해신어』는 임진왜란 때 일본으로 납치되었다가 돌아온 강우성(康遇聖, 1581~?)이 사역원에서 일본어 교과서로 편찬한 것이다. 그때까지 사역원에서 사용되고 있던 14종의 왜학서는 주로 왕래물(往來物)이나 동자교(童子敎) 등으로 당시의 일본어 학습에는 적당치 못한 것들이었다. 강우성은 이 결함을 보완하기 위하여 당시의 일본어를 반영한

169

본서를 편찬했을 것으로 여겨진다. 이 책의 편찬 목적은 역관들에게 곧 도움이 되는 일본어를 가르치면서 동시에 외교상의 접대 및 교역, 그리고 그 외 필요한 사항을 학습하는데 있었다고 할 수 있다. 당시의 구두어 습득에 중점을 두면서 읽고 쓰기도 하나의 목표로 삼고 있다.

1676년에 개판(開板)되었지만, 실제로 원고는 그 이전에 완성된 것으로 추정되고 있다. 대략 1618년부터 1636년 사이에 초고가 이루어져서 간행되기까지 몇 차례 수정이 이루어졌으며, 일본어의 변천에 따라 개수·중간되게 된다. 그 상황을 정리하면 다음과 같다.

『원간본』(原刊本) : 初刊本, 규장각본(1676)

『정판본』(整版本) : 宋家文庫本, 초간본을 수정한 것.

『목판본』(木版本) : 晩松文庫本, 山氣文庫本,

초간본을 수정하여 복각한 것(1700)

『개수본』(改修本) : 第1次 改修本, 戊辰改修本(1748)

『제2차 개수본』(第二次 改修本)

『중간본』(重刊本) : 重刊改修本, 辛丑改修本,

2차 개수본의 重刊 木版本(1781)

『문석본』(文釋本) : 捷解新語文釋(1796)

일본어사에서 근대일본어의 성립시기는 일단 17세기 말로 보고 있는데, 원간본과 개수본류의 일본어를 비교하면 중세와 근대의 차이, 다시 말해서 원간본의 일본어는 중세에서 근대로 옮겨지는 과도기적 언어를 반영하고 있다고 한다면, 개수본류는 일단 근대어가 성립한 시기의 일본어를 반영하고 있다고 볼 수 있다.

특히 원간본의 경우에는 한국어의 '가'가 주격조사로 사용된 가장 빠른 예가 나타나는 등 한국어사 연구자료로서도 중요한 가치를 지닌다.

3. 『왜어유해』(倭語類解, 2권 2책)

저자는 홍순명(洪舜明)이며, 성립시기는 대략 18세기 초로 추정된다. 역시 역원의 왜학서로서 중국어의 『역어유해』(譯語類解, 1690), 만주어의 『동문유해』(同文類解, 1748), 몽고어의 『몽어유해』(蒙語類解, 1768)와 관련을 맺고 관판(官版)으로 출간된 한조일(漢鮮日) 대역사전이다. 원고가 완성된 뒤 곧바로 간행된 것이 아니라 사역원에 비치된 채 사본으로 전해오다가 18세기 말에 간행된 것으로 추정되고 있다.

본서는 천문(天文)·시후(時候)·간지(干支)·지리(地理)·방위(方位)·인륜(人倫) 등의 항목을 따라 약 3천5백 개의 단어를 부문별로 분류하고, 표제어인 한자어 아래에 조선음훈과 일본자음을 2행으로 쓰고, 하단에 일본어역을 한글로 덧붙였다.

편찬시 홍순명이 쓰시마(対馬島)의 유학자 아메노모리 호슈(雨森芳洲)에게 직접 물어 고쳤다고 하는 기록이 있어 역시 호슈가 편집에 깊이 관여한 것으로 보인다. 실제로 호슈가 저작한 일본 최초의 한국어 학습서인 『고린스치』(交隣須知)는 표제어의 어휘면에서 약 80% 정도가 『왜어유해』와 동일하게 나타난다.

이 책은 일본의 가나자와 쇼자부로(金澤庄三郎) 박사의 구소장본

외에, 우리나라의 국립중앙도서관에 그것보다 선본(善本)이라고 할 수
있는 완질본이 전해지고 있다. 후일 W. H. Medhurst가 만든 『위국
자휘』(衛國字彙)의 저본(底本)이 되어 서양인의 한국어와 일본어 학습
에서 중요한 역할을 하였다.

본서와 관련해서는 이 밖에도 대마도에서 『왜어유해』를 초사(抄寫)
한 것을 저본으로 하여 필사한 『화어유해』(和語類解)와, 가나자와(金澤
庄三郎)가 왜어유해와 화어유해 등에 약간의 교정을 가하여 1912년 도
쿄에서 간행한 『일어유해』(日語類解)가 있다.

이와 같은 조선조의 사역원 왜학서들은 한글에 의한 일본어 발음
의 전사(轉寫) 표기, 일본어의 탁음을 나타내기 위하여 비음적 요소인
ㄴ, ㅁ, ㅇ을 앞 음절의 종성에 전치(前置)하거나 초성에 병기하는 음
운적 표기법, 대역·대음 체재, 당시의 구어를 적극적으로 반영하려는
언어적 성격 등을 특징으로 한다.

이 중 사역원 왜학서들의 전통적-음운적-표기법은 개화기에 이르
러 이봉운(李鳳雲)과 사카이마스타로(境益太郎)이 1895년 펴낸 『단어 연
어 일어조준』(單語連語 日語朝儁)에 사용된 적이 있으나, 그 이후의 일본
어 학습서류에서는 발음대로 적는 음성적 표기법으로 바뀌게 된다.

31. 일본에서 만들어진 우리말 학습서

【최창완】

일본에서 한국어 교육은 언제부터 시작되었을까? 『쇼쿠니혼기』(続日本紀)에, 761년에 미노(美濃), 무사시(武蔵) 지역의 소년들에게 신라어를 가르쳤다는 기록이 있는 것으로 보아 통일신라시대 혹은 그 이전에 우리말이 교육되었음을 알 수 있다.

현재는 도쿄외국어대학을 비롯한 50개 이상의 일본의 대학에서 우리말 강좌가 개설되어 있고, 아사히(朝日) 컬쳐센터와 같은 문화센터 및 공설 문화회관 등지에서 개설하는 강좌까지 포함하면 상당수의 일본인이 우리말을 배우고 있다. 여기에 사용되는 우리말 학습서 또한 그 종류가 다양하고 사전만 해도 『조선어사전』(朝鮮語辞典/小学館) 등이 포켓형으로 나와 있다.

조선시대에는 조선통신사가 일본으로 가고 부산 초량에 왜관이 설치되는 등 한일양국의 문화교류 및 교역이 활발하게 전개되었다. 이때 활약한 일본어 통역관들은 대부분 『고린스치』(交隣須知)와 『린고타이호』(隣語大方)를 교재로 외국어를 익혔다.

1. 『고린스치』(交隣須知)

근세부터 19세기말 메이지시대까지 일본에서 가장 많이 사용된 용례 중심의 한일사전형식의 한국어학습서로 한국어 용례 옆에 일본어역이 붙어 있는 대역자료이다. 제목에서 알 수 있듯이 '이웃나라와 교역함에 있어 모름지기 익혀야 할 말을 엮어 놓은 책'이다.

본문은 한자어가 맨 위에 위치하고, 그 아래 한국어 예문이 한글로 표기되어 있으며, 그리고 오른쪽이나 왼쪽에 일본어 번역문이 가타카나로 쓰여져 있다. 제일 위에 위치하고 있는 한자어는 천문(天文), 시절(時節), 주야(昼夜), 천간(天干), 지지(地支), 시각(時刻) 등 옥편과 같은 분류체사전의 체계를 취하고 있다. 성립시기는 분명하지 않고, 쓰시마(対馬島) 유학자인 아메노모리 호슈(雨森芳洲, 1668~1755)가 번주(藩主)의 명에 의해 부산의 왜관에 주재할 때, 공사의 여가를 이용하여 편찬한 것으로 알려져 있다. 총 4권으로 이루어져 있으며 『첩해신어』(捷解新語)와 마찬가지로 예문에 경어가 많이 사용된 것이 특징이다.

또한 당시 조선의 관작이나 널리 쓰이던 악기 등이 예문으로 나타나 있어 우리나라에 대한 지식을 익히도록 했으며, 천문에는 견우와 직녀 같은 한일 양국 모두에게 널리 알려져 있는 전설상의 인물을 등장시킴으로써 한국어 습득의 이해도를 높이려한 점도 눈에 띈다.

－38才1 世子 셔즈 (世子)눈님금(王)되실분이오니

............ナラシヤルヲカタテゴサル

三21才4 쭉 거믄고투라노릐브르쟈

コトヲタソゼイウタウタヲウ

-05才5 牽牛견우눈딕녀과냥쥐니쳔샹의잇?

牽牛ハ織女ト両主デ天上ニコサリマスル

-05才6 織女 딕녀눈견우과냥쥐니칠월칠일의만나보게ᄒ엿습시

ショク女ハ……ト……テ七月七日ニアワレマスル

필사본으로 『사쓰마나에시로가와본』(薩摩苗代川本)을 비롯하여 7종이, 간행본으로는 1881년에 간행된 일본외무성장판본을 비롯한 4종이 지금까지 전해지고 있다. 마지막으로 1904년 간행된 교정『고린스치』까지 십수 종의 사본 및 간본이 나온 것을 보면 일본의 우리말 학습에 대한 열의가 얼마나 대단한 것인지를 짐작하게 한다.

그러나 안타깝게도 이 많은『고린스치』중에 4권 모두의 본문이 전해지는 것은 필사본 중에 사쓰마나에시로가와본과 간행본인 일본외무성장판본 2종뿐이다. 만약에 이들 모두의 전문이 지금까지 전해진다면 시대적인 차이를 두고 필사 혹은 간행된 것을 감안해 볼 때, 일본어 및 한국어의 변화를 살펴보기에 더할 나위 없는 소중한 자료가 되었을 것이다.

『고린스치』가 갖는 학술적 의의 또한 매우 크다. 정확한 성립연도를 모른다는 점을 감안하더라도 최초의『고린스치』가 나온 시기가 에도(江戸) 후기로 근세에 해당되고, 개정이 반복되어 1904년의 개정본이 간행된 때가 메이지(明治)) 시대인 근대이다. 이는 일본어사에 있어 에도말이 도쿄말로 옮겨 가는 중요한 시기이다. 따라서 일본어가 변화해

가는 추이를 살펴볼 수 있는 매우 소중한 자료이다. 최근의 한일대역자료(朝鮮資料)에 대한 연구에 있어서도 서지적인 측면뿐만 아니라 언어학적으로『고린스치』에 대한 비중이 점차 커지고 있는 점이 이를 잘 뒷받침한다 하겠다.

2.『린고타이호』(隣語大方)

『고린스치』와는 달리 사전 형식이 아니고 우리말을 본문으로 하고 그 옆에 일본어역이 가타카나로 쓰여 있다. 아메노모리 호슈를 중심으로 하는 조선어통역사들이 쓰시마에서 조선어 학습서로 사용할 목적으로 편찬한 것으로 생각되어진다. 내용은 쓰시마인들의 공사사무에 관한 조선인과의 대화와 왕복서간에 관한 것으로, 정확하게 누가 언제 엮었는지 알 수는 없으나 후쿠야마(福山) 모씨(某氏)가 편집한 것으로 일본외무성장판본의 서언(序言)에 적혀져 있다.

필사본으로『도쿄교육대학도서관장본』(1751),『나에시로가와(苗代川) 전래 교토대학언어학연구실장본』(1859) 등이 있고, 간행본으로『일본외무성장판본』(1882)이 전해지고 있다. 교토대학소장본은 신무라 이즈루(新村出)가 가고시마에 거주하는 한국인 후손으로부터 구입한 것으로 2책으로 이루어져 있다. 외무성장판본은 9권을 천, 지, 인으로 나눈 3권의 책으로 이루어져 있다.

교토대학소장본은 한글과 한자가 섞인 글을 주된 본문으로 삼고 오른쪽에 가타카나와 한자를 섞은 일본어역을 달아놓았으며, 외무성장판본은 한글을 주된 문으로 왼쪽에 필요한 한자를, 오른쪽에 일본어역을 달아 놓았다.

　재미있는 사실은 비슷한 시기에 우리나라에서도 같은 이름인 『인어대방』(隣語大方)으로 나와 있다는 점이다. 왜학당상역관(倭学堂上訳官) 최기령(崔麒齡)이 편찬한 일본어 학습서가 그것인데 목판본 10권으로 메이지시대 이전의 통속어를 흘림체로 쓰고 한글과 한자를 섞어 해석하였다.

　서발(序跋)과 간기(刊記) 없이 총 236장에 510종의 일상적 교훈이나 상인들의 말씨[商談] 등이 수록되어 있다. 그런데 권1의 내용이 일본 외무성장판본에 그대로 실려 있는 등 여러 가지 면에서 볼 때, 조선에서 편찬되고 일본에서 한국어 학습서로 이용한 것으로 추측된다. 이러한 조선판, 일본판을 대조해 보면 양국어의 구조적, 체계적 고찰에도 많은 재료를 제공할 것으로 생각된다.

32. 국제이해교육의 원조 아메노모리 호슈

【우메다 히로유키】

아메노모리 호슈(雨森芳洲)는 1668년 5월 오오미(近江) 지금의 시가현(滋賀県) 다카쓰키초(高月町)에서 태어났다. 이름은 도오코로(東五郎)이며, 호는 호슈(芳洲) 또는 깃소(橘窓)라고 했다. 소년시절 이세(伊勢)의 명의인 다카모리(高森)씨에게 의술을 배우고 18세 때 에도로 가서 기노시타 준안(木下順庵) 문하에서 22세까지 유학을 공부했다. 1689년 에도에서 소우시(宗氏)에 의해 쓰시마한(対馬藩) 유학자로 초빙되었다. 그리고 5년 후 처음으로 쓰시마로 건너가 1755년 88세로 세상을 떠날 때까지 63년 동안 유학을 가르치고 대(対) 조선외교, 무역, 통신사 접견, 통역사 양성 등에 힘을 기울였다.

호슈는 쓰시마한을 위해 일하기 시작할 무렵, 2차례에 걸쳐 나가사키에 가서 중국어 구어[唐音]를 배웠다. 그는 35세 때 처음으로 조선을 방문했는데, 이때 한국어를 모르면 업무를 제대로 수행할 수 없음을 깨닫고 귀국 후 곧바로 한국어 기초를 배웠으며 다음 해에 다시 조선으로 건너가 3년 간 왜관에 거주하면서 어학뿐 아니라 문화, 문학, 역사,

조선 사정 등등을 익혔다.

당시 자신이 열심히 공부했던 모습을 후에 『고토바케이코노모노시타테기록』(詞稽古之者任立記録)에서 다음과 같이 회고하고 있다.

"매일 밤 사카노시타-왜관 밖에 있는 마을-에 가서 공부하고 비가 올 때는 수문군관이나 통사를 불러서 공부했다. 지금도 잊을 수 없는 것은 아주 더운 날 집에 돌아와 공부한 것을 옮겨 쓰고 있을 때 머리가 어찔어찔한 적도 있었다. 그러나 목숨을 5년 줄이면 못할 것이 있으랴 싶어서 밤낮으로 쉬지 않고 공부했다."

그는 또한 다음처럼 나이가 든 후의 어학학습의 어려움에 대해 이야기하고 동시에 자신의 학습 성과에 자신감을 나타내고 있다.

"그러나 나는 한국어 교육이 활발한 쓰시마 출신도 아니고 게다가 나이 들어서 공부를 하다보니 평음, 격음, 농음을 구별해 발음한다는 것도 어렵고, 단어의 접속이라든가 조사의 사용도 잘 모른다. 이런 충분치 못한 한국어 실력이기는 하지만 이후 통신사와 동행해 갔을 때 오고가는 반 년동안 공적인 면에서나 사적인 면에서나 다른 사람에게 의지하지 않고 한국 사람과 의사소통을 할 수 있었다."

그가 남긴 수필집 『다와레구사』(たわれぐさ)를 보면 '나는 조선에 가

서 3년간 열심히 공부하여 거의 막힘없이 대화할 수 있게 되었다'라고 적고 있다.

이와 같이 호슈는 오오미에서 태어나서 에도에서 수학하고 나가사키에 유학했으며 쓰시마에서 생애를 보냈다. 이러한 다양한 방언 사회를 통한 언어생활 체험과 외국어학습의 경험을 통해서 국제관계에 대한 이해가 깊어졌고 이것이 호슈의 외국어 교육론이나 성실과 신용을 기본으로 하는 외교론, 문화상대주의에 입각한 이문화론을 형성하는 발판이 된 것으로 보인다.

쓰시마는 본래 역사적, 지리적 관계로 인해 한국어를 아는 사람이 많았고 학습자층도 두터웠다. 쓰시마한에서는 조선통신사가 일본에 올 때에는 통상 50명 내외가 통역사로서 동원되었다고 한다. 단 통역사라는 신분이 조선에서는 과거에 합격한 역관이었던데 비해서 일본은 상인 출신으로 세습적인 '60인'(六十人) 상인 가정을 중심으로 부모가 자식에게 행한 어학교육을 기반으로 한 것이었다.

상인의 가정에서 태어나서 부모나 친척에게 한국어 기초를 배우고 부모와 함께 왜관에 가서 현지교육을 받게 되면, '게이코후타'(稽古札)라는 유학허가증을 마치부교(町奉行)에게 받아서 조선으로 가게 된다. 이처럼 통역사 양성을 상인들의 가계에 의존하고 있었던 것이다. 이러한 상황에서 호슈는 쓰시마한의 요청을 받아 통역사 양성계획서를 작성했는데, 『간가쿠세이인닌요쵸』(韓学生員任用帳, 1720)와 『고토바케이코노모노시타테기록』(詞稽古之者任立記録, 1732년)이 바로 그것이다.

호슈는 '통역사는 인접국가와 신뢰관계를 기초로 성신의 교류를 맺는 중요한 역할을 하는 인물로서, 통역사가 되기 위해서는 학문을 중시하고 고사선례를 통해서 유교의 나라인 조선과 외교관계를 맺는데 지장이 없도록 해야 하며, 양국이 성신의 관계를 유지할 수 있도록 교류의 역사나 조선의 사정을 잘 파악하고 여러 가지 사물의 이치를 깨우칠 필요가 있다'고 주장했다.

그리고 통역사 양성을 위해서는 12, 3세부터 14, 5세까지의 우수한 인재를 왜관에 유학시켜서 현지에서 조기교육을 실시하고, 한국어 학습 외에 한문을 공부시키는데 일본어와 한국어 2개 언어로 강독하도록 했으며, 한국어는 서울 표준어를 배우도록 했다.

그는 또한 『젠이치도진』(全一道人), 『린고타이호』(隣語大方) 등의 한국어 교재를 편찬하기도 했으며 『왜어유해』(倭語類解)의 편찬을 도왔다. 에도시대부터 메이지시대에 걸쳐 사본으로 전해져 널리 이용되었던 『고린스치』(交隣須知)도 호슈가 만든 것이라고 하지만 확실하지는 않다.

호슈는 체계적인 한국어 교재작성을 목표로 발음, 문자의 도입을 비롯해 어구, 단문으로 구성된 독본 그리고 상대국의 心を養う 즉 심성을 익히는 정신문화를 배우는 교재, 그 다음으로 일상회화 학습에 이르는 단계적인 교재를 작성했다. 지금 유일하게 남아 있는 '젠이치도진'은 그중 제 3단계에 해당하는 교재이다.

이 시대에 이미 어학 교육의 기본인 단계적 교육을 생각하고 나아가 그 문화를 배울 수 있는 교재를 만들었다는 점은 대단히 의미있는 일이다. 인접국의 언어를 문화와 함께 교육하고자 하는 노력이 이미 존재했던 것이다. 그리고 한국어가 음운과 표기의 괴리가 크다는 점을 고려한 교수법이나, 현지 조기 교육의 필요성, 모어화자에게 배우는 것이 중요하다는 점, 서울 표준어를 배워야 하는 필요성 등 현대 어학교육에서도 충분히 인식되고 있지 못한 중요한 사안들을 명확하게 제시하고 있다.

호슈는 통역사 양성과 어학 교육 외에도 대 조선외교에 관해서 『고린데이세이』(交隣提醒), 『깃소챠와』(橘窓茶話) 등 많은 저술을 남기고 있다. 이들을 통해 그의 폭넓은 문화론의 전개를 볼 수 있는데, 호슈는 각각의 국가나 민족 고유의 문화는 기본적으로 우열이 없다고 보는 견해를 갖고 있었다. 다시 말해서 서로 다른 문화를 상대적인 입장에 서서 파악해야 하며 절대적으로 좋다 혹은 나쁘다고 말할 수는 없다는 것이다.

예를 들어, 음악은 중국의 예악을 정한 성왕이 나타나기 이전에도 각 민족에게 존재하고 있었음이 자연스런 이치라고 여기거나, 중국의 한자, 한국의 한글, 만주 문자, 네덜란드의 알파벳에 이르기까지 모두 민족 문자로 동등한 가치를 지니는 것으로서 한자의 우월성을 배제했다.

현대의 다언어 다문화 공생사회에 요구되는 타문화에 대한 상호 이해와 상호 존중의 태도를 5백년 전의 호슈는 이미 몸으로 실천하고 있었다.

33. 일본인보다 일본어에 능통했던 선교사들

【배석주】

16세기부터 많은 외국선교사들이 일본 땅을 밟았다. 이들이 맨처음 맞닥뜨린 어려움은 종교적 저항이나 박해 혹은 일본인의 생활과 의식에 깊이 뿌리박은 전통신앙보다는 의사 전달 수단인 '언어'였다.

따라서 선교사들은 일본어를 익히기 위해 기리시탄 자료 등을 비롯한 많은 교재를 만들었는데, 오랜 세월이 흐른 오늘날 이들은 당시의 언어 및 문법 등을 살펴볼 수 있는 소중한 자료가 되고 있다.

그러면 당시에 만들어진 기리시탄 자료에 대해 살펴보기로 하자.

기리시탄(キリシタン) 자료

당시 선교사들이 저술한 문헌들을 '기리시탄' 자료라고 한다. 중세에서 근세 초기에 걸쳐 일본에서 포교활동에 종사한 기독교 선교사들에 의해 저술된 사전류와 문법서, 교의서, 문학서 등을 총칭하는 말이다.

'기리시탄'이란 포르투갈어로 기독교 신자를 의미하는 cristao의 일본식 발음으로, 일본식 한자로는 切支丹, 혹은 吉利支丹으로 음역하여 적고 있다.

일본에서 활동한 유럽인 선교사들은 기독교 포교를 목적으로 일본인과 일본문화를 이해하기 위해 많은 노력을 기울여 상당한 성과를 남기게 된다. 선교사들은 어려운 일본어를 배우기 위해 많은 사전류와 일본어 문법서는 물론 문학서 등을 간행하였다. 이것은 선교사들이 직접 일본인 속으로 들어가 일본식 발음으로 신자들을 접하여 포교하려고 한 노력의 산물이며, 나아가 활자라는 개념도 없던 일본에서 당시의 일본어를 자신들의 언어로 활자화하여 포교를 위한 교의서는 물론 어학서와 문학서까지 만들었다는 사실은 놀라운 일이라 아니할 수 없다.

특히 포르투갈인 선교사와 무역상들을 통해서 전해진 カステラ(카스테라), たばこ(담배), パン(빵), ボタン(버튼), ビロード(빌로드)와 같은 포르투갈어가 현재까지도 사용되고 있는 것은 매우 흥미롭다고 하겠다.

이들 선교사들이 만든 문헌은 일본 규슈의 아마쿠사(天草), 나가사키(長崎) 및 교토에서 만들어진 문헌과, 마카오와 필리핀 등지에서 만들어진 문헌들이 존재한다. 또한 기리시탄 자료에는 판본과 사본 이외에도 로마자로 쓰여진 문헌과 순수한 일본어로 쓰여진 문헌 등이 있다.

로마자본의 경우는 라틴어, 포르투갈어, 스페인어 등으로 쓰여져 있고, 일본어를 포르투갈식 로마자 철자법에 의해 문어문 혹은 구어문으로 쓰여진 것이 있다. 일본어로 쓰여진 문헌은 대부분이 한자와 히라가나를 섞어 쓴 문어문으로, 일부는 한자와 가타가나로 쓰여진 것도 있다.

최근에 들어 일본어를 로마자로 표기한 기리시탄 자료의 학술적 가치가 대단히 큰 것으로 인정되어, 일본과 한국의 일본어를 연구하는 학자들에 의해 활발한 연구가 진행되고 있다. 특히 어학 관련 문헌들은 당시의 예수회 소속 선교사들이 일본어를 열심히 학습한 결과로 만들어진 문헌이기 때문에, 로마자로 일본어를 표기한 문형들은 당시의 일본어를 연구하는데 있어서 대단히 귀중한 자료로 평가되고 있다.

대표적인 기리시탄 자료로는 『랏포일대역사서』(拉葡日対訳辞書, 1594), 『라포일사전』(羅葡日辞典, 1595) 및 『닛포지쇼』(日葡辞書, 1603) 등의 사전류와, 『니혼다이분텐』(日本大文典, 1604), 『니혼쇼분텐』(日本小文典, 1620) 등의 어학서, 또한 일본에 건너온 선교사들의 일본어 학습을 지원하기 위한 일종의 어학 교과서로 16세기 말엽에 간행된 『아사쿠사판 헤이케이야기』(天草版平家物語)와 『아마쿠사판 이솝이야기』(天草版伊曽保物語) 등의 문학서가 있다.

그러면 당시에 어떤 선교사들이 활약하였을까?

프란시스코 하비에르(Francisco du Xavier, 1506~1552)

1541년 포르투갈의 선박이 우연히 일본 규슈(九州)의 분고(豊後, 지금의 오이타(大分)현)에 표착한 이래, 1543년 8월 25일 역시 규슈 가고시마(鹿児島) 남쪽 부근에서 포르투갈의 상선이 태풍에 난파되어 다네가시마(種子島)에 도착하게 된다. 이때 일본은 포르투갈 사람들로부터 총(鉄砲)을 전래받게 되는데, 이는 단순한 무기의 전래가 아니라 일본과 유럽문화가 교류하게 되는 계기가 되어 이후 일본의 정치, 문화, 사상 등에 많은 영향을 미치게 된다.

그 후 일본이 일개 섬나라에서 넓은 바깥세상으로 눈을 돌리기 시

작한 것은 1549년 8월 가톨릭교회 예수회 소속 스페인 선교사 프란시스코 하비에르가 가고시마(鹿児島)에 상륙해서 포교를 시작하면서부터이다.

하비에르의 상륙 이후 16세기 후반부터 17세기 전반에 걸쳐 스페인과 포르투갈 출신 유럽의 예수회 및 프란시스코회 소속 선교사들과 무역상들이 속속 일본에 들어와 당시 군웅이 할거하던 전국시대(戰国時代)의 혼란했던 와중에 일본사회와 직접적인 접촉을 갖게 된다.

로드리게스(Joan Rodriguez, 1561~1634)

포르투갈 선교사 로드리게스는 당시 사전 등을 집필하는 데 혁혁한 공헌을 한 인물이다. 그가 저술한 『니혼다이분텐』(日本大文典)은 1604년부터 1608년에 걸쳐 만들어진 것으로, 외국인이 쓴 최초의 일본어문법서로 알려져 있다. 일종의 사전류에 속하며 일본어의 구어, 문어, 서간(書簡), 방언 등에 대해 로마자로 기술되어 있다. 일본어사에 있어서 매우 귀중한 자료이며 원제목은 『Arte da lingoa de Iapam』이다.

로드리게스는 1561년경 포르투갈의 북부 한촌에서 태어나 아직 10대이었던 1577년 무렵 일본으로 건너왔다고 한다. 당시 그의 신분은 선교사가 아니라 제자 혹은 하인이나 견습생이었다는 설이 있다.

3년 후인 1580년 예수회 소속 선교사가 된 그는 일본에서 포교활동을 시작하게 된다. 즉 로드리게스는 10대에 일본으로 건너와 일본의 전국시대에 일본에서 교육을 받고 성장한 인물로 당시 일본에 거주하던 선교사들 중에서 일본어 구사 능력이 가장 뛰어났다고 한다. 때문에 로드리게스는 훗날 통역 혹은 외교고문으로서 특히 당시 일본 천하를 통일한 도요토미 히데요시(豊臣秀吉)에게 총애를 받았으며, 도쿠가와 이에야스(德川家康) 등 당시 일본의 최고 권력자와 통역으로서 접하면서 일본과 유럽 간의 교류에 교량 역할을 한 것으로 평가받고 있다.

그는 또한 일본사정에 관해서도 대단한 지식을 갖게 되어 당시의 일본의 풍물과 생활상 등을 잘 알 수 있는 귀중한 자료인 『니혼쿄카이시』(日本教会史)를 집필했고, 일종의 일본어문법서인 『니혼다이분텐』(日本大文典)과 『니혼쇼분텐』(日本小文典)을 저술하는 등 학문 영역에서도 많은 업적을 남겼다.

1549년 프란시스코 하비에르의 상륙 이후 기독교는 일본의 막부체제의 확립 과정에 있어서 일본의 전통적인 사고와 풍습에 유해한 것으로 받아들여지게 되어 1612년 이후 에도막부에 의해 기독교 포교는 금지되고, 30여 만의 기독교인이 모진 탄압을 받게 된다.

로드리게스는 그 직전인 1610년 마카오로 추방될 때까지 30년이 넘도록 일본 땅에 머물렀다고 한다. 『니혼쇼분텐』은 1620년 로드리게스가 추방지인 마카오에서 프랑스어판으로 간행한 것으로 『니혼다이분텐』을 축약한 책이다.

『닛포지쇼』(日葡辞書)는 기리시탄 자료의 백미라고 알려진 책으로, 예수회 소속 선교사들이 집필한 것으로 되어 있으나 일본어 능력이 가장 뛰어났던 로드리게스가 주축이 되어 편찬된 것으로 추정되고 있다. 닛포지쇼는 일본어를 표제어로 하고 포르투갈어로 일본어의 해석을 단

사전류로, 당시의 구어를 중심으로 문서어, 시가어, 불교어, 부인어, 방언, 비속어까지를 망라한 3만2천8백여 단어를 로마자로 표기하여 알파벳 순서에 따라 해설한 것으로 의미뿐만이 아니라, 발음, 문법, 경어 등에 대해 풍부한 용례를 들고 있는 등 근대적 사서의 체재를 갖추고 있는 당대 최고의 사전으로 평가받고 있다. 이『닛포지쇼』는 스페인어, 프랑스어 등으로 번역되어 이후로도 줄곧 유럽의 일본어 학습의 기초자료로서 널리 사용되게 된다.

프로이스(Luis Frois, 1532~1597)

로드리게스에 앞서 1563년 일본에 건너와 활동하던 예수회 선교사 루이스 프로이스도 일본어를 잘하는 외국인으로 빼놓을 수 없는 인물이다. 그는 31세에 일본에 건너와 규슈의 히라토(平戸)에서 일본어와 일본의 관습 등에 대해 수학을 받은 후 당시 최고의 권력자였던 아시카가 요시테루(足利義輝), 오다 노부나가(織田信長) 등과 교류하면서 선교 활동을 한 인물이다.

특히 그의 일본어 실력을 높이 산 예수회 교단에서는 1583년 기독교 포교를 위한 중요자료로서 그에게『일본사』(日本史, Historia do Japuo)를 저술하도록 명했다. 루이스 프로이스가 10수년에 걸쳐 집필한 일본사는 포교활동 뿐만이 아니라 당시 일본의 사정은 물론 권력자들의 동정까지 기록한 역작으로, 대단히 귀중한 자료로 평가받고 있다.

일본사 외에『일구문화비교』(日欧文化比較),『일본이십육성인순교기』(日本二十六 聖人殉教記) 등의 저서가 있다.

34. 일본에도 이솝우화가 있었다

【박재환】

동물의 행동이나 성격을 빌어서 일반 대중에게 교훈을 주는 풍자적인 이야기『이솝우화』는 누구나 알고 있을 것이다. 우리나라에는 이솝 이야기가 언제쯤 전해졌는지 확실하지 않지만, 이웃나라 일본에서는 이미 16세기 말에 출판되었다는 사실을 아는 사람은 그다지 많지 않을 것이다.

물론 그 당시에 많은 일본인이 이를 읽었는지 알 길은 없으나 17세기 초반에 출판된 일본어로 된 몇 종의 책이 있는 것으로 보아 수요가 많았던 것으로 추측할 수 있다. 당시는 외국 문물을 접할 기회가 많지 않던 시기이기 때문에 서양문화에 대한 단편적인 지식이나마 접할 수 있는 이러한 책의 존재는 호기심을 갖기에 충분하다고 생각된다.

무로마치(室町) 말기부터 에도(江戶)) 초기에 일본에서 출판된 이솝 우화는 크게 선교사들에 의해 로마자로 쓰여진 아마쿠사본(天草本)-대영박물관 소장. 로마자로 쓰여진 헤이케이야기(平家物語), 긴큐슈(金句集)와 합본으로 되어 있다-과 일본어로 쓰여진 고활자본(古活字本)-판본이 다

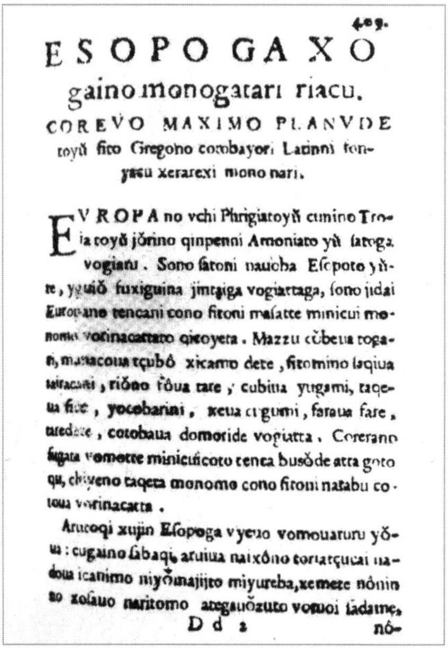

409.

ESOPO GA XŌ
gaino monogatari riacu.
COREVO MAXIMO PLANVDE
toyŭ fito Gregorio corobayori Latinni fon-
yacu xerarexi mono nari.

EVROPA no vchi Phrigiatoyŭ cunino Tro-
ia toyŭ jōrino qinpenni Amoniato yŭ ſatoga
vogiaru. Sono ſatoni nauoba Eſopoto yŭ-
te, ygiiō fuxiguina jintaiga vogiattaga, ſono jidai
Europano tencani cono fitoni maſatte minicui mo-
nomo vorinacattato qicoyeta. Mazzu cŭbeua toga-
ri, manacoua tçubô xicamo dete, fitomino ſaqiua
tairacani, riōno fôua tare, cubiua yugami, taqe-
ua fice, yocobarini, xeua cugumi, faraua fare,
taredete, cotobaua domoride vogiatta. Corerano
ſugata vomotte minicuicoto tenca busōde atta goto
qu, chiyeno taqeta monomo cono fitoni nafabu co-
toua vorinacatta.
Arucoqi xujin Eſopoga vyeuo vomouaruru yō-
ua: cugaino ſabaqi, aruiua naixôno toriatçucai na-
doua icanimo niyŏinajijto miyureba, xemete nônin
to xoſauo naritomo ategauōzuto vomoi ſadame,
Dd 2 nó-

• • •

아마쿠사판 이솝이야기(天草版伊曾保物語)

른 9종-이 있는데, 구별을 위해 전자(前者)를 출판된 지역의 이름을 붙여 『아마쿠사판 이솝이야기』(天草版伊曾保物語:原名 'Esopono Fabvlas')라고 한다.

이 2종의 이솝우화는 서로 상관없이 만들어진 것으로 보인다. 다시 말해 어느 한 쪽이 다른 한 쪽을 참고로 했다고 보여지지 않는다는 것이다. 이같은 사실은 일본의 국어학자 모리타 다케시(森田武) 등의 연구를 통해 밝혀졌으며, 이에 앞서 전해진 문어체로 쓰여진 책이 있었던 것으로 추측되나 현재 그 실체를 알 수는 없다.

규슈(九州)의 작은 섬 아마쿠사(天草)는 당시 포르투갈 선교사들의 거점이라 할 수 있는 지역으로, 많은 책들이 그곳에서 인쇄·출판되었다. 일본이 본격적인 쇄국을 하기 이전인 16세기 중반에 건너온 기독교인들이 포교활동을 위해 인쇄기를 가져와 20여 년에 걸쳐 약 50종에 이르는 서적을 출판하였다고 추정되나, 현재 이솝우화를 포함한 28종이 알려져 있을 뿐이다.

그중에는 일본어·포르투칼어 사전인 『닛포지쇼』(日葡辭書)를 비롯해서 문법해설서라고 할 수 있는 로드리게스(Rodriguez)의 『니혼다이분텐』(日本大文典) 등 훌륭한 책들이 많이 있다.

이솝우화의 책 구성은 아마쿠사본의 경우 '이솝의 생애에 관한 일'이란 제목으로 시작되는 74개의 이야기로 구성되어 있으며, 고활자본의 경우 94편-상·중·하 3권 1책-의 이야기로 이루어져 있다. 다만 아마쿠사본의 이솝의 생애에 관한 일은 다시 24개의 작은 이야기로 나눌 수 있어 모두 비슷한 수의 이야기로 이루어져 있음을 알 수 있다.

아마쿠사본의 번역자에 대해서는 기록이 없어 확실히 알 수 없으나, 라틴어로 쓰여진 원문을 포르투갈 선교사에 의해 1차 번역했고, 이를 당시의 구어체를 포함한 자연스러운 문장으로 고친 일본인이 있었다고 생각할 수 있다. 현재는 아마쿠사본에 규슈 방언이 나타나는 것을 근거로 다카이 고스메(高井コスメ)란 사람에 의해 번역된 것으로 보는 설이 유력하다.

그러면 우리에게도 잘 알려진 '고기를 물고 강을 건너는 개'에 대한 이야기를 가지고 아마쿠사본과 고활자본의 언어표현에는 어떠한 차이가 있는지 살펴보기로 하자. 아마쿠사본의 경우 원문은 로마자 표기로 되어 있으나 일본어로 바꾼 것을 가지고 비교해 보기로 한다.

犬が肉を含んだ事(天草本)

ある犬肉を含んで川を渡るに、その川の真中で、含んだ肉の影が水の底に映ったを見れば、己が含んだよりも、一倍大きなれば 影とは知らいで、含んだを捨てて、水の底へ頭を入れて見れば 本体がないによって、すなはち消え失せて、どちをも取り外いて、失墜をした。

貪欲に引かれ、不定なことに賴みを掛けて、わが手に持った物を取り外すなといふことぢゃ。

어떤 개가 고기덩어리를 물고 강을 건너는데, 강의 중간쯤에서 물고 있던 고기의 그림자가 물 밑에 비친 것을 보고 자신이 물고 있는 것보다 2배는 크기에 그림자인 줄도 모르고 물고 있던 것을 버리고 물 밑에 머리를 넣어 보니 본체가 없으므로 금방 사라져 양쪽 모두 놓쳐버리고 말았다. 욕심에 이끌려 옳치 못한 것을 이루려고 자신의 손에 갖고 있던 것을 놓치 말라는 교훈이다.

犬と肉の事(古活字本)

有犬肉を哘へて川を渡る。真中程にて、基影水に映りて大きに見えければ、我哘 ゆる処の肉より大き成と心得て、是を捨てて彼を取らんとす。かるが故に、二つながら是を失しなふ。

基ごとく、重欲心の輩は他の宝をうらやみ、事にふれて貪るほどに、たちまち天罰をかうむる。我持つ処の宝をも失ふ事有。

어떤 개가 고기 덩어리를 물고 강을 건넌다. 중간쯤에서 그 그림자가 물에 비쳐 크게 보였기 때문에 자신이 물고 있던 고기보다 크다고 생각해 물고 있던 것을 버리고 강에 비친 것을 가지려 했다. 이렇게 해서 2개 모두를 잃었다. 이와 같이 욕심이 많은 자는 다른 보화를 부러워하므로 일이 있을 때마다 욕심을 내면 천벌을 받는다. 자신이 갖고 있는 보화를 잃는 일이 있다.

전반적으로 아마쿠사본의 경우 구어체 표현을 사용해 행동에 대한

자세한 묘사를 하고 있는데 비해 고활자본은 문장체를 사용해 간략히 기술하고 있다고 볼 수 있다. 이러한 차이는, 아마쿠사본이 전도를 위해 일본에 온 선교사들을 위해 만들어진, 다시 말해 당시의 구어체 습득을 목적으로 해 만들어진데 반해, 고활자본의 경우 당시의 서적이 갖고 있는 품위를 갖추기 위해 격식을 차린 문장체 표현-程にて, かるが故に 등-을 위주로 했기 때문이라고 할 수 있다.

특히 고활자본의 경우 뒷부분의 교훈을 언급한 부분이 상대적으로 길고, 천벌과 같은 징계를 나타내는 표현을 사용하고 있는 점으로 미루어 서민들의 계몽을 위해 만들어진 것으로 추측할 수 있는 점이 흥미롭다.

구체적인 언어 특징으로는 아마쿠사본의 경우 밑줄친 부분의 경우 含んだより, 含んだを와 같이 명사가 생략된 상태로 조사와 연결되는 고대어의 특징이 나타나고, 현대어에 있어서는 접속사로 사용되는 すなはち의 경우 부사의 용법인 すぐに(금방, 곧장)로 사용되고 있는 것을 들 수 있다. 또한 取り外いて와 같이 무로마치시대의 특징 중 하나인 ++행의 イ음편현상이 나타나는 것을 볼 수 있다.

이와 같이 16세기에 일본에서 외국인 선교사에 의해 전해져 번역된 이솝우화는 당시의 생생한 언어가 잘 보존되어 있어 옛 일본어의 구어체 표현에 대한 연구를 하는 데 귀중한 자료로 활용되고 있다.

35. 네덜란드어를 몰라도 번역은 한다

【송영빈】

일본사람들이 인간의 몸안을 처음 들여다 본 것은 언제일까? 또한 서양의학을 받아들이게 된 계기는 무엇일까? 나아가 서양학문을 적극적으로 받아들이게 된 원동력은 무엇이며 현재 세계에서 대역어사전 분야에서 선두를 달리게 된 계기는 무엇일까? 1774년 일본에서 번역된『가이타이신쇼』(解体新書)에는 이에 대한 모든 답이 실려 있다.

일본이 쇄국정책을 펴고 있던 18세기 에도(江戸) 시대에 마에노 료타쿠(前野良沢), 스기타 겐파쿠(杉田玄白) 등은 자신들의 눈으로 직접 사람의 몸안을 들여다보고 싶어 했다. 그러나 당시에는 사람을 해부하는 것은 막부에 의해 엄격히 금지되어 있었다. 다만 유일하게 사형 당한 죄인의 검시(検屍)만은 가능했다.

이들은 막부에 간청해서 형장에서 처음으로 검시를 했는데, 마침 갖고 있던 네덜란드의 의학서적에 나와 있는 해부도와 실제 인간의 몸이 너무도 똑같은 데에 무척 놀라게 된다. 물론 그들은 네덜란드어를 전혀 몰랐기 때문에 그림만 보며 실제 인간의 몸과 비교했던 것이다.

이와 같은 경험이 그들로 하여금 인간의 몸을 일목요연하게 보여 줄 의학서의 번역과 출판에 의욕을 불사르게 했으며 쇄국치하에 있던 당시의 일본이 서양의 학문에 눈을 뜨고 적극적으로 받아들이게 된 계기가 되었던 것이다.

『가이타이신쇼』가 일본어로 번역·출간되기까지는 실로 상상을 초월하는 노력이 있었다. 사전은 물론 당시에는 네덜란드어를 할 수 있는 사람이 거의 없었으니 번역은 애초에 불가능한 일이었던 것이다. 하지만 인간의 의지란 정녕 놀라운 것이어서, 3년 6개월여에 걸친 각고의 노력 끝에 『가이타이신쇼』는 빛을 보게 된다.

사용된 용어를 살펴보면 중국어에 있는 것은 그대로 받아들이고, 그렇지 않은 것을 독자적으로 번역하는 데 매우 고심한 흔적이 보이며, 경우에 따라서는 도저히 번역을 하지 못해서인지 네덜란드어를 그대로 남겨둔 것도 있다. 현재까지 남아 있는 것은 그다지 많지 않지만 오늘날 우리나라에서도 쓰이고 있는 기초적인 용어들이 당시에 만들어진 것이라는 사실은 놀랍기만 하다.

軟骨(연골)　神経(신경)　盲腸(맹장)　脳(뇌)
関節(관절)　十二指腸(십이지장)

한편 당시에 번역된 용어 가운데는 다음과 같이 음역을 했거나 현재는 잘 쓰지 않는 한자용어에 의해 번역된 것들이 많다.

津液(リンパ液:림프액)　　　血脈大幹(大靜脈:대정맥)

動脈大幹(大動脈:대동맥)　　血道(血管:혈관)

次皮(真皮:진피)　　　　　　牙床(歯槽:치주)

亜吃里私筋根(アキレス腱:아킬래스건)

羅紋膜(網膜:망막)　　　　　薄腸(小腸:소장)

厚腸(大腸:대장)　　　　　　小水管(尿道:요도)

이와 같이 도태된 용어가 많은 것은 네덜란드어에 대한 지식이 부족했던 것이 최대의 원인이라고 볼 수 있다.

한편 스기타는 고민에 휩싸인다. 만일 이 책을 그대로 출판하게 될 경우 지금껏 사람의 몸 안을 본 적이 없는 사람들이 난리를 칠 것이고 그렇게 되면 막부에 의해 출판이 금지될 수도 있기 때문이었다. 그래서 먼저 『가이타이랴쿠즈』(解体略図)라고 하는 간략판을 내어 의사들에게 보내는 한편, 『가이타이신쇼』를 쇼군(将軍)을 비롯한 막부의 유력인사들에게도 보냈다. 이처럼 미리 대비를 한 때문인지 『가이타이신쇼』가 출간되었을 때는 아무런 저항도 없었고 걱정과는 달리 대단한 호평을 받았다고 한다.

이러한 그의 행동은 매우 일본적인 진행방식이라고 할 수 있다. 즉 일을 표면화시키기 전에 일이 잘 되도록 관계자들에게 미리 알리고 합의를 얻는다는 네마와시(根回し)의 전통이다. 일을 성사시키려면 자기 편을 많이 만들라는 말을 새삼 떠올리게 된다.

이처럼『가이타이신쇼』하면 스기타를 연상할 정도가 되었지만, 스기타는 아이러니컬하게도 죽을 때까지 네덜란드어를 마스터하지 못했다고 한다. 그래서 스기타가 담당했던 저자 서문은 오역투성이가 되고 말았다.

네덜란드어의 원전을 번역한 것은 마에노인데, 『가이타이신쇼』를 만드는 데 크게 공헌했음에도 불구하고 이름이 실려 있지 않다. 지나치리 만큼 신중한 성격의 소유자였던 그는 작업을 너무 서두르는 것을 못마땅하게 여겼기에 완성이 되었어도 자신의 이름을 올리는 것을 부끄럽게 여겨 거부했던 것이다.

1774년 우여곡절 끝에『가이타이신쇼』가 완성되고, 번역작업을 통해 대역어사전의 필요성을 통감한 마에노는 평생을 네덜란드어 연구에 바치게 된다. 이를 계기로『가이타이신쇼』가 출간되고 22년이 지난 1796년에 최초의 네덜란드어 · 일본어사전인『하루마 와게』(ハルマ和解)가 만들어지고, 뒤를 이어 다양한 대역어사전이 출간된다. 전문가도 아닌 평범한 사람이 열정을 바쳐 만든 한 권의 책이 일본의 학문적 경향을 바꾼 것이다.

쇄국치하에 있던 일본은 예외적으로 네덜란드에 대해서만은 문호를 개방하고 있었으며, 당시의 네덜란드의 학문은 다음 4가지 분야에 걸쳐서 연구된다.

1. 네덜란드어의 학습과 연구를 위한 어학
2. 의학, 천문학, 물리학, 화학과 같은 자연과학

3. 측량술, 제철, 무기와 관련된 기술

4. 서양사, 세계지리, 외국 사정과 같은 인문과학

이 중에서도 가장 중심적인 위치를 차지하고 있던 것이 의학이었다. 당시의 네덜란드의 학문연구는 유일하게 네덜란드에 대해 문호를 개방하고 있던 나가사키(長崎)가 중심이었는데, 의사들의 경우는 그 조직이 잘 발달하여 전국적인 조직이 있었으며, 실용적인 목적이 뚜렷했기 때문에 외국 학문의 수용에도 적극적이었다는 배경이 있다.

한편 아편전쟁으로 인해 청나라가 망하자 위정자들은 군비개혁의 필요성을 통감하고 점차 의학 및 인문과학에서 군비와 관련된 제조기술 분야로 관심을 돌리면서, 일본의 서양학문에 대한 관심도 순수과학에서 기술 중심으로 옮아가게 된다. 마치 2차대전 이후의 일본이 순수과학보다는 응용기술에 중점을 둔 것과 마찬가지 현상이 나타난 것이다.

이처럼 『가이타이신쇼』는 최초의 번역서적 또는 서양의학을 소개한 책자로서만이 아니라 일본문화를 이해하는 중요한 열쇠가 된다. 특히 쇄국정책을 하더라도 일정지역을 교류의 창구로 남겨 놓는다는 일본 특유의 방식에 주목할 필요가 있다. 즉 절대적인 것을 지양하고 상대적인 균형과 현실적인 이득을 중요시하는 것이 일본문화 특유의 존재방식이라 할 수 있는데 이러한 문화적 특성이 의학 발전에 지대한 공을 세우게 되었던 것이다.

36. 불교 대중화의 선봉 쇼모노

【전형식】

「쇼모노」(抄物)란 주로 무로마치시대에 교토고잔(京都五山)-교토에
있는 임제종의 5대 절-의 선승, 박사가(博士家)-헤이안 이후, 율령제하에서
지방의 국학에 대한 중앙의 관리양성기관으로 대학료 등에서 박사의 직을 세습
한 집안-의 학자, 신도가(神道家)-일본 전통신앙인 조상신 숭배와 제사 등
이 제도화된 것으로 외래 종교인 불교에 대해서 형성된 개념을 신봉하는 집안-,
구게(公家)-조정에 출사하는 신분이 높은 자로 무가에 대한 조신(朝臣) 일반을
일컬음-, 의가(医家), 아시카가학교(足利學校)-무로마치 초기에 창설되었
다고 하는 역학을 중심으로 한 유학이나 병학·의학 등이 강술된 학교-의 상주
(庠主)와 문하생, 조동종(曹洞宗)의 승려 등이 작성한 한문서적이나 불
교서적 그리고 일부 일본서에 대한 주석서를 말한다.

그 중심이 되는 것은 강의를 듣고 기록으로 남긴 것인데, 강의를
위한 초안의 메모나 강의가 없는 주석서도 포함시키는 것이 보통이다.
넓게는 한문체의 것을 포함하는 경우도 있어, 이를 제외한 것을 명시할
경우에는 「가나쇼」(仮名抄)라고 한다. 또한 형태로 보면 한권의 형태를

이룬 주석서뿐만 아니라 원전(原典)에 기입하여 넣은 것도 포함해서 가나혼합체의 기입이 있는 자료는 기입가나쇼(書入れ仮名抄)라고 한다. 따라서 쇼모노는 무로마치 시대의 언어자료의 하나로써 기리시탄(キリシタン) 자료, 교겐(狂言) 자료와 함께 특히 구두어 자료로써의 가치가 높다.

쇼모노의 정의는 연구자에 따라 견해가 다르기는 하나, 대체로 시대, 작성자, 원전, 강의와의 관계, 주석, 기타-문체·형태-6가지 점에서 규정되고 있다. 먼저 강의와의 관계에서 보면 쇼모노가 어떠한 장소에서 어떠한 경우로 작성되었는가에 대해서는 충분히 밝혀지지 않았지만, 강의를 듣고 기록으로 작성한 쇼모노의 경우를 하나의 타입으로 상정할 수 있을 것이다.

왜냐하면 앞에서도 언급했듯이 「쇼모노」의 중심이 되는 것은 강의를 듣고 기록으로 남긴 구두어 자료이기 때문이다. 이 경우 어떤 강연자는 미리 주석을 단 초안을 가지고 강의를 하고, 청강생 중에서 문자로 기록하는 역할을 하는 사람이 있어 문서(聞書)를 만든다. 이 시점에서 완성된 문서는 적어도 내용적으로는 강의내용과 가까운 원본이 되는 것이다.

그러나 대부분의 경우 듣고 기록한 사람은 훗날 그를 바탕으로 정리한 쇼모노를 만든다. 이 경우 강연자에게 중점을 둔 것부터 기록자에게 중점이 옮겨진 것까지 여러 종류가 만들어질 것으로 여겨진다. 강연자에게 중점이 있다는 것은, 강연하는 자리에서 기록자가 만든 원본을 나중에 강연자에게 보여 확인을 받았을 것으로 생각되는 경우이다. 한편 기록자에게 중점이 옮겨진 경우란, 강의를 듣고 기록한 사람이 중국의 주석서를 참고하여 스스로 설명을 넣거나, 기록을 바탕으로 하고는 있으나 스스로 주석을 단 쇼모노라는 성격이 강한 것을 일컫는다.

이상과 같이 강의에 관계되는 경우 외에도 특히 무로마치 후기가 되면 강의를 목적으로 하지 않고 오히려 저작동기로부터 어떤 주석서를 만드는 일이 많아

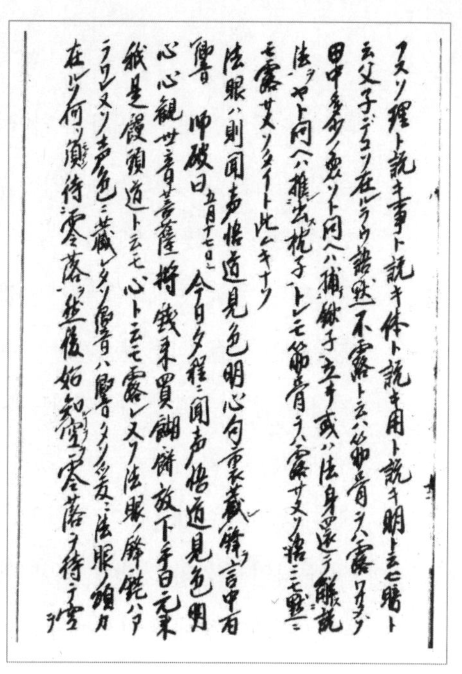

동국 쇼모노(東国抄物)

지는 듯하다. 그리고 쇼모노가 어떤 원전에 근거한 주석인가 하는 점에서는 거의 문제가 없지만, 무로마치 후기에 접어들면 원전으로부터 벗어난 쇼모노가 나타난다. 특정의 원전이 아니라 여러 서적에서 어구를 모아 가나로 주를 단 것이다. 이는 쇼모노가 어떤 원전의 주석이라는 종속적인 것으로부터 하나의 저작물로 독립하려는 경향을 가지게 된 것으로 보인다.

쇼모노의 성립 역사를 개략적으로 살펴보면, 한문체의 원전을 이해하기 위한 목적으로 만들어진 것으로 훈점자료(訓点資料)로 연결된다. 원전의 대략적인 뜻풀이로부터 자세한 설명을 해석하고 이해하는

것이 요망되었다. 그러한 초기단계에서는 중국 주석서의 필요한 부분을 발췌하는 일이 있었을 것이며, 필요한 경우에는 주가 없는 설명에도 한문체를 첨가했을 것이다.

한편 중국 주석서를 알기 쉽게 설명하는 강의가 이루어지는데, 그 경우에는 한문체나 문어체로 기록이 작성된 것도 있었지만 구두체로 기록을 남기는 일이 시작된다. 구두어 기록이 가능하게 된 배경에는 한문체로는 다 표현할 수 없는 것을 충분히 표현하고 싶다는 의식의 고조와 대중화라는 계몽적인 직접원인이 있고, 나아가서는 중국 선종의 구어가 섞인 주석의 영향이 있었던 것으로 생각된다. 따라서 무로마치 시대는 학문의 장에서 일찍이 구두어가 활약하게 되는 것이다.

『쇼모노』는 언어자료로서도 무척이나 중요하다.

첫째, 여러 종류의 쇼모노가 존재하고 그 언어도 다양하기 때문이다. 한문으로 된 주와 가나쇼, 메모, 듣고 기록한 것, 주석을 단 것, 강연자와 청강자의 주석에 대한 학문적 전통, 지역, 사람, 원전, 시대 등과 그 외에도 어떤 활자본인가 하는 등의 많은 차이가 있다. 따라서 쇼모노 전체 중에서 그 자료의 위치를 정확히 파악하여 성격에 맞게 다뤄져야 하며, 여러 자료의 본문 간에 나타나는 세밀한 차이까지 살펴야 한다.

둘째, 쇼모노의 언어와 당시의 언어 사이에는 당연히 많은 차이가 있다. 당시의 구어가 아닌 옛날부터 주석에 이용되어온 고정된 표현이 있기 때문이다.

셋째, 쇼모노는 어떤 원전의 주석이기 때문에 그 언어는 원전의 언어와 밀접한 관계에 있고 나아가서는 중국 주석서에 의존하는 바가 크다.

따라서 언어자료로서의 쇼모노는 한문서적·불교서적 나아가 일본서적까지 쉬운 구두어로 주석을 달아 대중화에 크게 기여하였으나, 선행하는 쇼모노에 크게 의거하고 있기 때문에 서로 평행하게 겹친 지층과 같은 성격을 나타내고 있다. 따라서 연구의 대상자료로 취급할 경우에는 본문에 대한 상세한 관찰이 요구된다.

끝으로 방대한 양의 자료 발굴 및 해명과 더불어 쇼모노가 문법, 대우표현, 어사(語詞) 어휘, 음운, 문자표기, 색인, 용례집, 주석, 동국어(東国語)-관동지방어-등의 연구자료로 이용되어 연구의 상당한 진전을 보았다.

특히 그 중에서도 うず와 うずる, べし와 まい, よう 등 중세 조동사의 실상을 기리시탄 자료, 교겐자료와 비교하면서 총체적으로 다루고 있는 조동사의 연구성과는 커다란 진전이 있었다고 할 수 있다. 그러나 앞으로 더욱 자료를 정비하고, 자료성의 해명을 확실히 해가는 것이 반드시 병행되어야만 쇼모노 자료에 기반을 둔 언어연구의 전개가 보다 분명해질 것이다.

37. 교겐의 언어 향연

【전형식】

교겐(狂言)은 중국어의 교겐키고(狂言綺語)에서 온 말로, 도리에 맞지 않는 말, 교묘하게 장식한 말, 없는 것을 장식해서 만들어 낸 것 등을 뜻하며 소설이나 모노가타리(物語:이야기), 희곡 등을 비하해서 일컫는 말이다.

교겐은 남북조(南北朝)기의 환란 속에서 점차 세력을 얻은 하층무사와 서민층에서 형태를 갖추며 공통의 해학적 표현으로서 발전해 왔다. 따라서 교겐은 그 내용처럼 '오카시'(をかし)-정취가 있다-의 심정을 표현한 것으로 당시의 일상생활에 밀착한 쉬운 언어를 중심으로 형성되어 간 것이라고 생각할 수 있다.

성립 초기 교겐은 즉흥적인 성격을 가졌지만 그 연기법은 무로마치 시대를 통해 크게 변화해 갔다. '대본의 정착기'라고도 하는 에도시대 초기의 대본을 살펴보면, 남북조기에 강하게 표출되었던 풍자성은 약화되고 오히려 화락적(和樂的)인 기분이 넘쳐흐르는 것처럼 느껴진다. 이는 당연히 교겐의 언어에도 반영되어 너무도 생생하여 어떤 경우에는 비속하다고도 할 수 있는 언어가 정리되고 품위있는 모습을 갖추어 간다.

교겐의 무대는 교토(京都) 및 그 주변의 농촌을 중심으로 한다. 물론 그 외 지역의 지명이나 인물도 볼 수 있지만, 그들은 대개 어떠한 의미로든 교토와 관련되어 파악될 수 있다. 당시 새로운 문화의 창조가 이 지역에서 가장 적극적으로 추진되었던 이상 당연한 것이라고 할 수 있다.

따라서 교겐의 언어는 게이한(京阪)-교토, 오사카-의 언어를 기준으로 한다. 물론 지방어가 전혀 보이지 않았던 것은 아니지만 그 예는 극히 적으며 특수한 연출효과를 노리는 경우를 제외하고는 동국(東国)-관동지방-사람이더라도 게이한어를 사용한다.

초기의 한자어는 지식인 계층에서 제한적으로 사용되었으나, 시대가 바뀌면서 일반인들도 사용하기 시작하면서 교겐에서도 여러 예가 보인다. 도라아키라본(虎明本)의 『쇼묘쿄겐』(小名狂言) 「시미즈」(清水)에 나타난 주인과 다로카자(太郎冠者)-제일 지위가 높은 고용인-의 대화 중에 보이는 大事, 念, 無用, 不審 등의 한자어를 보면 두 사람의 차이는 거의 없고, 가타리(語り) 등의 특수한 부분을 제외하면 비교적 평이하고 일상적인 말을 사용하고 있어, 당시 일반적인 구두어에서의 한자어 사용 상황을 엿볼 수 있다.

또한 교겐은 종래의 권위에 대한 반발을 날카로운 풍자로 표현한 것이 커다란 특징이기 때문에, 해학이 뛰어난 세련된 언어 사용을 즐기는 언어유희적인 면이 강하다. 여기에는 당시 사람들의 실제 생활에서의 관심사가 반영되어 있다고 생각할 수 있다.

슈쿠(秀句)-교묘한 말 표현-의 예를 들어 보면, 불경을 외울 때 물고기 이름을 연달아 대어 장난스런 문구를 만들거나, 세간에 유행하는 슈쿠를 신참에게 배우려고 하는 품위없는 다이묘(大名:영주)의 모습이 그려지거나 한다. 이러한 언어적 관심이 다이묘의 무지, 혹은 어떤 불교의 설법에 대한 야유 등의 도구로서 이용되고 있다는 것에서 특색을 찾을 수 있는데, 이뿐만 아니라 거기에 사용된 슈쿠 그 자체에 대한 강한 관심도 엿볼 수 있다.

예를 들어 교겐 비쿠사다(比丘貞)에서 오안(を庵)이 소년의 후견인이 되어 이름을 지어줄 때 자신의 이름 중에 '안'(庵) 자를 따서 '안타로'(庵太郎)라고 명명하는 장면이 있다. 실제로 무로마치시대 말기나 에도시대에는 '안다라'가 '어리석은 사람'을 뜻하는 말로 사용되었기에 이를 결부시켜 사람들은 즐거워했을 것이다. 물론 교겐의 재미는 여기에만 있는 것이 아니지만, 언어적 취향이 중요한 의미를 가진 만큼 그에 관한 이해도 결코 등한시할 수는 없다.

이처럼 교겐의 대화에 이용된 언어가 당시의 구두어를 기반으로 하고 있는 것과 등장인물의 성격과 인물 사이의 관계를 명확히 표현하기 위해 언어적으로 미묘한 사용 구분이 되어 있음을 충분히 엿볼 수 있다.

따라서 교겐의 언어라고 한마디로 이야기해도, 실은 입말 성격이 강한 대화 부분, 글말 성격이 강한 가타리(語り) 혹은 우타이(謠い) 부분, 양자(両者)의 성격이 병존하는 고우타류(小歌類) 부분 등 모두가 각각 성격이 다르다.

또한 대사의 부분에도 나노리(名のり)-등장인물이 관객에게 자기소개를 하는 장면-나 그에 연결되는 수행자의 방백(傍白) 부분에서는 대화와 다른 격식을 차린 상황을 느끼게 하는 등의 차이도 있어 극히 다양한 언어 사용법을 포함한다고 말할 수 있다.

경어의 사용방법도 당시에 분화·발달 중인 양상을 반영하여 매우 복잡하며, 줄거리 전개에 따라 동요하는 심리적 상황을 보여 주는 미묘한 구분이 된다. 예를 들어 곡명(曲名) '슈론'(宗論)에서는 서로 상대의 종파를 파악하지 못한 채 나누는 스님들의 대화에서는 예(1)에서와 같이 높은 경의(敬意)를 나타내는 ござる를 사용하지만, 반목하는 종파의 스님이란 것을 알고 나서는 예(2)와 같이 훨씬 경의가 낮은 おじゃる, おりゃる, じゃ로 변한다.

(1) 身共は都へのぼる者で御ざる。(저는 교토로 가는 자 올시다)
(2) 身共は都辺土の者でおじゃる。(저는 교토 근처 촌사람이요)

교겐에서는 등장인물의 차이에 따라 표현도 구분되는데 뚜렷한 것은 나노리(名のり)이며 특히 문말의 지정표현에서 현저하게 나타난다. 나노리에서 보이는 문말의 지정사는 なり, 候, さふらふ, ある, じゃ, ござある, ござる, ごある, です, おりゃらします인데, 가장 보편적으로 볼 수 있는 것은 'ござ(あ)る'이며, 그 다음이 '候'이고, 그밖에는 한정된 장면에서 사용될 뿐이다.

실제로 유명한 스에히로가리의 나노리 부분을 보기로 하자.

罷り出たる者は、此あたりにかくれもない、大くわほうの者で御ざる。

등장하는 인물은 이 근방에서는 누구나 다 아는 대단한 행운아올시다.

나노리는 관객에 대한 자기소개이기에 이 표현에 등장인물의 성격과 품위가 전형적으로 나타난다. 일반적으로 신을 제외한 모든 계층에 가장 많이 보이는 ござある, ござる는 무로마치시대부터 에도시대에 걸쳐 입말로서 가장 정중한 지정을 나타내는 말이었으므로, 그만큼 많이 이용된 것은 나노리의 성격상 당연한 것이라 할 수 있다.

마찬가지로 정중한 지정을 나타내는 おりゃる, ござる도 무로마치 후반에 성립되는데, 이것이 나노리에 사용되지 않았던 것은 ござある, ござる보다도 어느 정도 낮은 경의를 나타냈으며 게다가 등장인물의 위상적인 특색을 표시하는 특수한 말이 아니었다는 것이 원인일 것이다.

그런 의미에서 다음의 です, おりゃらします, ごある 등과는 성격을 달리한다. 예를 들어 です-で候의 변화-는 나름대로 정중한 지정사이지만, 적어도 에도시대 초기에는 시골말 내지 비속한 느낌을 동반했기 때문에 주로 동국 다이묘-게다가 실패를 거듭한 무지한 다이묘-의 나노리에 사용되었다.

또한 おりゃらします는 여성이, ごある-ござる의 변형-는 슷파(す

っぱ:사기꾼)가 사용했는데, 역시 각각 무로마치시대 말기 혹은 에도시대 초기의 실제 언어 사용법에 기초한 것으로 해석되며, 나노리 이외에 위상적인 특색을 어느 정도 나타낸 것으로, 노인어와 여성어를 들 수 있다.

교겐에서 대사가 갖는 의미는 오랜 전통 속에 녹아 있는 서민들의 풍자와 해학이 넘치는 말의 향연이라 할 수 있다. 교겐의 등장인물은 주(主)와 종(從)의 관계로 이루어져 있기 때문에 이같은 위상을 염두에 두고 보면 더욱 잘 이해할 수 있다. 예를 들어 주인이 심부름을 시키자 다로카자(太郎冠者)는 때때로 '후아'라는 대답을 하는데, 이는 오늘날 윗사람이 싫은 일을 시켰을 때 건성으로 대답하는 '예~'와 상통하므로, 그 뉘앙스를 알고 감상하거나 대본을 읽는다면 한층 더 재미있을 것이다.

38. 담배의 세계 여행

【민병찬】

남아메리카를 원산지로 하는 담배는 16세기 중엽 포르투갈인들에 의해 일본에 처음 전해진 것으로 알려져 있다. 담배를 뜻하는 '다바코'(タバコ)는 포르투갈어인 tabaco를 발음대로 일본어로 옮겨 놓은 것이다.

이 다바코가 우리나라로 건너와서 담배가 되었는데, 조선에 담배가 전래된 연대와 경로에 대해서는 여러 가지 설이 있다. 국내 문헌에 단편적으로 나타난 기록들을 종합하면, 1608~1616년 사이에 일본에서 들어온 것으로 추정되며, 1653년 제주에 표류하여 조정에 잡혀 있던 하멜은 그의 표류기에서 '50~60년 전까지만 해도 조선인들은 담배를 몰랐는데, 재배법과 흡연습관을 일본에서 배웠다'고 적고 있다.

이때 다바코라는 단어도 함께 전래되었는데, 경상도 지방에는 다바코에서 유래한 '담바구'라는 말을 사용한 '담바구타령'이 있을 정도로 많이 퍼져 있었다. 이렇게 머나먼 포르투갈에서 출발한 tabaco는 일본에 건너가 タバコ가 되고 조선에 '담바고〉담바구'라는 형태로 수입되어

결국에는 '담배'라는 이름으로 정착하게 되었다.

다시 본론으로 돌아와 담배의 일본어인 다바코의 표기에 주목해 보자. 과연 다바코는 처음부터 タバコ라고 표기했을까? 즉 현재는 외래어나 외국 지명 · 인명 등을 가타카나를 사용해서 표기하는데, 이러한 손님 즉 외래어나 외국어에 대한 특별대우가 언제부터 시작되었는지 알아볼 필요가 있다.

담배에 대한 일본어 표기는 『게이초닛키』(慶長日記, 1607.2.29)에 다음과 같이 나타나 있다.

『우키구모』(浮雲) 중 담배피는 모습

此頃たはこと云事はやる、是は南蛮より渡と云、云広き草の葉を割、火を付、煙をのむ。

요즈음 담배라는 것이 유행한다. 이는 남만에서 건너왔다고 한다. 넓은 풀잎을 잘라서 불을 붙여 연기를 마신다.

이를 보면 당시에도 담배가 상당한 인기를 끌었음을 알 수 있는데, 오늘날과는 이유가 다소 다르지만 쌀 생산에 차질이 빚어지고 화재 발생의 우려가 있다는 이유로 흡연과 재배를 금지하는 법령이 시행되기도 했다.

그러면 이번에는 『일본재정경제사료』(日本財政経済史料) 3권의 1612년 8월의 기사를 보자.

タバコ吸事被禁断畢 然上者うりかふもの迄も見付輩においては双方の家財を可被下也

담배를 피우는 일은 모두 금지된다. 그러므로 담배를 팔고사는 것까지도 발견되면 쌍방의 가재를 몰수할 수 있다.

그런가 하면 한편으로는 『우키요죠시』(浮世草子, 1686)에는 다음과 같은 낭만적인 기사도 보인다.

また相思草といふ物も異国にて恋にしししたる女のつかより生初し物とかや

또한 상사초(=담배)라는 것도 다른 나라에서 사랑 때문에 죽은 여자의 무덤에서 처음 생겨난 것이라지.

이상과 같이 일본에서 담배를 표기한 것을 보면 다양한 방식 즉 히라가나 'たはこ'—옛날에는 탁음을 문자에 반영하지 않는 경우가 많았다—를 비롯해서, 가타카나 'タバコ' 그리고 한자인 상사초(相思草) 등 다양하게 문자화되었음을 알 수 있다.

특히 담배를 한자로 나타내는 경우, 상사초뿐만 아니라 담파고(淡

婆姑), 담파고(淡芭菰), 단파분(丹波粉), 다엽분(多葉粉) 등과 같이 한자의 음이나 훈을 이용한 표기와 함께 연명초(延命草), 장명초(長命草), 반혼초(返魂草), 연초(煙草 또는 烟草)와 같이 뜻을 이용한 표기 등 실로 다양하다.

이처럼 포르투갈에서 수입된 다바코는 외래어임에 틀림없는데 때때로 '다바코는 외래어인가'라는 주제로 문제시되는 것은 무슨 까닭일까? 일본어에서 서구에서 비롯된 외래어의 시작은 무로마치 말기에서 근세 초기에 걸쳐 포르투갈이나 스페인어에서 들어온 말들로 거슬러 올라간다. 그러므로 다바코는 외래어 중에서도 최고참에 속한다.

현재는 가타카나로만 통일되어 있지만, 당시에는 외래어 표기에 대한 기준이 정해져 있지 않다는 것을 알 수 있는데, 이는 19세기 말까지도 계속된다. 서양문명을 적극적이고도 전면적으로 흡수하고 소화했던 메이지(明治) 시대에는 외래어를 일본어로 표기하는 데에 다음과 같이 여러 가지 방법이 동원되었다.

1. 일본제 한자어를 만들어 가타카나 또는 히라가나 루비를 붙이는 경우
    プロポーズ　マッチ　まつち
    : 申出　摺付木　摺付木

 2. 가타카나로 쓰는 경우 : ハンケチ, ハンカチーフ, レモン, ペンキ

3. 히라가나로 쓰는 경우 : たいむす はァばァと, すぺんさあ
    ウーマンス　　レヴェンヂ
4. 원어에 루비를 붙이는 경우 : Woman's revenge

이후 표기법이 통일되면서 외국어 및 외래어는 가타카나로 표기하

는 것이 강제적으로 결정된다. 많은 표기법 가운데 가타카나 표기가 선발되었다고도 할 수 있는데, 이는 외국어에 대한 특별대우 즉 자기 것이 아니라는 점을 특별취급하는 측면과 더불어 시각적인 효과를 동시에 노린 것이라고 할 수 있다.

그러므로 다바코는 외래어니까 가타카나로 タバコ라고 표기해야 당연할 것 같지만, 현재는 タバコ와 함께 어떤 의미에서는 정서법의 파괴라고도 할 수 있는 히라가나 たばこ 표기도 심심찮게 볼 수 있다. 이제 담배는 더는 외국의 것이 아니라 자신들의 것, 즉 손님이 아니라 주인으로서 인식되기에 이른 것이다.

일본인들의 대상에 대한 인식변화를 문자를 통해 확인할 수 있다는 점에서 흥미롭기는 하지만, 오늘날 천덕꾸러기 신세가 되어버린 담배가 たばこ에서 다시 タバコ가 될지도 모른다고 생각되는 것은 무엇 때문일까?

39. 날짜 이야기

【권경애】

    한자문화권에서 30일을 한 달[月]이라고 하는 것은 달의 형태를 본
떠 달력을 만든 때문이다. 오늘날의 달력은 해의 움직임을 바탕으로 해
서 만들어지지만, 옛날에는 달의 형태를 보고 만들었던 것이다.

    고대 문명이 발달하기 시작한 메소포타미아의 바빌로니아인들에
게도, 로마인들에게도 달의 움직임은 무척이나 중요하게 여겨졌다. 본
래 영어의 calendar는 금전출납부를 의미하는 '캘린더륨'에서 유래한
것으로, 한 달의 첫날 초하루를 의미하는 calends가 어원이다. 아마
고대 로마인들 사이에는 매달 초에 금전의 수수가 이루어졌던 모양이
다. 즉 일상생활 속에서 가장 소중한 금전의 출입을 세어두기 위한 메
모였던 것이 달력이라는 형태로 발전한 것이다.

    일본에서는 달력을 こよみ(曆)라고 하는데, 이는 '날짜를 세세하게
읽는다'라는 뜻에서 붙여진 이름이다. 일본에서 날짜 읽는 법은 다음과
같다.

1日　　　2日　　　3日　　　4日　　　5日
ついたち　　ふつか　　みっか　　よっか　　いつか

6日　　　7日　　　8日　　　9日　　　10日
むいか　　なのか　　ようか　　ここのか　　とおか

우리말의 초하루, 초이틀, 초사흘 … 초열흘과 마찬가지이다. 하나, 둘, 셋과 같이 수를 셀 때 ひとつ, ふたつ, みっつ에 '日'을 나타내는 'か'가 붙어서 만들어진 단어들이라 할 수 있다.

하지만 자세히 살펴보면 정확하게 ふたつ+か가 아니라 た나 つ가 탈락되어 ふつか, みっか의 형태가 되어 있음을 알 수 있다. 또 1일은 ひつか나 ひとか가 아닌 ついたち이다. 옛날에는 달을 중심으로 한 태음력(太陰曆)이라는 것이 있어서 초하루에서 초열흘에 해당하는 시기를 '달이 뜬다'는 의미의 つきたち(月立)라 하여 달의 모습이 점점 커져 간다는 의미로 사용하였다. 그러던 것이 단어와 단어가 결합하여 복합어가 될 때 음운 변화가 일어나 ついたち라는 어형으로 바뀌게 되고 나중에는 초하루만을 가리키게 되었다.

태양력을 쓰는 지금에 와서는 전혀 달이 뜨는 것-ついたち-과는 무관해졌지만 단어는 남아 초하루의 의미로 쓰이고 있는 셈이다. 반대로 그믐날은 옛날말로 つごもり였는데 이것은 '달이 숨는다'라는 의미의 つきごもり(月隱)가 변화한 것이다.

나머지 2일부터 10일까지는 앞에서 설명한 바와 같이 서수를 셀 때의 ふたつ, みっつ, よっつ, いつつ, むっつ, ななつ, やっつ, ここ

のつ, とおと か(日)가 결합한 후 약간의 어형변화를 거쳐 현재의 어형
이 된 것이다. 8일은 원래 やっか였는데 이것이 ようか로 변화되었기
때문에, 결과적으로 4일에 해당하는 よっか와 비슷한 발음이 되어버렸
다. 이 구별은 외국인에게는 상당히 어렵게 느껴진다.

이번에는 10일 이상을 보기로 하자.

11日　　　　12日　　　　13日
じゅういちにち　じゅうににち　じゅうさんにち

14日　……　19日　　　20日　……　30日
じゅうよっか　じゅうくにち　はつか　さんじゅうにち

11일부터 31일까지는 아라비아 숫자를 셀 때의 じゅういち, じゅ
うに에다 にち(日)를 더해서 읽는 형식을 띠고 있는데, 이것 역시 20일
은 다르게 읽고 있어서 일본어 학습자들의 부담을 더해주고 있다. 20일
도 2일(ふつか)과 쌍을 이루게 はつか가 된 것일까? 20일을 나타내는
はつか는 10일을 とおか로 부르는 것과 동일한 맥락에서 붙여진 이름
이다. 즉, 10=とお, 20=はた, 30=みそ,…라는 식이다. 원래대로라
면 20일은 はた로 읽어야 하지만 이것이 はつか로 변화되어 오늘날
에 이르렀다고 이해하면 된다. 그리고 그믐날이라는 단어는 みそか(晦
日)라고 하는데 이것은 본래 30일을 가리키던 말이었다가 그것이 30일
이든 31일이든 그 달의 마지막 날을 가리키게 되었다. 연말을 おおみ
そか(大晦日)로 부르게 된 것도 미소카 중의 미소카라는 의미에서 온 것

이다. 마치 보름 중의 보름을 대보름이라고 하는 것과 같은 이치다.

14일이나 24일을 じゅうよんにち, にじゅうよんにちが 아니라 じゅうよっか, にじゅうよっか로 읽는 것은 다음과 같은 이유를 생각해볼 수 있다. 하나는 옛날에 날짜를 셀 때에는 지금처럼 じゅうににち, にじゅうごにち, にじゅうくにち로 센 것이 아니라

12일 = とおか あまり ふつか(열흘 나머지 이틀)

25일 = はつか あまり いつか(스무날 나머지 닷세)

29일 = はつか あまり ここのか(스무날 나머지 아흐레)

와 같이 세었던 관계로 24일은 스무날 나머지 나흘(はつか あまり よっか)로 세던 것의 흔적이라 볼 수 있다.

그렇다고 하더라도 다른 날짜는 모두 じゅうににち, にじゅうごにち, にじゅうくにち로 바뀌었는데 14일, 24일만 じゅうよっか, にじゅうよっか로 남았는가 하는 부분은 여전히 의문으로 남는다.

이에 대한 답은 일본인들의 어감과 관계가 깊다. 한국에서 4는 죽을 사(死)와 음이 같다고 하여 아파트나 호텔방의 호수에서 4를 뺀 경우를 종종 볼 수 있는데 일본에서도 마찬가지로 한자음으로 4(し)와 死(し)가 같아 기피하는 경향이 있다. 이런 까닭으로 4를 넷에 해당하는 よっつ에서 よ를 가져와 한자음에 가깝게 よん으로 만들어 4를 대신하는 말을 만들었다. 14나 24는 じゅうよん, にじゅうよん으로 읽으면서도 날짜만은 유독 よっか를 사용하고 있는 것은 기왕 よっつ에서 나온

말이라면 옛날에 날짜를 읽던 방식으로 가는 것이 차라리 덜 번거롭게
느껴졌는지도 모른다.

참고로 달을 셀 때는 오늘날 1월, 2월, 3월 즉 いちがつ, にがつ,
さんがつ… 등으로 세는 것이 아니라 매달의 명칭이 있었다. 이것을 일
본식 월이름(和風月名)이라고 하는데, 계절이나 행사에 맞춰서 만들어
진 것으로 현재의 계절감각과는 1~2개월 정도 차이가 있다.

1월	むつき, 睦月	친척들이 모여 친목을 도모하는 달
2월	きさらぎ, 如月	아직도 추위가 계속되어 옷을 겹쳐서 입는 달
3월	やよい, 弥生	나무와 풀들이 무성해지는 달
4월	うづき, 卯月	병꽃나무에 눈같이 흰 꽃이 피는 달
5월	さつき, 皐月	모내기를 하는 달
6월	みなづき, みなつき, 水無月	논에 물을 대는 달
7월	ふみづき, ふづき, 文月	벼에 이삭이 여무는 달
8월	はづき, はつき, 葉月	나뭇잎이 떨어지는 달
9월	ながつき, ながづき, 長月	밤이 긴 달
10월	かんなづき, 神無月	모든 신이 모여 집회를 하므로, 전국의 신사에는 신이 없는 달
11월	しもつき, 霜月	서리가 내리는 달
12월	しわす, 師走	점잖은 스승도 급히 뛰어다닐 정도로 바쁜 달

40. です・ます는 언제부터 사용했을까?

【후루타 카즈코】

경어법은 그 시대의 사회상을 잘 반영한다. 도시생활이 중심이 되고 경제활동이 활발해진 오늘날에는 경어법도 상대를 수평관계로 보는 시각에 따라 사용하게 되었다. 자신이 어떤 사람을 상대로 말을 하고 있는지, 또 어떤 태도로 하면 예의에 어긋나지 않을지 등을 생각하며 경어를 사용해야 한다.

경어에는 존경어(尊敬語), 겸양어(謙讓語), 정중어(丁寧語) 등이 있는데, 이 중에 정중어는 화자(話者)가 청자(聽者)에게 정중함을 표시할 때 쓰이며, です・ます・でございます가 대표적인 것이다.

그러면 'です・ます'의 뿌리를 찾기 위해 일찍이 정중어가 나타나는 용례를 살펴보기로 한다.

정중어는 존경어, 겸양어보다 늦게 생긴 언어 형태이다. 귀족사회가 발달하여 존경어, 겸양어가 빈번하게 쓰이게 되면서 정중어로 전화(轉化)되어 사용이 확대된 것이다. 예를 들어 '侍り'는 원래 높은 사람을 모시고 공손하게 곁을 지킨다는 뜻으로, 자신의 행동을 낮추어서 사용

하는 겸양어였으나, 시대가 흐름에 따라 차차 그 세력이 커져서 보조동사로서 다른 용언에 연결이 되고 정중함을 나타내게 되었다.

헤이안(平安)시대 귀족사회의 일상생활을 묘사한 수필집인 『마쿠라노소시』(枕草子)의 일부분에서도 당시 언어생활의 일부 즉 정중어의 사용을 볼 수 있다. 예문은 작자가 여주인을 모시고 나리마사(生昌) 집을 방문했을 때, 많은 비로 인해 길이 질어져 귀한 분의 차가 빠져 큰 소동이 일어났다는 꾸중을 듣고, 나리마사-50세 전후 남자 귀족-가 작자-30세 전후의 女官-에게 말하는 장면이다.

雨の降り侍りつれば、さも侍りつらむ よしよし、また仰せられかくべき事もぞ侍る。まかり立ちはべりなむ。(枕草子8一大進生昌が家に)
비가 내리고 있었으니까 그런 일도 생길 수 있지요. 좋아요, 또 말씀하시고 싶은 것도 있으실 것 같으니(=또 꾸중을 들을까봐) 저는 여기서 일어나겠습니다.

그 후 '侍り'는 세력을 잃어 '候'로 교체되었고, 다시 'さうらう'-여기서 사무라이(さむらい)라는 말이 생겨났다-로 음 변화를 일으키면서 세력을 확대해 나간다.

근대어가 편성된 시기는 무로마치(室町) 시대이다. 사회적으로 250년에 걸쳐 크고 작은 분쟁이 이어지고 신분이 낮은 사람이 윗사람을 치고 올라가는 하극상의 세상이 되면서 사회는 불안하고 황폐해져 갔다.

한편 언어적으로 이 시대는 고어와 현대어를 연결시켜 주는 가장

중요한 시기로 ござある, ござる, おじゃる, おりゃる, まいらす와 같은 다양한 정중어를 볼 수 있다.

정중어의 한 가지인 まいらす는 본래 고대어에서는 윗사람에게 '드리다' 또는 '해드리다'라는 공손한 표현이며 겸양어로 쓰여졌으나, 헤이안 시대에는 보조동사로 사용됨에 따라 사용범위가 커졌다. 무로마치 시대에는 원래의 겸양어 표현과 함께 정중한 표현으로도 자리잡았고, 그 후 まいらする라는 형태로 정중한 표현으로 많이 사용되었다.

まいらする는 まらする→まるする→まする→ます와 같이 형태를 바꿔가면서 현대어의 ます에 이르게 되었는데, 예문을 통해 그 변화의 과정을 알아보기로 하자.

わたくしがざい所へはおにがまいって 人をくらひまらする程に 用心なされひ。(虎明本狂言 · 叔母が酒)

제가 있는 곳에는 도깨비가 들어와 사람을 잡아먹기도 하니 조심하십시오.

食い物もえ食わず臥せって居まるするほどに我等ばかり出でまるせう。

(原刊本 捷解新語一)

(정관은) 편찮으셔서 음식도 못 드시고 누워 계시니 저희만 나가겠습니다.

ちごさま ここに御ひるが御座りまするぞ。　　(仮名草子 · 昨日は今日の物語)

(높은 사람의 자식에게 말을 걸면서) 여기에 점심이 준비되어 있습니다.

酒はあまりくさうてのまれますまひ程に ご無用で御座る。　(虎明本河原太郎)
술은 너무 냄새가 나서 못 먹을 지경이라 필요없습니다.

다음으로 です는 교겐(狂言)에 보이며 で候가 줄어 만들어졌다는 설이 있지만, 후대의 です와의 관계는 아직 명확히 밝혀지지 않고 있다. 그 후 에도시대 후기에 나타나는 です는 특수계급에 속하는 남자들-사이비 의사, 의기 있는 무법자-등이 쓰는 말로 사용범위도 한정되어 있고, 용법도 종지형의 です형태의 하나이며 사용범위는 확대되지 않았다. 오늘날 쓰이는 です의 직접적인 뿌리는 에도시대 말기로 거슬러 올라간다.

지방으로부터 사람들이 유입되면서 에도(江戸)-현재의 도쿄-는 거대한 소비도시가 되어 독특한 문화가 발달했다. 가이도(街道)-역과 역을 연결해 주는 길-가 정비되어, 물건의 유통이 활발해지고 사람들 간의 접촉이 많이 이루어지면서 언어생활도 변해 갔다. 에도시대 말기 이런 사회를 배경으로 한 『닌조본』(人情本)에서도 현재 사용되는 です의 뿌리를 찾을 수 있다.

斯様になすっちゃ女如何でせう。(春色恋廻染分解)
(젊은 주인이 친구에게) 이런 식으로 하면 어떨까요.

今朝程宿へ御寄ではございませんでしたか。(春色恋廻染分解)
(무사의 처가 일하는 무사에게) 오늘 아침 숙소에 들르지 않으셨습니까?

玉川という酒屋もここから出た<u>のです</u>か。

다마가와라는 술집도 여기서 나온 것입니까?

위의 예와 같이 사용자는 일반남녀로까지 늘어났고, 정중한 표현으로서 현대어와 같은 용법으로 자리잡았다. 또 でせう(でしょう), でした, のです처럼 용법도 다양해지며 현대어와 같아졌으며, ございませんでした와 같이 ません+でした도 보인다.

그 후 1890년대 쇼세이(書生)-남의 집에서 가사를 도우며 공부하는 학생-들을 통해서 です는 사용범위를 확장해 갔다. 근대에 이르러 서양의 영향을 받은 소설이 나타나는데, 그중에서도 비교적 이른 시기에 쓰여진 『우키구모』(浮雲)에서 용례를 찾아보기로 하자. 예문은 호의를 갖고 있는 여성이 주인공에게 나베라는 이름의 하녀에 대해 말하는 장면이다.

それはそう<u>です</u>よねー。この間もね貴君、鍋が生意気に可笑しな事を言って私にからかうの<u>です</u>よ。(浮雲・二葉亭四迷)

그건 그래요. 요전에도 나베가 건방지게 이상한 말을 해서 저를 희롱했어요.

이와 같이 です는 계층·연령·남녀에 제한없이 자유롭게 쓰이게 되며, 일반인들의 회화체의 기초가 되었고, 후에는 초등학교 독해교재에도 채용되는 등 사용범위를 넓혀 가면서 현재와 같이 공통어화·표준어화된 것이다.

41. 300년 전부터 시작된
일본의 어학연구

【이덕배】

　일본어에 대한 본격적인 연구가 시작된 것은 에도(江戸) 시대에 들어와서부터 이루어졌다. 그 이전의 연구는 서양 선교사들이 포교를 목적으로 한 것이 중심이었으나, 에도시대에는 당시로서도 천 년 가까운 세월 전의 일본어를 기록한 고전, 이를테면 『고지키』(古事記), 『니혼쇼키』(日本書紀), 『만요슈』(万葉集) 등을 정확하게 독해하기 위한 것이었다. 이렇다 할 전란이 없었던 에도시대에는 독자적인 문화의 성립과 함께 옛것을 숭상하는 분위기가 조성되었고, 복고적 학문 연구동향인 이른바 '국학'은 고전을 직접 독해하기 위한 수단으로 연구되기 시작했다.

　여기에서는 에도시대의 일본어 연구자 가운데 게이추(契沖), 가모노 마부치(賀茂真淵), 후지타니 나리아키라(富士谷成章), 모토오리 노리나가(本居宣長), 히라타 아쓰타네(平田篤胤), 스즈키 아키라(鈴木朖), 모토오리 하루니와(本居春庭) 등을 중심으로 하여 간략히 소개한다.

　게이추(1640~1701)는 진언종(真言宗)의 승려로서 일본 국학의 길

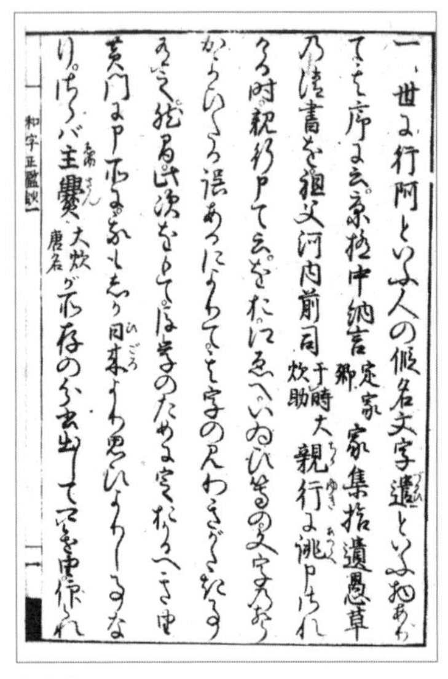

와지쇼란쇼(和字正濫抄)

을 열었는데 고전에 조예가 깊어 『만요슈 다이쇼키』(万葉集代匠記)를 비롯한 여러 주석서를 저술했다. 고전의 정확한 해독을 위한 가나표기법 연구에 힘을 기울인 저서 『와지쇼란쇼』(和字正濫抄, 1695)에서는 중세 이후 통용되던 데이카가나표기법(定家仮名遣い)에 오류가 많음을 지적하고, 헤이안시대 이전의 고전에 바탕을 둔 가나표기법을 제시했다.

당시에는 게이추의 주장을 이해하는 사람이 많지 않았으나, 다음에 언급하는 가모노 마부치와 같은 소수의 학자들을 중심으로 그의 이론에 대한 이해가 점차 확산되어 역사적가나표기법(歷史的仮名遣い)이 성립되기에 이른다. 이렇게 하여 성립된 역사적가나표기법은 1946년에 현대 가나표기법이 공포되기 전까지 일본의 표준 가나표기법이 되었다.

가모노 마부치(1697~1769)는 고전 주석과 연구에 탁월한 업적을 남겨, 후세의 고전 특히 만요슈 연구의 기초를 마련하였다. 게이추의 저서를 거의 섭렵한 마부치는 큰 영향을 받았고, 그의 연구 역시 모토오리 노리나가 등 여러 학자에게 영향을 주었다. 그의 저서 『고이코』(語意考)는 동사의 활용을 50음도와 관련하여 논한 것인데, 여기에서는 50음도에 해당하는 것을 '50연음'(五十聯音)이라 했고, 각 행별로 모음

a, i, u, e, o에 따라 5종류로 구별 설명하고 있다.

　　모토오리 노리나가(1730~1801)는 23세에 교토로 가서 6년 동안 의학을 공부하는 한편, 가학(家学)과 한학에도 관심을 가졌다. 의사가 되어 고향에 돌아간 그는, 가모노 마부치를 만난 뒤로는 고전 연구에 힘을 쏟게 되었는데, 마부치와 마찬가지로 게이추로부터 실증적 고전 연구의 영향을 받아 국학의 기초를 굳혔다. 그의 연구는 일본의 고전에 대한 정확한 이해를 전제로 한 것으로서 신학, 역사, 문학 등 광범위하다.

　　노리나가는 『고지키덴』(古事記伝), 『겐지모노가타리다마노오구시』(源氏物語玉小櫛), 『우이야마부미』(うひ山ぶみ)를 비롯해서 『데니오하히모카가미』(てにをはひも鏡), 『고토바노다마노오』(詞の玉緒), 『겐고카쓰요쇼』(言語活用抄)와 같은 어법·활용에 관한 연구서, 『지온카나즈카이』(字音仮字用格), 『간지산온코』(漢字三音考), 『지메이지온덴요레』(地名字音転用例)와 같은 음운연구서 등 탁월한 업적을 남겨 후세에 끼친 영향이 크다.

　　후지타니 나리아키라(1738~1779)의 부친은 의사였고, 형은 한학자였다. 42세라는 나이에 세상을 뜬 나리아키라는 큰 업적을 남기지는 못했으나, 종래의 일본어 연구를 한층 발전시켰다는 평가를 받고 있다. 나리아키라는 낱말을 나(名)·요소이(装)·가자시(挿頭)·아유이(脚結)의 4가지로 분류하였다. '나'는 명사, '요소이'는 동사·형용사·

227

형용동사(な형용사), '가자시'는 대명사·부사·접속사·감동사·복합어, '아유이'는 조사·조동사에 각각 해당한다. 저서는『가자시쇼』(かざし抄)와『아유이쇼』(あゆひ抄)가 있다. 나리아키라의 학설은 직계 후계자가 별로 없어서 이렇다 할 발전을 보지는 못하였으나 각 활용형을 제시한 것이라든지, 접속관계 등은 후일 스즈키 아키라 그리고 모토오리 하루니와의 학설에 영향을 주었다.

스즈키 아키라(1764~1837)는 모토오리 노리나가의 문하생으로서 그의 연구를 이어받아 활용연구에 업적을 남겼다. 아키라는 원래 평범한 병사였으나 젊은 시절부터 학문에 관심을 가져, 29세에 노리나가의 문하에 들어가 수학하여 유학자로 알려지게 된다. 저서로는 용언의 어형변화를 도표로 나타낸『가쓰고단조쿠후』(活語断続譜, 1803 무렵), 일본어를 그 기능에 따라 분류하고 용법을 논한『겐고시슈론』(言語四種論, 1824), 의성어와 의태어에 관한『가고온조코』(雅語音声考, 1816) 등이 있다.

히라타 아츠타네(1776~1843)는 모토오리 노리나가가 세상을 떠난 뒤에 그의 문하에 들어간 학자이다. 국학의 전통을 이어받은 그는 게이추, 가모노 마부치, 모토오리 노리나가와 더불어 국학의 4대학자로 손꼽힌다. 그러나 그의 연구방법론은 실증적이지 못한 면이 있어 일본어학에 기여한 바는 크지 않다.

모토오리 하루니와(1763~1828)는 부친 모토오리 노리나가 그리고 스즈키 아키라의 용언에 관한 연구성과를 이어받아 더욱 발전시키고 정리했다. 비록 젊은 시절에 시력을 잃었으나 책을 읽어 주는 동료들의 도움으로 연구를 완성했다. 저서로는 『고토바노야치마타』(詞の八衢, 1808), 『고토바노가요이지』(詞の通路, 1828)가 있는데, 고토바노야치마타에서는 동사를 어형변화 양상, 즉 활용에 따라 7가지로 나누고, 활용하는 각 낱말에 대해 설명을 하고 있다.

'고토바노야치마타'란 '말의 여러 갈래 길'이라는 뜻으로서 말의 사용을 길에 비유하여 동사가 활용에 따라 의미가 달라진다는 뜻을 담고 있다. 말에는 예로부터 쓰임의 규칙이 있었는데, 후세에 와서는 잘못 쓰이는 경우가 많아서 이를 바로 잡기 위해 이 책을 썼다고 한다. 용언의 어형변화에 대해서는 앞에 언급한 스즈키 아키라의 연구도 있으나, 아키라는 어형변화를 조직적으로 정연하게 분류하지는 않았다. 이것을 50음도의 틀에 맞춰, 어느 단(段)으로 활용하는가에 따라 동사의 종류를 나눈 사람이 바로 하루니와이다.

하루니와는 동사의 활용을 요단카쓰(四段活), 이치단카쓰(一段活), 나카니단카쓰(中二段活), 시모니단카쓰(下二段活)로 크게 나누고, 이와 별도로 헨카쿠카쓰(変格活)이라 하여 か행변격, さ행변격, な행변격 등 3가지 변격활용으로 나누었다. 현재의 일반적인 고전문법서에서는 변격활용에 ら행 변격활용까지 포함하여 변격활용을 4종류로 분류하는데, 하루니와는 ら행 변격을 4단에 포함했다. 활용 종류의 명칭은 후일 다른 학자들이 1단을 상1단과 하1단으로, 중2단을 상2단으로 고

치는 등 부분적인 수정을 거치기는 했으나, 그 큰 틀은 오늘날 우리가 알고 있는 것과 크게 다르지 않았음을 알 수 있다.

하루니와의 고토바노야치마타는 이른바 모토오리 학파의 용언에 관한 연구를 집대성한 것으로서 후일의 연구에 큰 영향을 주었다. 오늘날의 일본어 문법에서 사용하는 활용 종류 명칭의 기초가 하루니와에 의해 이루어진 것이라 할 수 있을 것이다.

42. 맞춤법은 왜 시대에 따라 변하는가?

【조대하】

말을 일정한 법칙에 맞게 적는 방법을 표기법 또는 맞춤법이라고 한다. 일본어에서는 가나즈카이(仮名遣い)라고 하는데, 즉 일본어를 올바르게 적는 가나표기법을 말하는 것이다. 가나표기법이란 어떤 서책에 쓰여 있는 가나의 실태라든가 가나의 사용법이란 뜻도 되지만, 대개는 가나로 적는 경우의 '규칙'이라는 뜻으로 쓰인다. 그리고 이러한 표기법은 그 시대에 언어상황에 맞추어 변천하는데, 어느 언어에서든지 마찬가지이며 일본어도 예외는 아닐 것이다.

일본인이 문자 생활을 시작하게 된 시기는 정확하지는 않으나, 『니혼쇼키』(日本書紀)에 오진(応神) 15~16년 즉 404~405년에 백제로부터 아직기(阿直岐), 왕인(王仁)이 논어와 천자문을 일본에 전했다는 기록이 있는 것을 보면, 대개 5세기 초에는 일본에 한자가 전래되었으며 이를 표기 수단으로 사용했다고 볼 수 있다.

상대가나표기법

먼저 일본어사에 있어서 상대(上代) 즉 나라(奈良) 시대에는 아직 히라가나와 가타카나가 성립되기 전이므로, 중국 문자인 한자의 음(音)과 훈(訓)을 빌어 일본어를 표기하는 만요가나(万葉仮名)가 있었다. 만요가나는 당시 일본어의 표기수단이었으며, 이 시대의 언어상황에 맞는 표기법이 존재했는데, 이를 상대특수가나표기법(上代特殊仮名遣い)이라고 한다.

상대에 해당하는 7~8세기의 문헌을 보면, 특정한 음절에 대해 만요가나에 의한 표기에 있어서 2종류의 구분이 보이는 것을 알 수 있다. 예를 들면 위(上)를 뜻하는 かみ와 신(神)을 뜻하는 かみ는 현대일본어에서는 발음이 같지만, 7~8세기에는 かみ(上)의 み에는 美나 弥 등이, かみ(神)의 み에는 微나 未 등의 만요가나가 사용되어 엄연한 구분이 있었다.

즉 닮기는 했지만 분명하게 구별되는 2종류의 み음이 있었던 것이다. 이를 편의상 み갑류(甲類)와 み을류(乙類)라고 부르는데 갑류·을류라는 것은 상대특수가나표기법을 체계적으로 밝힌 국어학자 하시모토 신키치(橋本進吉:1882~1945)에 의해 명명된 것이다. 그리고 이 특정한 음절이란 [キケコソトノヒヘミメヨロ] 및 그 탁음인 [ギゲゴゾドビベ]을 가리킨다.

데이카가나표기법

가나표기법(仮名遣い)은 가마쿠라(鎌倉)시대 초기의 가인(歌人)이며 고전학자이기도 했던 후지와라테이카(藤原定家：1162~1224)의 게칸슈(下官集：저작연대미상)에 처음으로 보인다. 가마쿠라시대 초기에는 발음과 문자의 불일치가 심해져서 가나표기의 혼용(混用)이 심해졌다. 데이카는 고킨슈(古今集)를 규범(規範)으로 하는 와카(和歌) 분야에서는 옛 표기의 전통을 지켜야 한다고 하는 사고방식이 강했으며 이러한 입장에서 정리한 것이 데이카가나즈카이(定家仮名遣い)이다. 예를 들어 '지나가다'라는 뜻의 通る라는 말을 とおる, とをる, とうる, と－る, とほる 중 어느 가나(かな)로 쓰는 것이 올바른가 하는 것이다.

　　이러한 표기의 혼동은 10세기경부터 음운변화가 일어나 お와 を, 그리고 어중어미(語中語尾)의 [ハヒフヘホ] 와 [ワヰウヱキ] 등이 혼용되게 되었기 때문이다. 이러한 가나표기법의 혼용에 대해 데이카는 가나 표기의 규범을 제시하고 있는데 [お, を], [え, ゑ, へ], [い, ゐ, ひ]의 세 종류 여덟 문자를 60여 개의 실례를 들어 그 구별을 하고 있다. 이를 데이카가나표기법이라 하며 이 문자들의 구분은 お－を를 액센트의 차이에 의해 구별했다고 추측되며, い－ゐ－ひ와 え－ゑ－へ는 헤이안시대의 문헌 표기에 따라 구분하고 있다. 이 데이카가나표기법은 교아(行阿)에 의해 정리되며 중세에는 널리 쓰이게 되었다.

역사적가나표기법

　　에도시대가 되어 승려이며 국학자인 게이추(契沖, 1640~1701)는 『만요슈』, 『니혼쇼키』, 『고지키』 등 고문헌을 연구하던 중 문헌에 보이는 가나의 용법이 당시 알려져 있던 '데이카가나표기법'과 일치하지 않음을 발견하고 상대 및 헤이안시대의 문헌을 폭넓게 조사한 결과, 오늘날의 자전(字典)에 해당하는 『와묘루이주쇼』(和名類聚抄, 934년경) 이전의 문헌에는 단어마다 반드시 일정한 가나의 사용법이 있었으며 혼동되지 않았음을 발견하고 이를 정리하여 가나표기법을 제정하게 되었다. 이것이 '게이추가나표기법'이며 '역사적가나표기법'(歷史的仮名遣い)의 기초가 되었다.

메이지시대에 이르러, 일본정부는 '역사적가나표기법'을 공문서 및 교과서에 채용하고 교육의 보급 등과 함께 널리 퍼지게 된다. 그러나 현대어의 발음과 일치하지 않는 점이 많아 불편했다. 그래서 임시가나조사위원회(1908), 임시국어조사회(1921), 국어심의회(1934) 등을 설립 심의를 계속했고, 이로부터 표음주의적인 입장에 선 의견이 나오게 되었다. 여기서 역사적가나표기법과 현대가나표기법 사이의 대응관계를 보면 다음과 같다. -히라가나는 역사적가나표기법, 가타카나는 현대가나표기법을 나타낸다-

1. 「ゐ・を・ゑ」→「イ・エ・オ」

2. 「は・ひ・ふ・へ・ほ」(語中語尾) →「ワ・イ・ウ・エ・オ」

3. 「ぢ・づ」→「じ・ず」

4. 「くゎ・ぐゎ」→「か・が」

5. 「ゆう・ゆふ・いう・いふ」→「ユー」

6. 「おう・あう・あふ・わう・はう」(語中語尾) →「オー」

   「こう・かう・かふ・くゎう」→「コー」

「よう・やう・えう・えふ」→「ヨー」

7.「きゅう・きう・きふ」→「キュー」

8.「きよう・きやう・けう・けふ」→「キョー」

현대가나표기법

가나표기법의 기본 원리는 크게 역사주의와 표음주의의 대립이다. 즉 전자는 역사상 초기단계의 표기와 어원에 의거한 표기를 채용하는 것으로 '역사적표기법'이 이에 해당한다면, 후자는 현대어의 음운에 따라 표기함을 원칙으로 하는 것으로 '현대표기법'이 해당된다.

1946년 11월 일본정부는 국어심의회의 의결에 따라 표음주의적 입장인 현대가나표기법을 내각훈령(內閣訓令)으로 공포하고 공문서에 채용하도록 했으며, 1947년부터는 교과서, 신문 등에 채용되어 급속도로 확대되어 갔다. 현대가나표기법은 표음주의적 입장에서 현대어의 음운체계에 의해 정해진 것이지만, 조사 は, へ, を 및 숙어 みかづき, はなぢ 등의 표기, とおい(遠い), とうきょう(東京)의 구분 등 역사적가나표기법을 고려한 예외도 있어 일부 문제점이 제기되고 있다.

43. 일본어의 조상이 훈민정음이었다?

【이우석】

한자가 전해기기 전까지 일본에는 문자가 없었다. 한자가 들어온 후 이를 바탕으로 히라가나(平仮名)와 가타카나(片仮名)가 만들어졌는데, 히라가나가 한자의 초서(草書)를 차용하여 간략화한 것임에 비해 가타카나는 자획의 일부를 생략하여 만들었다. 이것이 오늘날 일본의 문자에 대한 정설이다.

그런데 '가나'가 만들어지기 전 고대일본에 이미 고유의 문자가 존재했다는 설이 한때 제기되었다. 역사 이전에 성립된 문자라는 의미의 소위 '진다이모지'(神代文字)가 그것이다.

결론부터 말하자면 이 '신대문자'(神代文字)는 에도(江戸) 시대 이후에 인위적으로 조작하여 만든 것으로서, 지금은 일본의 학계에서 여러 가지 논거를 들어 이를 부정하고 있다. 그러면 신대문자설은 어떻게 탄생했고 그 내용은 어떤 것이었으며 또한 이에 대해 어떤 비판이 있는지 알아 보기로 하자.

신대문자가 존재했다는 설이 실린 최초의 문헌은 가마쿠라(鎌倉)

시대 중기의 신관(神官) 우라베 가네카타(卜部兼方)가 쓴 『샤쿠니혼기』(釈日本紀)-日本書紀의 해설서-이다. 이 신대문자의 존재는 샤쿠니혼기에 '일본의 문자는 신대(神代)에 분명히 만들어져 있었을 것이다'라는 가네카타의 아버지 가네후미(兼文)의 주장이 기록되어 있다는 것에서 출발한다.

여기에서 연유한 신대문자 존재설은 가마쿠라시대에 우라베(卜部) 가문을 중심으로, 고대부터 내려온 일본의 민족신앙인 신도학자들 사이에서 제기되기 시작했다. 그러다가 에도시대 중기에 이르자 당시의 일부 국수주의 국학자들이 국가의식의 발로에서 신대문자의 존재설을 다시 주장하기 시작한 것이다. 심지어는 다른 나라의 문자도 고대일본의 신대문자에서 나온 것이라고 극언한 사람도 나올 정도였다.

신대문자의 존재를 주장하는 대표적인 인물인 에도시대의 히라타 아쓰타네(平田篤胤)

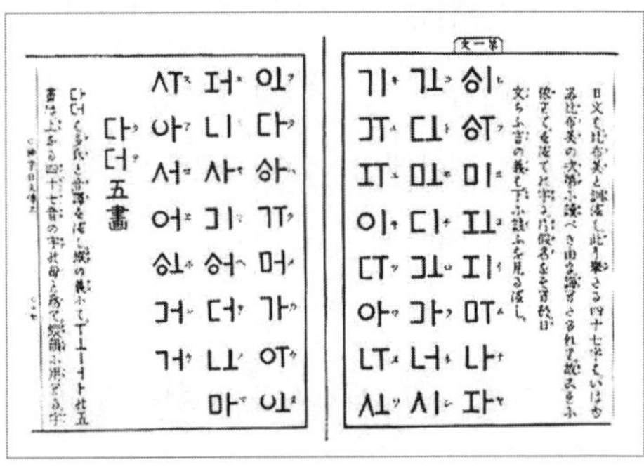

『간나히후미노쓰타에』의 신대문자

는 자신의 저서 『간나히후미노쓰타에』(神字日文伝)에서 여러 신대문자 가운데 '히후미'(日文)야말로 진정한 신대문자라고 주장하고 있다.

신대문자에는 히후미(日文), 아나이치(天名地鎮), 호쓰마(秀真) 등 여러 종류가 있으며, 그 중에서도 히후미가 히라타 아쓰타네를 비롯하여 많은 사람들에 의해 유력한 신대문자라고 주장되어 왔다.

신대문자의 자수(字数)를 보면 47자의 이로하(イロハ)에 ン을 더한 48자, 50음도에 의한 50자 등의 종류가 있고, 배열순서는 이로하순, 50음순 그리고 ヒフミヨイムナヤ … 등과 같이 순서가 불분명한 것 등이 있다.

또한 문자의 구성법에 있어서는 한자계통의 표의문자도 있지만, 대다수가 표음문자로서 한글과 같이 자음과 모음을 조합하여 만든 음절을 표시하고 있다.

그러나 일본의 옛 문헌에는 '한자·가나 이전에는 일본에 문자가 존재하지 않았다'라는 기록이 여기저기에 나타나 있으며, 이 신대문자는 한글 즉 훈민정음을 모방하여 만든 것으로 지금의 일본학계에서는 이를 신대문자라고 하는 것은 인정할 수 없다고 말하고 있다.

현재의 일본학계는 신대문자의 존재를 인정하지 않는데, 그 이유를 정리해 보면 다음과 같다.

1. 나라(奈良) 시대에는 이로하로 대표되는 47음 외에 적어도 13개의 다른 음절이 구별되어 있었다. 그런데 신대문자에는 50음보다 많은 '가나'를 구별하지 않고 있다.

2. 50음도(五十音図)가 만들어진 것은 대체로 헤이안(平安) 시대 초중기이며, 이로하우타(イロハ歌)도 헤이안 중기 이후에 만들어진 것으로 추정되기 때문에 배열순이나 자수에 있어서 50음도나 이로하우타와 유사한 신대문자는 헤이안 중기 이후의 것이다.

3. 신대문자의 대부분이 한글에서 탈화(脱化)한 것으로 한글은 15세기 중

기에 만들어졌다.

4. 신대문자는 에도시대 이전의 문헌에는 전혀 보이지 않는다.

5. 고문헌에는 한자 전래 이전에 일본에는 문자가 없었다고 기록되어 있는
   데, 만약 문자가 존재하고 있었다면 한자를 수입하거나 이를 바탕으로
   한 '가나'를 만들지 않았을 것이다.

따라서 앞에서 언급한 바와 같이, 신대문자설은 일본 민족신앙인
신도학자들의 근거없는 주장에 에도시대의 일부 국수주의자들이 한글
의 우수성을 탐한 나머지 한글을 모방하여 위작한 하나의 해프닝으로
보아야 할 것이다.

44. 높임말이 욕이 되었다

【한미경】

상대방을 가리키는 일본어에 기사마(きさま, 貴様)라는 말이 있다. 이는 예전에는 높임말이었으나 현재는 욕으로 쓰인다. 이는 현대어에서 흔히 들을 수 있는 말은 아니지만 남성들 간에 쓰는 거친 2인칭 대명사이다. 일본 국어사전을 찾아보면 '대칭의 인칭대명사로 남자가 친한 동년배나 손아래 남성을 가리키는 말. 또는 남자가 상대를 깔보고 욕하는 말. 옛날에는 손윗사람에게 쓰던 경칭이었다'라는 설명이 나온다.

어느 나라 말이건 세월을 거치며 변해 왔고 지금도 변하고 있다. 또한 많은 말이 사라지고 그 말들은 새로운 말에 의해 대체된다. 특히 남을 의식하고 남을 어떻게 대우하는가 하는 의식하에 사용되는 경어는 그 말을 쓰는 사람들의 의도와 함께 변해 가는 특성을 지니고 있다.

일본인은 평소에 남을 상당히 의식하는 언어생활을 하고 있다. 우리말보다 경어의 사용이 복잡할 뿐더러 높임말의 종류도 많은데 그중에서도 사람을 지칭하는 호칭은 매우 다양하다. 호칭 중에 인칭대명사

는 지칭하는 사람에 대해서 어떻게 대우해야 할 것인가를 언어행동으로 나타내는 대표적인 예인데, 자신을 지칭하는 1인칭보다는 상대방을 직접 칭하는 2인칭의 가치가 경어의식과 함께 크게 변해 왔다. 현대일본어의 대표적인 2인칭 대명사로는 *あなた*, *おまえ*, *きみ* 등이 있고, 남자들이 쓰는 거친 말로서 *きさま*가 있는데, 이들은 시대의 변천과 함께 점점 그 가치가 하락되었다. 이처럼 말의 품위가 낮아진 대표적인 예가, 예전의 높임말이 오늘날에는 욕이 된 '기사마'이며 그 폄하의 정도도 가장 심하다.

기사마는 일찍이 무로마치(室町) 시대에 무사들이 쓴 서간문이나 공식문서에 예가 보인다. 우리나라 사역원에서 만든 통역사를 위한 일본어교과서 『첩해신어』에도 소로(候) 문체의 서간문으로 구성된 부분에 예가 나타난다.

> さくしつのされいき*さま*の御とりもちにむしにあいすみひとしうたいけい
> にそんしたてまつり候 (原刊本 十7才)
> 어제 다례는 귀하의 주선으로 무사히 끝나 매우 기쁘게 생각하옵니다.

당시에 공식문서나 서간문에 쓰이는 2인칭으로 높은 존경도를 나타내는 손코사마(尊公様), 기코사마(貴公様) 등이 있는데 기사마는 존경 접두어 き(貴)와 존경접미어 さま(様)만의 결합이며 또한 이는 한자어와 고유어가 결합된 것이다. 이렇게 '기'와 '사마'는 각각 높여야 할 명사를 지니지 못한 불완전한 결합으로 출발부터가 특이했다.

기사마는 상당히 높은 존경의 뜻을 나타냈다는 설도 있으나, 실제로는 최고의 높임말은 아니었다. 무사들의 공식문서에 보이던 기사마는 에도시대 전반기에 서간문 전용에서 탈피하여 회화체에 등장하게 되면서 대우가치도 약해졌다. 무사가 아닌 사람들도 쓰는 등 사용계층이 넓어지고 여성이 친근감을 갖고 남자에게 높임말로 쓰기도 하였다. 그러나 당시에는 상대를 꽤 높여 주는 경어로서의 지위를 유지하고 있었다.

貴様もよろづに気のつきさうなるおかたさまとみえて (好色一代男 卷一)
댁께서도 모든 일을 잘 가름하실 분인 것 같아서

이렇게 남녀 구분 없이 사용되던 기사마는 에도 후기에는 친근감이 강조된 대등한 관계 또는 손아래사람에게 쓰기도 하므로 전반기보다 상당히 거칠어졌지만, 한편으로는 어느 정도 품위를 유지하고 있었다. 그러나 메이지시대에 접어들어서는 그 대우가치가 현저하게 떨어져서, 현대어와 같은 용법으로 쓰인다.

메이지시대의 소설 『곤지키야샤』(金色夜叉)의 유명한 장면-아타미 해안에서의 변심한 연인과의 작별 장면-에서 변심한 연인에게 하는 욕에 기사마가 쓰이는 등-宮, おのれ, おのれ, おのれの姦婦. やい, 貴様のな: 미야, 너, 너, 너 이 간부(姦婦)야. 야 니가- 품위없는 2인칭 대명사로서의 모습을 보인다. 그 후 기사마의 가치는 더욱 하락하여, 처음 무사들과 연관된 품위는 간 데 없고 지금은 상대를 비하할 때 쓰는 남성들의 욕이 되어버렸다.

일본어는 품위있는 쪽으로 언어가 발달되었으므로 '욕'으로 분류되는 말은 그다지 많지 않다. 그러나 어감으로는 한자어의 느낌이므로 격(格)이 높을 것 같은 기사마가 실제로는 욕으로 인식되는 것이다. 다음은 실제로 필자의 지인이 겪은 기사마에 얽힌 경험담이다.

서울 주재의 종합상사에 근무하는 한국인 직원과 일본인 주재원 간에 업무관계로 일본어로 언쟁이 일어났는데, 어느 순간부터 한국인 직원이 처음의 기세와는 달리 슬그머니 화해 무드로 끌고 갔다. 그래서 흉하지 않게 싸움은 끝이 났는데 나중에 들으니 일본인 주재원이 기사마 운운하면서 자기를 대우해 주는 것을 보고 내가 너무 했나 싶어 그냥 끝냈다는 것이다. 그 한국인 직원은 나중에야 일본인 주재원이 기사마라고 자기를 우대한 것이 아니고 욕한 거라는 걸 알고 어이없어 했고, 일본인 주재원은 정중하게 사과했다. 만약 한국인 직원이 미리 기사마의 사용법을 알았다면 그 싸움은 어떻게 되었을까? 모르는 것이 약인지 아는 것이 힘인지 판단하기 힘든 경우다.

기사마는 말의 가치가 극단적으로 하락한 예이나 다른 2인칭 대명사도 역시 대우 가치 하락의 길을 걷고 있다. 현대어에서 쓰이는 2인칭대명사 중 가장 존대감이 높은 것은 아나타(あなた)이다. 그러나 아나타를 손윗사람에게 쓸까? 아마 상식적인 사람이라면 쓰지 않을 것이다. 현대어에 있어서는 상대방을 지적해서 무어라 칭하는 것조차 결례로 느껴져 그냥 지칭사 없이 전체의 문맥의 서술 부분 등에 상대방에

대한 존대의 뜻을 표시하게 된다. 아나타는 오히려 불특정한 사람에게 쓰는 말로 통용되고 있으며, 영어 you의 번역어로서 애용되고 있다. 또 한편에서는 친근감을 갖고 대등한 관계에서 쓰거나 아랫사람에게 품위를 갖추며 쓰는 말이 되었다.

그러나 옛날에는 손윗사람에게도 인칭대명사를 썼으며 쓰임새도 차등을 보이고 있다. 아나타는 본래 '저쪽' 또는 '그쪽'이라는 방향을 나타내는 말이었지만 인칭대명사로 쓰인 예는 에도시대부터인데, 품위있는 계층의 사람들이 손윗사람에게 높은 존대감을 나타내며 쓰던 2인칭 대명사였다.

오마에(おまえ)는 현대어에서 젊은 남자들이 주로 쓰며 품위도 떨어진다. 그러나 오마에는 에도시대 내내 손윗사람에게 썼으며 에도 말기의 닌조본(人情本)에는 어머니한테 사용한 예도 보인다.

현대어에서 동등한 관계에서 남성들이 쓰는 기미(君)는 이미 상대(上代)부터 사용한 어휘로 주군이나 왕을 지칭하거나 2인칭 대명사로서는 손윗사람에게 썼었다.

이처럼 2인칭 대명사는 시대의 흐름과 함께 빠르게 대우가치가 변해 왔으며 각 시대별로 쓰이다가 사라진 것들도 많다. 에도시대에 쓰이던 고나타(こなた), 소나타(そなた) 등 많은 2인칭 대명사는 자취를 감추고 아나타, 오마에, 기사마 등은 대우가치가 하락하여 그 옛날의 영광을 뒤로 한 채 그나마 명맥을 유지하고 있다. 그러나 그들도 이미 새로운 인칭대명사들에게 자리를 물려줄 준비를 하고 있는지도 모른다.

45. 궁 추녀 밑에 있는 원숭이의 사연

【김영민】

도쿄(東京)의 우에노(上野) 역에서 JR로 2시간 정도 달리면, 불교와신도(神道)의 중심지인 닛코(日光)에 도착한다. 닛코의 가장 대표적인 유적으로는 도쇼구(東照宮)를 꼽을 수 있는데, 일본의 역사를 바꿔놓은 도쿠가와 이에야스(德川家康)의 영위가 안치되어 있는 곳으로, 도쿠가와 씨족의 힘과 부를 상징하는 곳이기도 하다.

이 도쇼구의 경내에 있는 건물 중 소위 신마(神馬)의 마구간[神厩]이라고 불리는 건물의 추녀 밑에는 원숭이의 조각이 있다. 원숭이가 말의 수호신이라는 신앙에 입각하여 원숭이의 일생을 조각해놓은 것인데, 그중에서 3마리의 특별한 원숭이가 눈길을 끈다. 한 마리는 눈을 가리고 있고, 다른 한 마리는 입을 가리고 있으며, 나머지 한 마리는 귀를 가리고 있다.

이 3마리의 원숭이를 일컬어 순서대로 미자루(みざる), 이와자루(いわざる), 기카자루(きかざる)라고 한다. 원숭이 모습만을 보고 짐작해 보자면, みざる는 눈을 가리고 있으니까 '보지 않는 원숭이', いわ

ざる는 입을 가리고 있으므로 '말하지 않는 원숭이' 그리고 손으로 귀를 막고 있는 きかざる는 '듣지 않는 원숭이' 정도로 생각할 수 있을 것이다. 그렇다면 이 이름에는 과연 어떤 숨은 뜻이 있으며, 무슨 이유로 원숭이를 통해 표현하려 했는지가 궁금해진다.

みざる, いわざる, きかざる의 ざる에는 부정의 의미가 있다. 즉 기본형 ざり의 활용형인 ざる는 '~하지 않다'의 의미를 지니는 것이다. 그러니까 みざる는 みる(見る : 보다)라는 말과 '자루'가 복합되어 '보지 않는다'라는 의미가 되고, 마찬가지로 いわざる는 いう(言う : 말하다)와 '자루'가 복합되어 '말하지 않는다'가 되며, きかざる는 きく(聞く : 듣다)와 '자루'가 복합되어 '듣지 않는다'는 뜻을 나타내게 된다.

즉 '다른 사람의 결점이나 잘못 또는 자신에게 불리한 것은 보지도 듣지도 말하지도 않는다'는 의미를 가진 일본 속담 중의 하나인 것이다.

시집을 가면 '귀머거리 3년, 장님 3년, 벙어리 3년'이라 하여, 듣고도 못 들은 척, 보고도 못 본 척, 하고 싶은 말이 있어도 끝까지 참아내야만 온전히 시집살이를 잘 견뎌낸 지혜로운 며느리가 될 수 있다는 우리의 옛 이야기와 일맥상통하는 것이다.

이 같은 이야기를 원숭이를 통해 표현하고 있는 것은, 말의 수호신이라는 신앙과 함께 일본어로 원숭이를 나타내는 さる(猿)라는 말의 음운이 부정표현인 ざる와 동일한 데서 기인한 것이다.

그렇다면 부정의 의미를 나타내는 ざる는 어디에서 비롯되었을까? 우선 일본어에서 부정을 나타내는 표현을 거슬러 올라가면 가장 오래된 형태로 'に'가 있지만, 이 표현은 서기 8, 9세기경의 상대(上代)의 문헌에서도 그리 많지는 않다. 부정을 나타내는 것으로 많이 쓰인 것은 ず이다. ず는 に에 さ행변격동사 す가 합해져서 된 것인데 다음과 같이 변화를 거쳐 ざり가 된다.

ず : ni+su → nisu → nsu → nzu → zu
ざり : zu+ari → zuari → zari

이와 같이 부정의 의미를 나타내는 ず에 あり가 접속되어 ざり가 되었다. 그래서 ざり는 부정을 나타내는 ず에다가 あり의 의미까지 더하여 '~하지 않고 있다'와 같이 상태의 의미를 더한다. 그러니까 앞에서 나온 추녀 밑의 원숭이가 나타내는 정확한 의미는 '보지 않고 듣지도 않고, 말하지도 않는 상태를 유지한다'는 의미가 되는 것이다.

여기서 한 가지 의문이 생기는 것은, ざる의 기본형은 ざり이기에, '보지 않고 듣지 않고 말하지 않는다'는 표현을 하려면 みざり · いわざり · きかざり라고 해야 마땅함에도 불구하고 みざる · いわざる · きかざる라고 하고 있다는 점이다.

사실 '자루'라고 하는 형태는 연체형(連体形)으로 뒤에는 반드시 체언이 오게끔 되어 있는데, 10세기 경인 중고(中古) 이후 이러한 규칙이 서서히 바뀌기 시작하더니, 13세기경 중세 중기에 이르러서는 동사와 형용사의 연체형이 종지형(終止形)을 대신하게끔 되었다. '자루'의 경우도 동사나 형용사와 같은 과정을 거치게 되어, '~하지 않다'라고 하는 종지(終止)의 의미를 나타낼 수 있게 된 것이다.

현대일본어에서 부정의 의미를 나타내는 ぬ의 사용을 거슬러 올라가 보면, 부정의 의미를 갖는 표현의 종지형 ず가 본래는 연체형이었던 ぬ에게 종지형의 자리를 내어주게 되면서 비롯되었음을 볼 수 있다. 부정을 나타내는 조동사의 기본형으로 자리잡게 된 ぬ는, 오늘날 관서(関西) 지방의 말투인 かかん(書かん:쓰지 않는다), すんまへん(미안합니다)에서 보는 바와 같이 ん으로 바뀌게 되고, 관동(関東) 지방에서는 ない로 변했다.

부정의 의미를 나타내는 ざる의 쓰임은, 이와 같이 7, 8세기의 문헌에서부터 현대에 이르기까지 다양한 용례를 보이며, 또한 ぬ, ず 등의 표현과 더불어 몇몇 어휘에 그 흔적을 남겨놓아, 현대어에서 주로 부정의 의미를 나타내는 ない와 잘 어우러져서 일본어의 부정어를 형성하고 있다. 즉 다음과 같은 표현들이, 속담이나 격언 또는 관용적으로 굳어진 표현들 속에 남아 있다.

言わぬが 花 : 말로 하는 것보다 묵묵히 있는 것이 낫다.

言わざるをえない : 말하지 않을 수 없다.

猫要らず : 쥐약.

愛せずにはいられない : 사랑하지 않고는 견딜 수가 없어!

みざる, いわざる, きかざる도 역시, 이와 같은 표현 중의 하나로 현재까지 전해지고 있는 재미있는 용례라고 할 수 있다. 알고 보면, 도쇼쿠 신사의 추녀 밑에서, 눈과 입과 귀를 가리고 있는 3마리의 원숭이에는 '~하지 않다'라고 하는 의미의 ざる에서 '원숭이'라는 의미의 さる를 연상한, 낱말의 유희가 숨어 있었던 것이다.

이렇듯 현자(賢者) 원숭이는, 부정표현 '자루'를 안에 감춘 みざる, いわざる, きかざる라는 이름과 함께 4백년 가까운 세월을 지나 오늘날에도 '묵인하는' 지혜와 '~하지 않음'의 미덕을 가르쳐 주고 있는 것이다.

46. 현대어의 みず(水)는 みづ였다

【권동순】

히라가나 50음도를 처음 배울 때 이미 ぢ, づ의 발음이 じ, ず와 같다는 사실을 알게 된다. 하지만 옛날에도 과연 지금과 같았을까?

재미있는 사실은 현대일본어의 みず(水)가 옛날에는 みづ로 표기되었고 발음 또한 [mizu]가 아닌 [midu]로 발음되었다는 것이다. 또한 はじ(恥)도 옛날에는 はぢ로 표기되었으며 [haji]가 아닌 [hadi]로 발음되었다. 그렇다고 해서 현대어의 じ나 ず가 옛날에 모두 ぢ나 づ는 아니었고, 다음의 예에서 볼 수 있듯이 단어에 따라 엄격히 구분되어 쓰였다.

じ : ぢ ふじ(富士) もじ(文字) : ふぢ(藤) はぢ(恥)
ず : づ みず(見ず) かず(数) : みづ(水) まづ

그렇다면 왜 그리고 언제부터, 어떠한 과정을 거쳐서 현대어에서와 같이 ぢ, づ의 발음이 じ, ず로 동화되어 통합되었는지 궁금하지 않

을 수 없다. 이를 함께 살펴보기로 하자.

1. 변화의 배경

먼저 じ, ぢ, ず, づ의 4가지 탁음을 요쓰가나(四つ仮名)라고 하는데, 이미 무로마치(室町) 시대 중기부터 혼란을 일으키게 된다. 이러한 현상을 일본어학에서는 '요쓰가나의 합류' 또는 '혼동'이라고 부른다.

혼란이 발생하게 된 근본적인 원인은 だ행의 ぢ, づ 자음이 변화하면서부터이다. 문헌상으로 가마쿠라(鎌倉) 시대까지 た행과 だ행의 자음은 음성적으로 무성음과 유성음이 잘 대립하고 있는 것으로 나타나 있다.

た행 : ta **ti tu** te to

だ행 : da **di du** de do

하지만, 무로마치 시대에 들어오자 た, だ행은 이러한 단순한 대립관계가 무너지고, i 모음과 u 모음의 자음이 파열음에서 파찰음화(ti>t∫i, di>dʒi , tu>tsu, du>dzu)하여 다음과 같이 발음되었다.

た행 : ta **t∫i tsu** te to

だ행 : da **dʒi dzu** de do

위의 た행의 음은 현재와 똑같지만, だ행의 [dʒi], [dzu]는 현대어에서 ち와 つ를 발음할 때와 입 모양은 같아도 유성음을 낸다는 점이 다르며, 아직도 일부 방언에서는 사용되고 있다.

한편 이 시기의 さ행과 ざ행 자음은 た, だ행과 마찬가지로 무성음과 유성음으로 잘 대립하고 있었다. 다만, i모음과 e모음의 자음이 지속적인 마찰음이었다는 것이 특징으로 무로마치 말기 기리시탄 자료의 로마자 표기에서 せ는 シェ, ぜ는 ジェ로 발음되었던 것으로 추측된다.

さ행 : sa ʃi su ʃe so

ざ행 : za ʒi zu ʒe zo

이렇게 하여 さ행과 た행, ざ행과 だ행을 비교해 보았을 때, 청음은 음성적으로 확실하게 구분되었지만, 탁음은 i모음과 u모음의 자음이 다음과 같이 서로 비슷해지고 있었다.

ざ행 : za ʒi zu ʒe zo

だ행 : da dʒi dzu de do

즉 だ행의 [dʒi], [dzu]는 파열과 마찰이 거의 동시에 발생하여 마찰음이 지속하는 파열마찰음(=파찰음)으로, 그 마찰음의 성격이 ざ행의 [ʒi] [zu]와 같았기 때문에 발음이 유사해져서 결국 ぢ, づ와 じ, ず가 혼란을 일으키기 시작했다.

2. 요쓰가나(四つ仮名)의 합류

위와 같은 배경으로 じ와 ぢ, ず와 づ는 발음상 구별이 없어져 그
동안 단어에 따라 구분되었던 표기에 혼란이 발생했다. 이러한 혼동이
일반화되기 시작한 것은 대략 무로마치 말기인데, 에도(江戸) 초기에는
널리 확대되기 시작하여 교토에서는 겐록기(元禄期, 1688~1704)에 이
르러 구별이 완전히 없어진 것으로 보인다.

16세기 말 일본에 온 포르투갈 선교사들은 일본어를 로마자로 표
기한 문헌을 간행하였는데, ざ행과 だ행의 로마자 표기를 다음과 같이
구분하였다.

> ざ행 : za **ji** **zu** je zo : fi**ji**(ひじ, 祕事) ne**zu**mi(ねずみ)
> だ행 : da **gi** **zzu** de do : fi**gi**(ひぢ, 肘) mi**zzu**(みづ, 水)

당시 로드리게스의 『니혼분텐』(日本文典, 1601년)을 보면 교토에서
도 요쓰가나의 혼동이 상당히 있어서 ほんじ(本寺)를 ほんぢ로, ぢばん
(地盤)을 じばん으로, 參らず를 參らづ로, みづ(水)를 みず로 잘못 발음
하고 있으며, '제대로 발음하는 사람이 적다'고 기술하고 있다. 이런 점
에 비추어 위와 같은 표기상의 구별은 실제 발음상 구별이 명확했음을
나타내는 것이 아니라, 선교사들이 규범적인 일본어를 습득하기 위하
여 규범적인 표기를 한 것으로 파악해야 할 것이다.

1695년에 간행된 『가나모지쓰카이겐슈쿠료코슈』는 요쓰가나를 구
별할 것을 주장하며, しじみ(蜆), ちぢみ(縮), すずみ(凉), つづみ(鼓)

와 같이 요쓰가나 표기가 포함된 단어를 수집하여 제시하고 있다. 이것은 당시에 이미 じ와 ぢ, ず와 づ의 발음을 완전히 구별할 수 없게 되어 사전에 의지하지 않고는 구별이 곤란했음을 입증하는 것이며, 또한 요쓰가나를 인위적으로 구별·유지하려고 노력했음을 말해 주고 있다. 이 시기에 ぢ, づ는 일반적으로 [ʒi], [zu]로, ん 다음에 올 경우에는 [dʒi], [dzu]로 발음되었던 것으로 추정된다.

3. 발음과 표기의 일치

이상과 같은 과정을 거쳐 だ행의 ぢ[di], づ[du]의 발음이 ざ행의 じ[ʒi], ず[zu]에 완전히 합류되었다. 그러나 실제 발음과 표기의 일치는 1946년에 공포된 현대가나표기법에 이르러서야 가능해졌다.

옛 표기법의 ぢ와 づ를 각각 じ와 ず로 고쳐 표기하되, 둘의 복합과 동음연속으로 발생한 ぢ와 づ는 그대로 표기해도 좋다는 예외 조항 -鼻血(はなぢ), みかづき, ちぢむ, つづく-을 두었고, 이러한 과정을 거쳐 みづ(水)는 비로소 완전한 みず가 될 수 있었던 것이다.

47. 가부키는 왜 듣기 어려운가?

【다카하시 마리코】

　노(能), 교겐(狂言), 가부키(歌舞伎)는 각각 오랜 역사와 독특함을 자랑하는 일본의 대표적인 전통극이다. 이들 가운데 가장 인기가 있는 것은 가부키지만 무슨 말을 하는지 도통 대사를 알아들을 수 없다거나 내용을 몰라 이해하기가 어렵다며 멀리 하는 일본인도 적지 않다.

　일본어인데 왜 일본인이 어렵다고 할까?라는 의문이 들겠지만, 아마도 고전극이다 보니 현대어와는 다른 표현이 많아서 배우의 대사가 쉽게 머리 속에 들어오지 않는다는 점 때문일 것이다.

　그러나 일본인이 무심코 일상적으로 사용하는 말 중에는 가부키를 비롯한 전통예능에서 유래한 것이 많다. 자신의 가장 자신이 있는 재주를 뜻하는 십팔번(十八番)을 시작으로 미남을 가리키는 니마이메(二枚目), 우스꽝스러운 남자를 지칭하는 산마이메(三枚目) 등과 함께 미에오키루(見得を切る)-자기 과시를 하다-, 센슈라쿠(千秋楽)-공연 등의 최종일-, 마쿠노우치(幕の内)-막간-라는 말도 있어 가부키가 오랜 동안 서민생활 속에 자리잡았음을 짐작하게 한다.

4백 년이라는 오랜 세월을 거치며 가부키의 연출 연기는 양식화(樣式化)되면서 유동성을 잃게 된다. 예술성은 높아졌지만 형식을 중요시하는 바람에 시대감각이 뒤떨어지게 되었고, 대사도 역시 구두어와의 차이가 나기 시작했다. 특히 음악에 맞추어서 미문조(美文調)로 말하는 부분은 현대인에게는 알아 듣기 어려운 부분이다.

유명한 스케로쿠(助六)를 예로 들어 보자.

사랑하는 님을 기다리는 마음을 표하고 있는 부분. (중략) 유녀(遊女) 아게마키가 그토록 사랑하는 스케로쿠가 무대 위에 등장하는 것을 관객에게 알려 주는 부분.

思ひ染めたる五所、紋日待日の**のよすがさへ**、こどもが便り待合の、辻うら茶屋にぬれてぬる、雨の箕輪のさえかゐる(中略) 新造命をあげまきの、これ助六の前わたり、風情なりける次第なり

주인공 스케로쿠(助六) 등장 장면인데, 오모이소메타루(思ひ染めたる), 이쓰도코로(いつどころ), 몬비마치비노(紋日待日の), 요스가사에(よすがさへ)와 같이 시치고쬬(七五調) 리듬으로 음곡(音曲)에 맞춰서 노래하듯이 대사가 이루어지고 있고 연극적인 효과를 표출한다.

스케로쿠가 등장한 다음에는 바로 이러한 대사가 이어지는데 빠른 템포로 바쁘고 화려한 유곽에 대한 이미지가 대사에서도 느껴진다.

卷山：助六さん ちゃっとここへござんせいなア

卷絹：誰やらが待兼てであらうぞへ

皆々：早ふここへござんせいなア

助六：どふでんす どふでんす いつ見ても美しいお顔 そんならぶしつけな

　　　がら、わっちやア割り込みだよ

마키야마 : 스케로쿠 씨, 잠깐 들렀다가 가시지요.

마키기누 : 누군가(=아게마키) 많이 기다리고 있을터인데.

다 함께 : 빨리 이쪽으로 들어오세요.

스케로쿠 : (인사조로) 어떻게 지냈어요? 언제 봐도 아름다운 얼굴들이네

　　　요. 그럼 실례지만 들어가도록 하겠습니다.

예문을 하나 더 들어 보자.

母樣(かかさま) 私(わし)も一緒に行きたいわいのう

어머님 저도 함께 가고 싶어요.

이것은 겨우 9살난 어린 남자 아이의 대사인데 자신을 와시(私),
모친을 가카사마(母樣)라고 부르고 있다. 대명사는 말을 하는 자의 성
별·나이·직업·대화의 상대가 누군가에 따라서 다양한 양상을 띤다.
　남성들의 1인칭에는 おれ, わし, おいら, み(身), せっしゃ(掘者),
わたし, わたくし가 있고, 2인칭에는 うぬ, われ, おぬし, おのれ, そ

ち, きさま, てまえ, そなた, こなた, あなた, おまへ 등이 있다. 여성들이 쓰는 말로 1인칭에는 わっち, わし, わたし가 있고, 2인칭은 こなさん, こなた, そなた, おまへ 등이 있는데, 또한 유녀가 손님에게 2인칭 ぬし를 사용하고 있다.

아울러 친족에 대한 호칭을 살펴 보면, 어머니는 가카사마(かかさま), 오카카상(おかかさん), 하하비토사마(母人さま), 하하자히토(母じゃ人), 아버지는 도토사마(ととさま), 형이나 오빠는 아니자히토(兄じゃ人), 아니상(兄さん) 등을 사용하고 있다.

それはしたり、どうしたものの<u>じゃ</u>、大きな形(なり)をして後追うのか、御覧(ごろう)じませ。形は大きゅうても、まだ頑是(がんぜ)がござりませぬ。

이건 어처구니가 없구나. 어찌된 일이냐. 다 큰 애가 엄마를 따라 올 것이냐. 몸은 컸어도 분별은 아직 없어요.

앞에서 기술한 9살난 아이에 대한 어머니의 대사이다. じゃ는 단정표현인 である의 る가 탈락해 생긴 말이다.

そりゃ<u>道理</u>でござりまする。どりゃ、おばが良い物をやりましょうぞや。モシ、ツイ戻ってやり<u>なせえ</u>なア。

그건 지당하십니다. 자, 내가 좋은 것을 줄게요. 모시(=어머니를 부르는 말), 빨리 돌아와 줘요.

ござりまする는 전 시대에는 ござる만 해도 존경어로 높은 경의(敬意)를 나타냈다. 그러나 점차 경의가 낮아지면서 まする와 연결이 되어 많이 사용되었다. なせえ는 なさる의 명령형인 なさい의 음이 변화한 것이다.

우리들이 현재 사용하고 있는 말은 각각 긴 역사를 가지고 있다. 그 어원을 찾고 또한 일상어로 변화하는 과정을 짚어 보면, 어원의 뒤안길에는 다양한 인간사회의 양상에 감추어진 참으로 흥미로운 전통예술의 세계가 펼쳐지고, 또한 변화의 과정에는 시대와 함께 서민이 길러 온 풍요로운 말의 세계가 펼쳐지는 것을 볼 수 있을 것이다.

48. 신분에 따라 달라지는 말투

【엄필교】

　근세에 접어들면서 일본은 '사농공상'(士農工商)이라는 엄격한 신분 제도가 생겼고, 각각의 신분들 사이에서 사용하는 언어의 차이가 현저해졌다. 그러나 전쟁이 없고 평화로운 세월이 오랫동안 계속되는 가운데서 무사계급은 원래의 직능을 수행할 일이 없어짐으로써 사농공상의 벽이 조금씩 허물어지고 그런 배경은 언어에도 영향을 미치게 되었다.

　이처럼 신분의 벽이 없어져 가는 시대의 사회집단 간의 언어 유통에 관하여 살펴보기로 한다.

1. 무사어(武士言葉)

　근세의 무가사회는 무로마치(室町) 시대의 문장어를 바탕으로 하면서, 당시 사용하던 구두어(口頭語) 중 비교적 보수성이 강한 말들을 계승하여 자신들의 말로 형성해 갔다. 예를 들어, 형용사의 활용종지형에는 し를, 활용연체형에는 き, 그리고 완료의 조동사에는 たり, たる 등을 사용하였다.

이러한 무사어가 만들어진 배경으로는, 먼저 각각의 사투리를 사용하던 무사들 간의 통일된 공용어의 필요성에 의해 그리고 그들의 품격유지와 다른 계급신분과의 구별이라는 질서 확립이 절실했기 때문일 것으로 짐작된다. 이를 위해서는 무로마치 시대의 구어를 세련된 문장어로 만들어야 할 필요가 있었을 것이다.

근세 후기 무사어의 특징으로는 문어적 표현과 잦은 한자어 사용을 들 수 있다. 먼저, 인칭대명사로 자칭에는 掘者, みども, お身, 自分, 身, わが를, 대칭에는 貴殿, 貴所, そのもと, お手前さま, ご自分さま, 御自分, そち, その方, 貴公様, 貴公 등을 사용했다.

또한 호칭에 대한 접사에는 氏를 사용했으며, 문어적(文語的) 표현으로 다음과 같은 것들을 볼 수 있다. しかるところ, なんぞ, すなわち, いはば, あらば, なれば, ますれば, まする 등과 종조사의 て, 그 외에 不屈, 苦しくない(지장이 없다) 등을 사용했다.

무사어의 주요 형성지는 에도였고, 주역은 상주하는 무가들이었는데, 그들이 공용어로 사용한 말이 전국의 무사어가 된 시기는 대략 17세기 전반으로 본다. 그 후 무사들이 에도의 조닌(町人)들과 빈번한 교류를 했으므로, 그들의 말은 점점 조닌사회로 흘러 들어갔고 언어가 뒤섞이면서 점점 세련되어졌다.

무사어가 조닌사회로 유입된 또 다른 경로는 오야시키보코(お屋敷奉公)를 통한 것이었다. 오야시키보코란 부유한 상인가의 딸들이 돈을 지불하고 무가의 저택에 들어가서 일을 배우는 풍습이었다. 이를 통하여 상가의 딸들이 무가의 예의범절과 '오야시키어'를 익히게 되고, 후

에 집으로 돌아간 그들이 가게의 여주인이 되어 자녀들에게나 점원들에게 그 말을 가르친 것이다.

이러한 경로들을 통하여 에도의 조닌과 무사어가 교류하고 순화된 결과, 막부(幕府) 말기의 닌조본(人情本)-에도시대 후기에 일반 서민의 애정 생활을 묘사한 풍속소설-과 같은 작품 속에서는 도쿄표준어에 상당히 가까운 품위있는 말들을 많이 볼 수 있다.

2. 유녀어(遊女語)

에도시대 초기에 전국 주요 도시에는 유곽이 공식적으로 허용되었는데, 교토의 시마바라(島原)를 비롯하여 25곳에 유곽이 있었다. 그중 유명한 곳이 에도의 요시하라(吉原)와 교토의 시마바라 그리고 오사카의 신마치(新町)였다. 이 3곳의 유곽에서는 유녀들이 특수한 말을 사용하였는데, 이를 유녀어(遊女語)라고 한다.

유녀들은 전국 각지에서 모여들었는데, 이를테면 경어가 없는 지방에 태어난 사람이나 각 지방의 방언 속에서 자란 사람들이 서로 섞여 생활했고, 18세기 말에는 6천여 명에 이르렀다고 한다. 이처럼 각지에서 모여든 사람들은 자신의 사투리를 숨기기 위해 공통적으로 사용할 말이 필요했을 것이고, 또한 그들의 독특한 정서를 표현하려는 의도에서 유녀어가 발생했을 것이라고 한다.

이같은 배경으로 만들어진 유녀어는 일반인들이 사는 마을의 언어와는 다른 정취나 분위기를 가졌고, 일상생활을 벗어난 세계를 추구하려는 특징을 지니고 있었다. 그곳을 드나드는 유객들 역시 이 독특한 언어를 즐겨 사용하게 되고, 그들을 통해 유녀어는 일반 마을로도 전해졌다.

야마자키 히사유키(山崎久之)의 설명에 따르면, 특히 유녀어에서 사용되던 동사 ざんす와 보조동사 ざます 등은 근대화된 메이지(明治) 시대 상류여성들의 품위있는 말로 계승되었다고 한다.

하지만 유곽이라는 특수한 장소에서 특수계층인 유녀들에 의해 사용된 유녀어는 유흥을 위한 장난스러운 말이라는 성격이 강했다. 그리고 유곽의 중심은 손님이기 때문에 유녀어는 당연히 접객용어로서의 성격을 띠게 되어 경어가 풍부한 점을 특징으로 들 수 있다. 유곽에서 사용하는 경어표현은 조정이나 무사계급의 말과 닮아 있었고, 유녀들은 일부러 남성어를 사용하였다는 점도 지적할 수 있다.

에도 후기의 대표적인 유녀어의 인칭대명사로, 자신을 칭할 때는 わちき, わっち, おいらん을, 그리고 대칭대명사로는 ぬし, おまはん 등을 사용하였다. 상류계층에서는 대칭대명사에 존경의 뜻을 나타내는 접두사 お를 붙여 おぬし를 사용했지만, 유녀어에서는 접두어 お를 사용하지 않았는데, 그 이유는 유곽에서는 손님을 신분의 귀천에 관계없이 일률적으로 대했기 때문이다.

문말의 표현과 술어의 사용에 있어서는 독특한 점이 보이는데, ござんす, あんす, なんす, りんす와 같이 んす를 사용하는 단어가 많다. 이는 훗날 일반어인 ます와 교체되었고, 그 결과 でありんす가 であります로 변화한 것이다.

그리고 なます는 유녀어인 なんす가 일반어인 ます표현의 영향을 받아서 변화한 말이다. 이 외에도 유녀어의 영향을 받아 에도의 일반사회에서도 사용했다는 ございやす, ぞざいす, ごぎえす, わちき, ざます 등이 있다. 이 가운데 ございやす, ぞざいす, ごぎえす는 오카바쇼(岡場所)-에도시대 요시와라 이외의 유곽-에서 사용하던 말이지만 일반인들도 사용한 것으로 보인다.

위에서 살펴본 것처럼 에도사회에서는 유녀어가 일반인들에게 그다지 큰 영향을 주지는 못했다. 그 이유는 당시 에도인들의 규범이 된 말이 무가(武家) 사회에서 사용하던 오야시키어(お屋敷語)-무가계급이 사용하는 교양있고 품위 있는 말-였기 때문에 유녀어가 유입되기 어려웠을 것이다.

반면 가미가타(上方)-교토지방-의 유녀어는 가미가타어 전반에 큰 영향을 끼쳤다. 겐로쿠(元祿:1688~1704) 시기에 일반 여성들이 사용하던 こなさま, こなさん, ござんす, くだざんす, さんす 등은 원래 유곽에서 사용하던 말이었으며, 이 가운데에는 후기 가미가타어에서 일반 남성들이 사용한 말도 있다. 다시 말하면 유녀어를 일반여성들이 사용하게 되었고 점차 남녀 구별 없이 일반인들도 사용하게 된 것인데, 그 배경으로 당시의 유곽이 가지는 문화적 영향력을 꼽는 견해가 있다.

49. 목욕탕 안에서의 언어전쟁

【이계옥】

에도시대 목욕탕을 배경으로 한 시키테이 산바(式亭三馬)의 소설 『우키요부로』(浮世風呂) 중에서, 공중목욕탕 안에서 만난 두 여자, 교토어를 사용하는 가미(上)와 에도어를 사용하는 야마(山)의 교토어와 에도어에 관한 언쟁의 한 장면이다. 목욕을 하던 중에 시각을 알리는 소리가 밖에서 들려옴으로써 두 사람의 대화는 시작된다.

야마 : 벌써 10시야.

가미 : 무슨 소리야, 훨씬 전에 10시를 쳤어. 이제 곧 점심 때야. 우리집에

　　　가서 밥먹지 않을래? 오늘 점심은 교토식 '마루'(まる) 요리야.

야마 : 마루가 뭐야?

가미 : '자라'를 말하는 거야.

야마 : 에도에서는 자라를 세련되게 '후타'(ふた)라고 해.

가미 : '후타'라니 왜?

야마 : 뚜껑 모양이니까 후타야. 교토어로는 왜 마루라고 해?

가미 : 자라 등껍질이 둥그니까, 마루지.

야마 : 양쪽 다 잘도 갖다 붙였네.

이와 같이 자라(すっぽん)를 서로 다른 이름으로 부르기 때문에 처음에는 알아듣지 못했지만, 그 나름의 이유를 들어 붙인 이름에 대해 수긍하게 된다. 그러나 교토어와 에도어의 언쟁은 여기서 끝나지 않는다.

에도시대는 이원대립시대로 문어와 구어·에도어와 교토어·방언 및 계급적 언어의 대립현상을 보인다. 일본 근세의 교토어와 에도어는 1760년을 경계로 전기는 교토어가, 후기에는 에도어가 세력을 떨쳤다.

교토어는 무로마치(室町)시대 왕궁에서 쓰이는 말의 영향이 컸으며, 이것이 교토 서민 사이로 퍼지고 오사카(大阪)에 전해져, 교토와 오사카를 중심으로 사용된 말이다. 이에 비해 에도어는, 1603년 도쿠가와 이에야스(德川家康)가 에도에 막부를 설치하자 모여든 다양한 신분의 사람들과 산킨코타이(参勤交代)-지방의 제후가 한 해 걸러 에도에 올라가 막부에 근무하는 제도-, 호오코(奉公)-에도시대에는 신분이 사농공상으로 구분되어 있었으며, 그중 제일 신분이 높은 무사집안에 아이들을 종살이 보내는 것-와 같은 새로운 제도 등을 통해 지역 및 신분 간의 활발한 교류 속에서 발달한 말이다.

우키요부로는 에도어가 세력을 갖고 있는 시기의 작품이지만, 아직도 교토어가 완전히 세력을 잃지는 않았으며 에도어가 점점 세력을 형성해가고 있다는 사실을 내용 중의 언쟁을 통해서 알 수 있다.

그러면 이번에는 교토어와 에도어의 '이유'를 나타내는 말에 관한 언쟁을 보자.

> 가미 : '가라'(~から)가 뭐야?
>
> 야마 : '가라'는 '가라'지. '~때문에'라는 뜻이야. 그런데 왜 교토에서는 '가
> 라'라고 하지 않고 '사카이'(さかい)라고 해?
>
> 가미 : '사카이'란 경계선을 말해. 즉 사물이 끝나는 곳이 경계(さかい)이니
> 까 '그렇기 때문에'라는 뜻으로 사카이라고 하는 거야.

에도어에서는 이유의 뜻으로 '~가라'를 쓰고, 교토어에서는 경계라는 뜻을 가진 '사카이'가 원인 또는 이유로 쓰인다는 설명을 하고 있다.

이번에는 야마가 햐쿠닌잇슈(百人一首)를 햐쿠닌시(ひゃくにんし)라고 말한 것에 대해, 가미가 햐쿠닌슈(ひゃくにんしゅ)라고 고쳐 주는데, 이는 에도 발음에서는 しゅ를 し로 발음하는 경우가 많다는 것을 지적한 것이다. 또 가미는 야마가 '햐쿠닌슈'를 '샤쿠닌시'라고 하지 않은 것만도 다행이라고 여긴다. 왜냐하면 에도어에서는 ひ를 し로 많이 발음하고 있기 때문이다.

이처럼 발음이 달라 너무 알아듣기 어렵다며, 가미가 연극대사를 예로 들어 말하는 중 '꾸짖는 사람'의 뜻으로 히카리테(ひかりて)라고 하자, 야마가 바로 되받는다.

> 야마 : '히카리테'라니 ひかり는 번개란 뜻이야. 에도에서 꾸짖다는 시카루
> (しかる)라고 해.

교토어를 사용하는 가미가 ひ와 し를 혼동하자, 위에서 야마가 지적 받았던 것에 대한 되갚음이라도 하듯 바로 잘못을 지적한다. 동시에 교토어 발음이 에도어와 달라 알아듣기 어려운 예를 묶어서 설명하고 있다.

	叱る	利口	立派	狐
교토어	ひかる	じこう	ぎっぱ	けつね
에도어	しかる	りこう	りっぱ	きつね

· · ·

에도시대 목욕탕 풍경

이러한 예를 통하여 알 수 있듯이 우키요부로는 교토어와 에도어의 극심한 혼돈상태의 언어생활을 하고 있음을 보여 주고 있다. 이와 같이 다르게 읽는 이유를, 에도어 사용자인 야마는 5음상통(五音相通)-일본어 오십음도의 세로줄 5음이 서로 바뀌어 움직이는 것-이니 뭐니해서 그럴 것이라고 이해하는 면도 보이고 있다.

그러면서도 야마는 박식한 사람에게서 들었다며, 연-한자음에서 m, n, t 다음에 온 あ, や, わ 3행음이 ま, な, た행으로 바뀌는 현상-에 의한 발음인 おんない(恩愛), くゎんのん(観音), えんにん(延引), ぜんなく(善悪)와 같은 예를 들며, 에도 발음의 타당성을 근거를 들어 제시하고 있다.

야마 : 잘 가르쳐 주었으니까 다음에 네가 에도어를 비웃으면 혼낼 줄 알아.

가미 : 그래? '간논'도 '~가라'도 다 좋은데, '간토베에'(関東べい)'는 왠지…

야마 : 그것도 『만요슈』(万葉集) 등등의 책에는 헤이헤이(へいへい)라는 말
이 있었데. 헤이(へい)는 베시(べし)라는 말이고, 이쿠베이(いくべ
い)는 '가야 한다'는 뜻이야. 지금도 만요시를 읊을 때는 '베이'라는
말을 사용한데. 이것도 학식있는 사람에게 듣고서 집에 써놓았으니
까 그 노래와 말을 같이 가서 보자.

가미 : '베이베이'라는 말에 무슨 이유 같은 것이 있어?

야마 : 이유가 없다니, 거짓말인지 내가 집에 가서 써놓은 것을 보여 주겠어.

가미는 '과'(くゎ)의 '가'(か) 직음-간논(かんのん)의 '가'는 관논(くゎん
のん)의 '과'를 직음 '가'로 발음한 것-과, 이유를 나타내는 ~가라(~から)
는 수긍하고 있지만, '간토오베에'의 ~베이(~べい)에 관해서는 무시하
며, 받아들이기를 꺼리고 있음을 엿볼 수 있다.

이상 목욕탕 안에서 벌어진 두 여자의 교토어와 에도어에 관한 언
어 전쟁을 통해 알 수 있는 것은, 일본 근세 후기에는 에도어가 세력을
떨치고 있음과 새로운 말이 세력을 갖기 위해서는 동시대인이 납득하
고 공감하여 사용할 수 있는 근거가 요구된다는 것이다.

50. 일본을 통일한 에도어, 그 이후

【한미경】

‘맥주, 시야시된 거로 주세요.’ 우리말에서 아직도 들을 수 있는 일본말인데 찬 맥주, 찬 콜라 등을 찾을 때 ‘시야시’ 된 것이라고 주문한다. 일본어 ひやし를 しやし라고 발음한 것인데, 이를 일본 도쿄의 시타마치(下町) 말과 관련지어 생각하면 흥미롭다.

일본어에서는 흔히 ‘언어전쟁’이라는 말을 쓴다. 전국적으로 지역 간에 언어전쟁이라 불리는 힘 겨루기가 있는데, 도쿄 안에서도 지역 간에 말이 다르고 각각 자기 말에 자부심을 갖는 일이 있다. 도쿄는 지역적으로 흔히 야마노테(山の手) 지역과 시타마치(下町) 지역으로 구분되며, 지역의 차에 따라 말도 야마노테어와 시타마치어로 나뉜다.

지금의 도쿄어에는 큰 차이가 나타나지 않지만 두 지역어의 특징을 들면서 살펴보기로 하자.

야마노테어는 메이지(明治) 이래 소위 표준어의 모태가 되었다고 하며, 시타마치어는 에도어의 전통을 이어받은 에돗코(江戸ッ子)들의 순수 에도말로 취급되고 있다. 이 토박이 도쿄인 즉 에돗코는 3대 이상 에도에 산 사람으로 자부심이 대단하고, 대표적인 발음 ひ, し의 구별이 안 되는 것도 은근히 자랑거리의 하나이다.

실제로 일본의 모 대학 국문과의 한 학생이 일본 국어사전에 숫자 4가 よん밖에 없다며 탓했다. 어렸을 때부터 いち, に, さん, し의 し가 사전에 없다고 알고 있었다는 것이다. 악센트 전공의 교수님을 만나 비로소 し를 못 찾는 이유를 알게 되었는데, 그 학생은 시타마치 태생이어서 ひ와 し의 구별을 제대로 하지 못하기 때문이었다. 그러니까 いち, に, さん, ひ로 생각하고 있었던 것이다. 이처럼 ひ, し를 혼동하는 시타마치 사람들은 ひろ(広)い橋를 しろ(白)い橋로 발음하여 '넓은 다리'가 '하얀 다리'가 되고, 도쿄의 지명 ひびや(日比谷)와 しぶや(渋谷)의 구별이 제대로 되지 않는다.

우리가 외국인으로서 배우는 것은 공통어로서의 도쿄어인데 이는 야마노테말이 중심이 된 것이다. 그러나 실제로는 시타마치어를 보면 도쿄어의 특징이 보인다.

양 지역 말을 크게 나누어 보면 야마노테 쪽이 품위와 격조를 찾는 대신 시타마치는 정겹고 서민적이다. 우선 친족호칭을 보면, 우리가 책에서 배운 것처럼 おねえさん, おにいさん하고 부르는 것은 야마노테이고, ねえさん, にいさん하는 것은 시타마치이다. 또 남성의 1인칭 대명사 ぼく는 야마노테, 남녀 구별없이 あたい를 쓰는 것은 시타마치였다. 말 끝에 쓰는 종조사도 야마노테는 いやだわ, いやだよ, 시타마치는 いやよ와 같이 말한다.

그뿐이 아니다. 도쿄에서 젊은 남자들이 말끝마다 '에-' 하고 발음하는 것을 들을 수 있다. 이 역시 시타마치어의 특징으로 うるさい를 うるせえ, すごいな를 すげえな로 발음하니까 그렇게 들리는 것인데 ai, oi를 e의 장음으로 발음하는 것이다. 또한 さけ(연어)를 しゃけ, サボテン을 シャボテン이라고 한다.

그 외에 촉음(促音 っ)과 발음(撥音 ん)을 확실히 발음하는 경향이 있는데, やっぱり, よっぽど, はじっこ, おんなじ, わかんない와 같이 발음하여 의사를 분명히 밝히는 것처럼 들린다.

TV 아나운서들이 비음을 써가며 발음하기 때문에 가장 모범적인 도쿄어라고 생각되는 が행 비탁음은 시타마치에서 많이 쓰는 콧소리인 것이다. 실제로 도쿄의 거리를 걸어보고 일본 친구들과 대화를 나눠 보면 콧소리를 내는 사람은 그다지 많지 않다.

시타마치는 신바시(新橋), 긴자(銀座), 교바시(京橋), 니혼바시(日本橋), 간다(神田), 우에노(上野) 등의 동쪽 상업지를 막연하게 가리키고, 야마노테는 대개 아자부(麻布), 아카사카(赤坂), 고지마치(麴町), 요쓰야(四ツ谷), 혼고(本郷), 유시마(湯島) 등의 서쪽을 가리킨다. 그러나 지역적인 차이를 말하는 이런 용어는 현재는 지역보다는 직업에 의해 좌우되는 경향을 보인다.

지역적으로 야마노테라고 해도 상점이나 직인이 많은 지역은 시타마치어의 색채가 강하고, 시타마치라도 직장에 근무하는 주민들이 많

은 경우 야마노테어의 양상을 보이기도 한다. 즉 주택가는 문화적으로
야마노테, 상가는 시타마치와 같이 구분할 수도 있는 것이다.

그러면 이러한 도쿄어의 언어 분쟁은 언제부터 시작되고 어떻게
흘러 왔는지 역사를 더듬어 보기로 하자.

에도어가 중앙어로서 등장하게 되는 것은 에도시대부터이다. 도쿠
가와 이에야스(德川家康)가 에도에 막부를 열었을 때 각지의 사람들이
에도로 이주해 오게 된다. 이때 에도의 토착민들 이외에 미토(水戶),
스루가(駿河), 오다하라(小田原)와 같은 동부지역에서 들어온 사람들과
이세(伊勢), 교토(京都) 등 관서지방에서 들어 온 사람들로 혼성된다.

이 시대의 쇼군케(将軍家)는 물론 상류층의 다이묘(大名)들도 여전
히 교토의 문화생활과 학문을 유지하고자 했고, 언어습관도 교토어가
리드하고 있었다. 그러면서도 토착 관동지역어에 교토의 언어를 혼합해
도시언어로서의 세련된 에도어가 형성되었다. 따라서 에도어의 역사는
교토어를 흡수하여 에도화하는 과정이라고 할 수밖에 없는 것이다.

이런 과정을 지나 19세기 초에 이르러 독립성을 지닌 에도어가 관
동지역을 대표하는 언어로서 표준적인 언어의 지위를 견고히 하게 되
었다. 에도어는 당시의 신분계급, 직업계층을 반영하는 복잡한 것이었
다. 당시는 신분에 따라 거주지역도 나누어져 있었고, 교제범위도 한
정되어 있었으므로 각 계층의 사용언어가 다를 수밖에 없었다. 지역적
으로 약간 높은 지역과 낮은 지역이 있었는데, 높은 쪽의 주로 무사들

이 거주하던 주택가를 야마노테라고 하고 낮은 지대의 번화가를 시타마치라고 불렀다.

에도시대는 중세에 비해 교육 보급율이 높아 무사들도 교양을 갖추게 되고, 서민교육도 이루어져 유식층이 늘어나게 되었다. 그러나 무사계급의 언어를 알 수 있는 직접적인 자료들은 구하기 힘들고, 주로 유곽에서 일어나는 언어표현들이 묘사된 유리어(遊里語)-유곽의 여성들의 언어, 유녀어-에서 그 흔적을 찾을 수 있다. 에도에 있어서 유리라는 것은 단순한 화류계가 아니고 예능과 함께 양대 축(軸)을 이룬다고 여겨질만큼, 유곽에서의 언어사용은 여러 계층의 사람들의 언어 사용이 복합적인 양상으로 나타나 후일 현대어의 모체로서의 양상을 보이기도 한다. 에도막부 말기에는 현재의 도쿄어로 이어지는 여러 요소가 나타나며, 상층 쵸닌계급이 사용하는 언어에는 후의 야마노테어의 원형이 보일 뿐 아니라 회화체에도 표준어의 품위가 나타나게 된다. 야마노테어는 당시의 무사들의 주거지를 중심으로 하기 때문에 에도의 무사계급의 언어의 흐름이라고는 하나, 그보다는 오히려 상류층 쵸닌사회의 말이라고 보는 것이 자연스럽다.

메이지(明治) 시대가 시작된 1868년에 에도는 도쿄가 되었고 일본의 수도가 되었다. 행정 수도로서의 도쿄에는 인구의 전출과 전입으로 잡다한 언어들이 쓰이고 있었다. 도쿄어라는 명칭이 보이는 것은 1877년 경인데, 점차로 에도의 상류층의 언어를 이어받은 야마노테어와 에도의 중하층 쵸닌의 언어를 이어받은 시타마치어로 이분되어 각각의 지역에서 정착하게 된다.

　메이지, 다이쇼(大正) 시대 문화의 중심은 어디까지나 시타마치였으며 토박이 에도어의 후신이라 할 수 있는 시타마치어가 도쿄어의 중심이었다. 그러나 관동대지진의 충격에 의해 시타마치어는 그 기반이 약해져 쇠락하게 된다. 관동대지진으로 도쿄 주민의 60%가 주거지를 잃었다고 하는데, 특히 피해가 컸던 시타마치 지역 주민들의 이주로 인한 인구 감소와 이에 따른 주변지역의 인구 증가로 도쿄 자체가 광역화되어 간다.

　한편 야마노테어는 메이지 시대 이래 계속된 야마노테 주택지의 발전과 함께 지역적인 확장을 보인다. 또한 메이지 이래로 야마노테어가 표준어로의 기반을 이루게 되며, 학교교육을 통해 전국적으로 퍼져 감으로써 도쿄어의 주역은 야마노테어로 옮겨갔다. 즉 도쿄어의 역사는 시타마치어에서 야마노테어로의 변화라고 할 수 있는 것이다.

　일본의 도쿄어를 대상으로 일어나는 언어전쟁의 역사는 에도어와 교토어에서 에도어가 승리를 했고, 도쿄어가 된 후에는 야마노테어와 시타마치어의 대립에서 야마노테어가 우위를 차지하면서, 오늘날에도 도쿄어와 인위적으로 만들어지는 공통어의 자리다툼이 끊이지 않고 계속되고 있는 것이다.

51. 100년 전의 일본어는
지금과 얼마나 다를까?

【이한섭】

말이란 갑자기 생겨나거나 어느 순간에 사라지는 것이 아니다. 그러므로 현재 일본 사람들이 사용하는 일본어도 과거 일본인들이 사용하던 말의 연장선상에 있다고 보는 것이 옳을 것이다.

그렇다면 백 년 전에 일본인들이 사용하던 일본어는 어땠을까? 결론적으로 말하면 입으로 하던 말-음성언어-이나 글로 쓰던 말-문자 언어-은 모두가 현재 사용하는 일본어와 상당한 차이가 있었다고 말할 수 있다.

우선 입으로 하던 말부터 알아보도록 하자. 2003년 5월 17일과 18일에 오사카여자대학에서 열린 일본국어학회(日本国語学会)의 춘계 학술대회에서는 진귀한 발표가 있었다. 1920년대 유럽에서 녹음된 일본어 자료에 대한 소개가 그것이었다. 일본인과 서양인의 대담 그리고 일본인끼리의 대화를 녹음한 것이어서 모두 발표를 흥미롭게 들었는데, 필자는 잘 알아들을 수 없는 부분이 많았다. 나중에 옆에 있는 일본인 학자에게 녹음 내용을 모두 다 알아들었는지 물어 보니 그도 역시

3분의 2정도밖에는 못 알아들었다고 했다.

녹음 자체가 선명하지 않다는 이유도 있으나, 80년 전의 일본어는 오늘날 쓰이지 않는 단어가 다수 있는가 하면, 'ぜんぜん'(全然)이 긍정과 호응하는 등 어법이 다른 것이 있고, 문말표현이 지금과는 다른-ちがった→ちごうた, なさいます→なさります, ~たまえ, ~でござる 등-것이 적지 않으며, 표준어가 정착되기 이전이라서 현대 젊은층이 알아듣기에 상당히 어려웠다. 이 자료는 지난 80년간 일본어의 음성언어가 상당히 변했음을 나타내는 귀중한 자료라고 볼 수 있다.

문자언어에 있어서는 일정한 표준이 아직 없었기에 개인별 · 계층별 그리고 문체적인 면에서 차이가 컸으며, 언문일치 또한 이루어지지 않았으므로 음성언어와의 차이가 현저하던 시기였다.

다음 사진에서 소개하는 문장은 유명한 모리 오가이(森鷗外)가 쓴 『마이히메』(舞姫)의 초반부이다. 이 글을 읽어 보면 백 년 전의 문장어가 지금과 얼마나 달랐는지를 잘 알 수 있을 것이다.

우선 사진의 문장이 지금 사용하고 있는 일본어와 다른 점을 들어 보면 아래와 같다.

1. 고전어 문장으로 되어 있다.

2. 가카리무스비(係り結び) 등 현대어에 사용하지 않는 어법이 사용되고 있다.

3. ば, を, つ 등 조사와 조동사 등 용법이 현대어와 다르다.

4. 中等室, 卓, いと 등 현재 사용되지 않는 단어가 사용되고 있다.

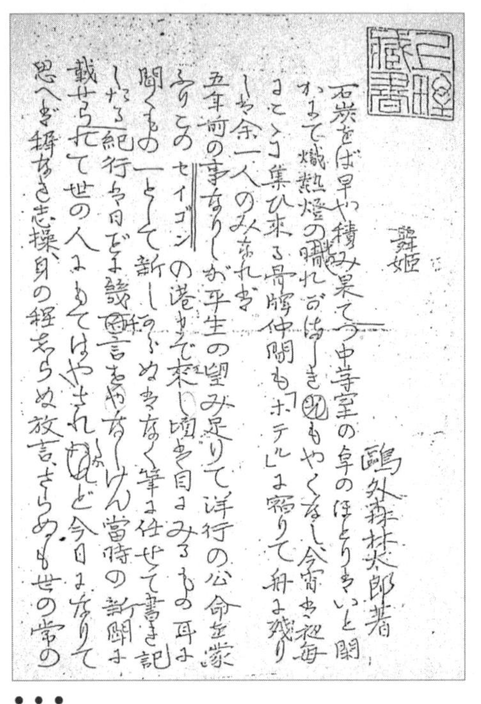

마이히메(舞姬 원고 사진)

소설이란 독자가 읽는 것을 전제로 쓰여지는 것이다. 모리 오가이도 독자가 자기 소설을 충분히 읽을 수 있도록 배려하며 이 소설을 썼을 것이다. 그렇다면 위의 문장은 지금의 보통 문장과는 많이 다르나 당시 사람들에게는 아주 익숙한 일반적인 문장이었을 것이다.

특히 가나 자체의 문제를 중점으로 파악해 보자면, 히라가나와 가타카나의 글자 모양이 오래 전부터 50음도에서 익혔던 글자 그대로였을 것이라는 생각을 가진 사람이 적지 않은데, 이는 사실과 다르다. 현재 사용하는 가나의 글자체는 메이지 시대인 1900년에야 비로소 확정된 것이다. 그전에는 한 음절을 나타내는 가나가 여러 개 있는 경우가 많았고, 글자 모양도 달랐다.

1870년대 이후 일본에서는 의무교육이 실시되는데, 가나의 글자체가 통일되어 있지 않다는 점과 한자의 독법과 용법 등이 복잡하여 교

육하기 어렵다는 점이 문제로 부각되었다. 그래서 일본 문부성은 1910년에 소학교령(小学校令)에 의거하여 과거부터 사용되던 가나의 자체(字体)를 정비하고, 각 음절을 나타내는 가나를 한 글자로 통일시켰다. 예를 들면 ka라는 음절을 표기하는 히라가나로 か와 加 등이 사용되던 것을 か 하나로 통일한 것이다.

이로써 현재 일본어에서 사용하고 있는 가나표가 완성되었고, 이때 50음도 글자에서 제외된 글자는 헨타이가나(変体仮名)라는 이름으로 불리고 있다.

가나의 자체 통일은 1900년 이후 교육현장에서 시작되었지만, 일반인은 1930년대까지 헨타이가나를 사용하는 일이 적지 않았다. 이러한 사정 때문에 백 년 전의 일본어를 잘 읽으려면 문어문법(고전문법)을 익혀야 하고, 또 당시 단어의 용법과 헨타이가나를 익히는 것이 무엇보다도 필요하다.

52. 개화기의 일본어는
서양인에게 어떻게 비쳤을까?

【이한섭】

일본의 개화는 한국보다 약간 앞선 1868년 메이지(明治) 유신부터 시작되었다고 보는 것이 일반적이다. 이보다 앞서 1858년 일본이 미국에 개항을 하게 되자 많은 서양인이 일본에 들어오게 되는데 이 시기에 일본에 들어와 거류한 서양인을 크게 나누면, 선교사, 외교관, 외국인 고문, 상사원(商社員) 등으로 나눌 수 있다.

서양의 선교사는 개항 이듬해인 1859년부터 일본에 입국했는데, 1930년대까지 일본에 파견된 선교사는 약 6천 명에 달했다고 한다. 외교관은 서양의 여러 나라가 일본과 국교를 맺고 주재원을 파견함에 따라 증가했으며, 그들의 가족까지 포함하면 상당한 숫자였다. 외국인 고문은 일본이 개항 이후 서양식 부국강병을 국가목표로 추진하면서 시작되었다. 이들은 일본에 와서 정부나 지방관청의 고문관, 교사, 기술자 등으로 활약하면서 근대적 지식과 선진 기술을 이식하는 역할을 담당했다. 1899년 이 제도가 폐지될 때까지 연간 약 6백 명 내지 9백 명이 초빙되었으며, 민간기업의 고문까지 포함하면 총 3만 명을 넘을 것으로 추정된다. 그리고 상사원은 일본이 근대 산업국가로 발전하면서 그 숫자가 증가하게 된다.

이들 서양인들은 일본에 들어와 바로 일본어와 접하게 되고 또한 일본어를 배웠다. 그 가운데 일본어에 대한 기록을 남긴 사람들은 선교사와 외교관, 외국인 고문들이었다. 물론 나라별로 또한 직업 및 연령에 따라 일본어에 대한 시각과 느낌이 달랐을 터인데, 각각의 예를 들어 설명하기로 한다.

우선 서양 선교사들은 포교의 필요 때문에 입국 직후부터 일본어를 습득하려 했는데, 대표적인 인물로 꼽히는 브라운(S. R. Brown)과 헵번(J. C. Hepburn) 등이 부딪치고 경험한 일본어는 학습면에서의 문제점 등 현실적인 것들이 많았다.

1859년에 입국한 미국인 선교사 브라운은 『에이와조쿠고카이와슈』(英和俗語会話集, A Colloguial Japanese or conversational sentences and dialogues in English and Japanese, 1863, Shanhai) 등을 저술하는 한편 헵번과 함께 성서를 일본어로 번역했다. 특히 1860년 12월 31일자 그의 서한에서는 일본어의 한자어 사용에 대하여 다음과 같이 기록하고 있다.

일본어는 한자어가 많아 중국어보다 배우기 어렵다. 한자어는 구어에서도 많이 사용되며 아이들도 사용할 정도이다. 중국어와 일본어는 성격이 매우 다른 언어인데 중국어 단어 즉 한어가 일본어 문장에 섞여 사용되는 것은 흥미로운 일이다. -(중략)- 중국어는 단음절어이고 일본어는 복음절어이다. 즉 미국 인디언 언어와 같은 것이다. 일본어는 어미변화가 많으나 중국어는 어미변화가 없다. 그런데도 일본어에 중국어 요소가 사용되는 것이다.

일본어는 표기가 복잡하고 한자어를 많이 사용하므로, 외국인으로서 읽고 이해하는데 어려움을 토로한 내용이라 하겠다.

헵번은 브라운과 같은 해에 일본에 들어와 일영 대역사전인 『와에기고린슈세이』(和英語林集成)를 발간하고 성서를 일본어로 번역하는 등의 업적을 남긴 미국인이다. 그는 일본에 30년이나 체류하여 일본어에 능통했지만, 처음에는 무척 어렵게 여겼던 듯하다. 그가 친지에게 보낸 1860년 12월 26일자 서한에는 일본어에 대해 다음과 같이 적고 있다.

일본어는 내가 매우 어려울 것이라고 예상한 것보다 훨씬 어려운 언어입니다. (헵번 서한집)

그 역시 브라운과 마찬가지로 일본어가 배우기 어려운 언어임을 밝히고 있다. 알파벳 하나만 쓰는 서양어에 비하여 한자, 히라가나, 가타카나 등 문자의 종류가 다양하고, 한자로 표기된 단어가 많아 일본어가 매우 어렵게 보였던 것이다.

다음에는 외국인 고문 등이 학문적으로 본 일본어에 대해 알아 보자. 먼저 아스톤(W.G. Aston,1841~1911)은 영국의 외교관 신분으로 일본에 와서 도쿄대학에서 일본어학을 가르쳤다. 도쿄대학에는 설립 초기 전체의 20% 정도인 50여 명의 외국인 교수가 초빙되어 있었는데,

아스톤도 그중 하나였다.

서양 학문의 도입기인 당시에는 일본어의 언어학적 연구나 전문 연구서가 전무한 상태였다. 이처럼 척박한 환경에서 그는 일본어문법서『A Short Grammar of the Japanese Spoken Language』(1869), 『A Grammar of the Japanese Written Language』(1872)를 집필했고, 이를 교재삼아 영어로 강의하였다. 그의 저서가 일본 언어학 발전의 초석이 되었음은 말할 것도 없다.

또한 아스톤은 1879년 일본어 계통론(系統論) 연구의 기념비적 논문인『일본어와 한국어의 비교연구』(A Comparative of the Japanese and Korean Languages, Journal of the Royal Asiatic Society of the Great Britain and Irland. New Series XI, 1879)를 발표했는데, 그는 여기서 한국어와 일본어를 음운체계와 문법기능 등을 고찰하여 일본어가 한국어와 동일 계통의 언어일 가능성이 높다고 보았다.

아스톤은 1884년 한국에도 공사(公使)로 파견되어 한일어의 관련성에 관한 연구를 계속했으며, 일본어와 한국어의 동계성(同系性)을 강조하는 논문을 잇달아 발표하였다.

다음에 소개할 사람은 영국인 챔버린(Basil Hall Chamberlain, 1850~1935)이다. 챔버린은 1873년 일본에 와서 1889년까지 해군병학교의 교사 및 도쿄대학 교수를 지냈으며, 도쿄대 언어학과에서 우에다 카즈토시(上田万年), 하가 야이치(芳賀矢一) 등 대표적인 일본어 학자를 양성했다.

그가 저술한『A Handbook of Colloguial Japanese』는 외국인 일본어 학습자의 입문서로서, 도쿄어와 지방어의 차이-ヒ→シ, シュ →シ 등-를 면밀히 관찰하여 당시의 구어(口語)를 연구할 수 있는 귀중한 자료로 여겨진다.

당시 학자로서 소개해야 할 사람은 러시아인 포리바노프(E. D. Polivanov)이다. 포리바노프는 1914년과 1915년 2차례 일본을 방문하여 조사활동을 했으며, 수많은 일본어 관련 논문을 발표했다. 그중 1914년에 발표한『일본어와 류큐어(疏球語)의 음성비교 개관』에서는 일본어가 북방적 요소와 남방적 요소가 혼합된 언어라는 점을 주장하여, 일본어 계통의 혼합설을 제창하였다. 이 혼합설은 훗날 일본인의 계통론 연구에 적지 않은 영향을 끼쳤는데, 한일어의 관련성을 강조한 것은 매우 흥미로운 일이다.

53. 번역의 달인 일본인

【박균철】

『우리에게 내일은 없다』1960년대 추억의 명화로 귀에 익은 제목이다. 남녀 주인공의 이름을 딴 『보니 앤드 클라이드』(Bonnie & Clyde, 1967)라는 평범한 원제를, 일본인들은 비약적으로 드라마틱하게 둔갑시켜 놓은 것이다. 비슷한 예로 『내일을 향해 쏴라』(Butch Cassidy & Sundance Kids, 1973)도 있다.

이처럼 외국 것을 수용하는 과정에서, 일본인들은 종종 자신들의 이해와 정서를 고려한 번역작업에 도통함을 보이곤 한다.

시대를 거슬러 올라가 보면, 일본인들의 이러한 능력이 극대화되어 발휘되었던 시기가 있었다. 근대문명의 여명기인 메이지 시대를 전후로 일본은 내적으로는 정치적·사회적·문화적 변화의 소용돌이에 휩싸이고, 외적으로는 서구의 새로운 문물과 사상의 거센 물결을 맞고 있었다. 아직 이름지어지지 않은 수천, 수만 개의 '개념'들이 떠돌아다니는 가운데 일본의 학자들은 일본인 자신이 이해할 수 있는 번역어를 만드는 일에 온 열정을 쏟아 부었다.

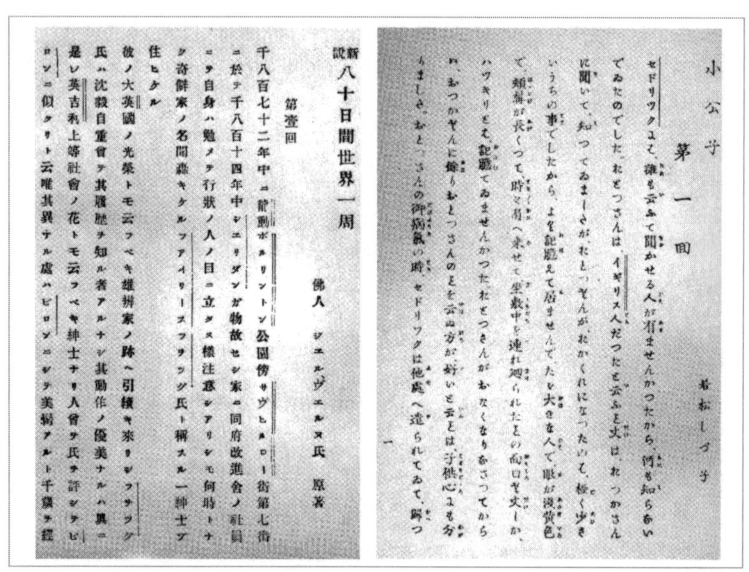

메이지 시대에 번역한 『80일간의 세계일주』와 『소공자』

요즘이라면 굳이 번역을 하지 않고도 외래어를 원형 그대로 수용하는 경우도 있지만, 서구언어에 대한 일반인들의 지식이 백지에 가까운 당시로서는 불가능한 일이었을 것이다.

그렇다면 그리 길지 않은 기간 동안 수천 개의 새로운 어휘를 탄생시킨 그 방대한 작업이 도대체 어떻게 해서 가능했던 것일까?

당시 번역에 관계했던 학자들은 대부분 중국고전에 정통해 있었고, 그러한 한문의 소양을 바탕으로 한 한자어의 사용이 유행하고 있었다. 이러한 분위기 속에서 번역어의 실마리를 한자어로부터 구하고자 한 것은 자연스러운 흐름이었을 것이다.

우선 중국으로부터 대량의 차용이 이루어졌는데 개화(開化), 은행

(銀行), 보험(保險) 등이 그 실례이다. 중국은 일본보다 한발 앞서, 『영화자전』(英華字典) 같은 영어 관련 사전의 편찬이나 성서의 번역 등이 진행되어 있었기 때문에, 그로부터 영향을 받은 것으로 보인다.

또 다른 방법은, 중국고전의 한자어를 끌어와 거기에 새로운 의미를 추가하여 번역어를 만드는 것이다. 자유(自由)니 관념(観念)이니 혹은 분류(分類)니 경제(経済)니 하는 말들은 모두 이 과정에서 새로운 의미를 부여받은 다시 말하자면 재활용(?)된 말들이다. 일본 최초의 철학 전문 대역(対訳)사전인 『테쓰가쿠지이』(哲学字彙, 1884)를 보면, 번역어 옆에 중국고전의 출전(出典)을 명기하고 있는 경우가 상당히 많다. 예를 들면 형이상학(易経), 상대(莊子), 교육(孟子), 연역법(中庸), 법률(淮南子)과 같은 식이다. 고전에서 끌어 온 말을 원뜻과는 다른 의미로 사용하면서도 이처럼 굳이 원전을 표시한 것은, 아마도 번역어에 일종의 권위를 부여하려는 의식의 발현인 듯싶다.

그러나 중국의 번역어를 차용하고, 중국 고전으로부터 끌어 와도, 채워지지 않거나 이해되지 않는 부분에 대해서는 독자적으로 만들어내기도 했다. 이를테면 철학(哲学), 상식(常識), 추상(抽象), 우편(郵便), 진화(進化), 희극(喜劇), 정의(定義) 등과 같은 일본제 한자어들이다. 때로는 이 일본제 한자어들이, 중국고전에서 따온 권위있는(?) 한자어를 물리치고 경쟁에서 살아남는 경우도 있다. 예를 들어, 'evolution'의 번역어인 화순(化醇)과 진화(進化)의 경우를 보면, 결과적으로 '화순'이 사멸되고 '진화'가 현대어 속에 정착되었다. 일본인의 조어인 '진화'가, 중국 고전에 전거가 있는 '화순'과의 경쟁에서 살아남은 것이다.

이처럼 공존하던 몇 개의 번역어가 하나로 통일되어가는 과정에 영향을 미치는 요인에 대해서는, 단어마다 사정이 다르기 때문에 일률적으로 말하기는 어렵다. 다만 지나치게 어려운 한자를 꿰어 맞춰 만든 것보다는, 비교적 쉬운 한자로 만들어진 번역어가 살아남을 가능성이 높은 것은 당연하다. 또 각종 학술단체에서 번역어를 통일하기 위한 의도에서 펴낸 전문대역사전이나, 정부의 법령공포에 의해 법령에서 사용된 번역어가 그대로 정착이 되는 경우도 생각할 수 있다.

메이지 시대의 학자들은 실로 번역의 '달인'이 아닐 수 없게 된 것이다. 결국 그 달인의 솜씨는, 구한말에서 일본강점기를 거치면서 우리말 속에 유입되었고 상식, 우편, 진화, 사진(写真), 방송(放送), 기자(記者), 편집(編輯) 등 우리가 일상생활 속에서 아무렇지 않게 사용하고 있는 말로 남게 되었다. '와리바시', '다꾸앙' 같은 일본말 쓰지 않기 운동을 했던 것이 어쩐지 조금 씁쓸할 정도이다.

물론 요즘의 우리나라는 일본의 번역을 따르지 않고도, 예를 들면 convenience store를 '편의점', sexual harassment를 '성희롱'과 같이 적절한 번역어를 만들어 내고 있다.

오히려 요즘의 일본은, 범람하는 외래어에 대해 번역어를 모색하기보다, 외래어를 그대로 둔 채 줄이거나 잘라붙여서 사용하는 경우가 더 많은 것 같다. 위의 예의 경우만 해도, convenience store를 줄여서 콤비니(コンビニ), sexual harassment를 잘라 붙여서 세쿠하라(セクハラ)라는 말을 만들어서 쓰는 것이다. 이런 종류의 말은 파소콘(パソコン)-퍼스널 컴퓨터의 약어-, 데지카메(デジカメ)-디지털 카메라의 약어-, 바이토(バイト)-아르바이트의 약어-등 무수히 많으며, 또 계속 늘어나고 있다.

　요컨대 역어(訳語)를 만들어내던 달인이 약어(略語)를 만들어내는 달인으로 변모한 양상이다. 역어든 약어든, 외국 것을 수용할 때 일본인 자신들의 편의를 위한 적절한 용어를 창출해 낸다는 점에서, '번역의 달인'의 이름은 여전히 유효하다고 해야겠다.

54. 옛날 일본인들은 편지를
어떻게 썼을까?

【한중선】

'편지'를 뜻하는 데가미(手紙)라는 용어를 일본에서 사용하게 된 것은 에도시대 초기이다. 그전까지는 쇼조(書状), 쇼칸(書翰), 세키토쿠(尺牘), 쇼사쓰(書札), 쇼소쿠(消息), 오라이(往来) 등의 말을 사용했다.

옛날 일본의 편지는 남자들이 쓴 한문체 편지와 여성이 주로 가나를 사용해서 쓴 편지가 있었다. 일반적으로 고대에 편지는 한문체로 썼다는 설이 많다. 귀족들은 자신의 교양을 과시하기 위해서는 한문학을 공부하여 글씨체에도 많은 노력을 했다.

그러나 어디까지나 한문은 외국어였으므로 일상생활에서 일어나는 자신의 심정을 표현하는 데에는 어려움이 있었다. 그리하여 한문을 풀어서 일본어식으로 쓰기 시작하였다. 소위 만요가키(万葉書き), 센묘가키(宣命書き)-상대(上代)에 쓰던 특수한 표기법. 체언이나 용언의 어간 등은 한자로 크게 쓰고 조사, 조동사 등은 만요가나로 쓴다-가 이런 것으로, 이러한 흐름이 결국 가나가키(仮名書き)까지 이르게 된 것이다. 이 가나가키는 주로 여성이 사용했는데, 이때부터 '쇼사쓰'(書札)라고 불리며 편

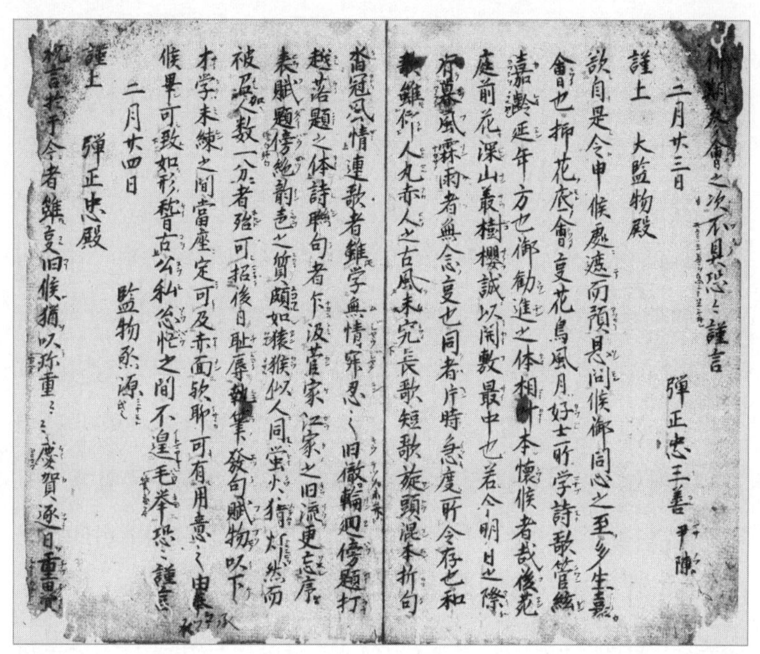

오라이모노(往来物)

지에 관한 규범이 중시되기 시작했다.

중고시대에 사용한 편지는 주로 큰 종이에 큰 글씨로 쓰여졌으며, 특히 여성이 쓰는 가나 편지에는 남녀 간의 연애편지가 중심이 되었다. 그러므로 내용만이 아니고 글씨의 멋, 종이의 질 등을 잘 고려해서 쓴 것이기 때문에 더욱 소중한 편지였다. 그래서 연애편지에 사용하는 편지지는 특별히 '히키아와세'(引合せ)라는 이름이 붙었다.

에도시대에는 사회 생활에 필요한 편지문의 예문을 실은 책자 『오라이모노』(往来物)가 많이 이용되었는데, '오라이'(往来)라는 단어는 편지를 주고받음을 뜻하는 것이다. 이 책자는 1월부터 12월까지 편지의

291

발신과 회신에 관한 예문을 싣고 있어 많은 이에게 애용되었으며, 특히 무사들이 가장 많이 사용했다고 전한다.

그러나 교육의 확대로 점점 문자를 아는 사람들이 늘어나면서 많은 사람들이 편지를 쓰기 시작함에 따라 편지에 대한 규범이 정해지기 시작했다. 이렇게 긴 세월을 걸치면서 일본에서의 독특한 편지의 규범이 정해져 모범 예문집이 필요하게 된 것이다. 이러한 형태의 오라이모노(往来物)는 편지를 주고받는 안내책자에서 점차 단어와 문장의 중요성이 강조되어 일상생활의 교육을 위한 아동의 교과서로 사용되어, 메이지 시대 초기까지 일본 전역에 걸쳐 교육에 많은 영향을 주었다.

일본인들의 편지는 근대 이후 언문일치에 따라 문체의 변화가 있었다. 이 시기부터 일본어의 편지문에는 2종류가 생긴 것이다. 하나는 보통 대화할 때 사용하는 구어를 그대로 사용하는 구어체이고, 다른 하나는 일상생활에 사용하는 언어와는 다른 문체로 편지에서만 주로 사용하는 서간문체 즉 '소로분'(候文)이다. 오라이모노에 이미 모범적인 예문이 제시되어 있었기에 헤이안 시대부터 사용되었지만 정착된 것은 에도 시대에 이르러서였다.

소로분은 격식을 갖춘 문장이어서 일본어 회화가 가능한 사람이라도 이를 따로 배우지 않으면 편지문을 제대로 쓸 수 없었다. 이같은 편지 문장체는 교양있는 사람들에 의해 상당히 오랜기간 사용되었다.

花ガ咲いた (구어문)　　꽃이 피었다.
花咲きたり (문어문)　　開花했도다.

花咲き候ふ (候文)　　　꽃이 피었습니다.

　위의 문장들을 비교해보면 알 수 있듯이 소로분은 문어문과 유사하다. 즉 문어문을 학습한 사람만이 편지문을 제대로 쓸 수 있는 것이며, 소로분은 그 자체가 문어문이 된다. 그러므로 문어체에 따른 소로분의 사용방법을 익혀야만 한다.

　'候'는 원래 さぶらふ로서 '귀한 분 곁에서 삼가 가까이 모신다'라는 뜻이었다. 이것이 점차로 문말에 사용되면서 자기 자신을 낮추는 겸양어로 사용되기 시작한 것이다.

현대어의 です, ます에 해당된다.

| 学校へ行きます | 学校へ行き候 | 학교에 갑니다. |
| 用事があります | 用事これあり候 | 일이 있습니다. |

です, でございます, であります의 의미이며 보조용언으로 'に候/にて候'의 형태로 사용되었다.

これは桜です	これは桜に候/にて候	이것은 벗꽃입니다.
御無事ですか	御無事に候や/候か	무사하십니까?
昨日は日曜日でした	昨日は日曜日に候/にて候	어제는 일요일이었습니다.
韓でございます	韓に御座候/にて御座候	저는 한○○입니다.

부정표현으로는 다음과 같이 사용되었다.

仕事がありません	仕事これなく候	일이 없습니다.
本を読みません	本を読まず候	책을 읽지 않습니다.
美しくありません	美しからず候	아름답지 않습니다.

이러한 소로분의 장점은 候라는 하나의 낱말을 주로 사용함으로써 동일한 내용을 정중하게 표현할 수도 있고 완곡하게 표현할 수도 있다는 점이다. 문맥이 장중하게 느껴져 감정이 앞서기 쉬울 때 소로분을 쓰게 되면 차분한 감정으로 편지를 쓸 수 있다. 이 문체는 일본이 패전 후 공공문서에 사용하지 않게 되므로 점차 사라져, 현재 일본에서 소로분을 학습한 사람 외엔 독해가 불가능하다고 한다. 그러나 전통적인 일본어 편지를 읽고 이해하기 위해서는 반드시 알아 두어야 한다.

55. 일본 도로상의 사고 표시

【유춘희】

일본에서 도로를 달리다 보면 군데군데 '지코타하쓰치이키'(事故多発地域) 또는 '지코오오시'(事故多し)-사고 많음-라고 쓰인 표시판이 눈에 띈다. 속도를 낮출 때 '事故多発地域'에 대해서는 아무런 의식없이 받아들이지만, 事故多し에 대해서는 고개를 갸우뚱거린 적이 있을 것이다. 적어도 현대 일본어를 습득한 외국인이라면 왜 事故多し라고 했을까? 하고 의문을 가질 것이다.

게다가 요즈음 일본문화 개방에 따라 청소년 사이에서도 일본어가 유행되고 일본만화나 잡지 등을 많이 접하고 있다. 그래서인지 가끔 よ(良)し, 私がいくぞ(좋아, 내가 가지), 問題なし(문제 없음) 등에 이용된 よし, なし의 의미가 무엇인지, 잘못 인쇄한 것인지에 대한 질문을 받고는 한다. 그러나 이러한 おお(多)し, よ(良)し, なし는 표현이나 인쇄가 잘못된 것이 아니라 현대어 형용사 おお(多)い, よ(良)い, ない의 고어형이다.

형용사의 종지형(기본형)은 현대어에서는 い, 고전어에서는 し로 끝난다. 또 형용사의 분류를 현대어에서는 의미에 따라 속성형용사, 감정형용사 등으로 분류하고 있지만, 고전어에서는 활용에 따라 [く] 활용, [しく] 활용 2가지 형태로 분류한다.

그렇다면 く활용형용사와 しく활용형용사는 의미상 어떤 차이점이 있는 것일까?

く활용은 たか(高)し, ひろ(広)し, わか(若)し와 같이 사물의 성질이나 상태를 나타내는 경우가 많고, しく활용은 かな(悲)し, うれし, さび(寂)し처럼 인간의 감정을 나타내는 경우가 많다.

く활용형용사

	미연형	연용형	종지형	연체형	이연형	명령형
たかし :	たかく(は)	たかく(なる)	たかし	たかき(時)	たかけれ(ば)	없음

しく활용형용사

	미연형	연용형	종지형	연체형	이연형	명령형
たのし :	たのしく(は)	たのしく(なる)	たのし	たのしき(時)	たのしけれ(ば)	없음

이 중에 く활용에 속하는 단어들이 종지형의 형태로 사용되고 있는 예가 많은데, 현대어에 남아 있는 く활용형용사의 종지형에 초점을 맞춰보면 크게 2가지 해석이 가능하다.

첫째 형태적인 면에서의 설명이 가능한데, 고전어 し의 성립에 대해서 く활용의 し는 어원적으로 가카리(係)조사의 し, 지정사의 し, さ

행변격동사 す와 관련된 설명이 있지만 여기서는 생략한다.

　しく활용의 し는 어간이 그대로 종지형으로 사용된 것으로, く활용과 같이 し를 부가시키지 않는 것은 동음연속인 −しし형이 되는 것을 피하기 위한 것이다. 그러면 く활용의 し의 역할은 무엇일까? 『고고슈이』(古語拾遺, 807)에 있는 예를 보자.

阿波礼　阿那於茂志呂　阿那多能志　阿那佐夜憩
あはれ　あなおもしろ　　あなたのし　　あなさやけ
아! 좋구나 아! 풍요롭다 아! 맑구나

　예문의 おもしろ, たのし는 형용사의 어간으로, おもしろ는 く활용, たのし는 しく활용으로, おもしろ나 たのし는 어간만으로도 그 의미를 나타낼 정도로 독립성이 강하다. 단어의 종지형은 おもしろし, たのし이며, 이 가운데 おもしろ의 경우는 독립성이 강한 어간에 し라는 어미를 부가시킴으로 안정성을 부여하고 있다. 즉 く활용의 종지형인 し는 독립성이 강한 어간에 문법적 기능을 담당하는 し라고 하는 어미가 부가되어 단어로서의 안정된 형태를 취하고 있는 것이다.

　둘째 의미변화 면에서의 설명이 가능하다. 우리 주변의 대부분의 것은 세월의 흐름에 따라 생성·변화·소멸한다. 언어도 시간의 흐름에 따라 문화적·경제적 요인 그리고 많은 다른 요인들에 의해 변화를 한다. 예를 들어, 일본어 부사에 やはり, やっぱり가 있는데, 일본 젊은이들 사이에는 やはり, やっぱり보다 やっぱし, やっぱ라는 말이 사용되고 있다. やっぱり:やっぱし의 경우는 음운적인 면에서 し(si)가 り(ri)보다 강한 인상을 주는 변화가 보인다.

다시 事故多し로 되돌아가 보자. 事故多し의 종지형 多し는 독립성이 강한 어간 多에 し가 부가되어 事故多し라는 하나의 관용적인 표현으로 사용되고, 문법적인 역할은 다르지만 やっぱり:やっぱし에서 지적했듯이 事故多し의 し(si)는 事故多い의 い(i)보다 음운적으로 강조를 나타내는 표현효과를 가져온다. 그래서 事故多し는 事故多い보다 보는 이, 듣는 이에게 웅장하고 중후한 느낌을 주며 강조와 강세의 의미마저 전달한다.

'사고가 많으니까 조심하세요'라는 의미를 전달하는데 고전어 事故多し와 같은 관용적인 표현을 사용하여 위험한 도로를 운전하는 운전자에게 눈에 띄고 강한 인상을 전달하려는 표현효과가 있는 것이다.

이와 같은 고전어 형용사형은 주로 일본 남성의 이름에서도 찾아볼 수 있다. 일반적으로 일본의 이름은 평생 자신을 대표하는 것으로 힘차며 남이 기억하도록 하는 의도를 담아 부르기 좋고 좋은 뜻의 한자를 골라 이름을 붙인다는 점에서 우리나라와 같다.

인명에 高, 安, 広, 清 등이 사용된 경우는 일반적으로 たかし, やすし, ひろし, きよし라고 부른다. 그런데 이와 같은 호명에 있어서, 高, 安, 広, 清을 고전어 형용사의 종지형으로 たかし, やすし, ひろし, きよし로 읽는다는 경우와 원래의 한자에 司(し)가 붙은 高司, 安司, 広司, 清司로 읽는 경우가 있는데, 한자 司를 생략하고 음만 し라고 읽는다는 2가지의 해석이 있다.

　　그렇지만 작명은 보통 한 글자마다 의미를 부여하여 짓는 것인데 군이 한자를 생략할 필요가 있을까 하는 점이 의문이다. 이에 대한 증명으로 高司, 安司, 広司, 清司라는 한자를 사용하여 다카시, 야스시, 히로시, 기요시로 호명하는 경우가 있다. 그러므로 이같은 이름을 부를 때는 전자가 후자의 경우보다 객관적이고 설득력 있는 설명이 된다. 예를 들어 '고바야시 다카시'(小林 高)라는 인명의 경우, 한자 高(たか)를 선택하여 たかし라고 읽는 것은 이름으로서의 웅장하고 강인함을 나타내기 위한 것이 아닐까?

　　이렇게 보면 고전어 형용사에 부가된 し는 하나의 접미어로서 단지 형용사 어간의 안정성을 부가시킨다는 문법적 역할만을 하고 있었으나, 인명에 있어서는 강조, 장엄함, 웅장함, 단정적인 의미를 나타내는 의미적 역할까지 담당하고 있다.

　　이상과 같이 고전어 형용사의 종지형, 특히 く활용은 독립성이 강한 어간에 し를 부가하여 문법적 기능만을 담당하고 있었으나, 인명이나 현대어에서는 관용적인 용법으로 사용되어 의미적인 기능까지 담당하는 표현효과를 나타내고 있는 것이다.

56. '바람과 함께 사라지다'는 風と共に去りぬ

【한중선】

일본어에서는 운치가 있거나 중후한 문구에는 현대어에 잘 보이지 않는 어법이 사용된다. 일본 규슈(九州)지방의 남단 가고시마(鹿児島)의 작은 섬 사쿠라지마(桜島)에 가면 하야시 후미코(林芙美子) 문학기념관에 문학기념비가 있는데, 다음과 같은 문구가 새겨져 있다.

花のいのちは みじかくて 苦しきことのみ 多かりき
꽃의 생명은 짧고 괴로운 일만 많았다.

이와 같이 작가를 기리는 기념비의 문구에도 과거를 나타내는 표현에 고전문법의 어법 き를 그대로 사용하고 있다.

이외에도 영화의 한 장면에 남학생의 책상 앞에 좋아하는 문구로 써놓은 것을 보면 다음과 같이 문어적인 표현을 사용하고 있다.

憧れを知る者のみ 我が悩みを知らめ

그리움을 아는 자만이 나의 괴로움을 알 것이다.

또한 현대 단가로 널리 알려진 다와라 마치(俵万智)의 『사라다키넨비』(サラダ記念日, 1987)에도 과거를 나타내는 표현에 고전문법의 어법 り를 사용하고 있다.

我だけを想う男のつまらなさ知りつつ君にそれを望めり

나만을 생각하는 남자의 시시함을 알면서도 그대에게 그것을 바란다.

이외에 일본의 영화 제목에 고전어법을 사용한 것으로는 다음과 같은 것이 있다.

風と共に去りぬ　　　　바람과 함께 사라지다

野菊の如き君なりき　　들국화 같은 그대였다

또한 옛날부터 사용되고 있는 속담이나 격언에는 물론 고전적인 어법이 그대로 사용되고 있다.

我来り、見たり、勝てり　왔노라, 보았노라, 이겼노라

이러한 고전적인 어법이 지금도 사용되는 것은 소위 고전문법에서 나오는 '과거·완료'를 나타내는 き·けり, ぬ·つ·たり·り 등이다.

이는 고전에서 사용되는 어법으로 현대어의 구어에서는 사용되지 않으
나 문어표현에 아직도 사용되는 것이다. 이 조동사(助動詞)들은 과거 ·
완료의 뜻을 나타내는 것으로, 기본적인 용법으로 き · けり는 현대어
의 과거를 나타내는 た에 해당되며 ぬ · つ · たり · り는 과거 · 완료의
た와 ている에 해당하는 것으로 보면 된다.

일본어 교육에 '완료'라는 용어를 사용한 것은 1898년 간행한 미쓰
치 주조(三土忠造)의 『중등국문전』(中等国文典)에 처음 나타난다. 과거
라는 문법 용어에서 완료라는 의미를 분리하여 사용한 것이다. 일본어
에 시점을 나타내는 과거와 동작의 마침을 나타내는 완료는 구분없이
사용되기도 하여 지금까지 과거와 완료는 함께 사용되는 경우가 많다.

き, けり

き는 직접적인 과거의 경험을 나타내고 けり는 주로 간접적인 경험
을 즉 전문의 용법을 나타낸다. 또 けり는 놀라거나 감동하는 기분을
나타내기도 한다.

君を待つ土曜日なりき　　그대를 기다리는 토요일이었다

海に溺れて死にき　　　　바다에 빠져 죽었다

옛 이야기를 시작할 때는 흔히 けり로 맺는 표현을 쓴다.

今は昔、竹取の翁といふ者ありけり

옛날 옛적에 대나무 캐는 할아버지가 있었대요

다음은 운치있게 시가의 문말을 장식하는 예이다.

カラコロとうがいの声も女なりけり

오로록오록 입 헹구는 소리도 여자답구나

たり, り

완료의 조동사 たり, り는 동작 상태가 계속 존재한다는 것-현대어 의 ている, てある-을 나타내기도 하고 존재하던 동작이 완료한 것을 나 타내기도 한다-현대어의 た, てしまった-. 참고로 현대어의 た는 たり에 서 온 것이다. たり의 연체형 たる가 어미 る가 탈락되어 た형태로 쓰 이면서 현대 구어에 사용된 것이다. 그 외에 たり를 중복해서 쓰는 형 태가 옛날부터 있었다. 현대어의 '行ったり来たり의-たり-たり용법은 이 たり에서 나온 것이다.

たり는 동사의 연용형에 붙으며 り는 4단동사의 명령형·이연형 (e모음)이나 さ행동사의 せ에 붙는다. 아래의 望めり(바라고 있다), 勝て り(이겼다)의 り는 각각의 동사의 이연형에 붙은 것이다.

梅の花咲きたり　　　　　　　　매화 꽃이 피어 있다

春雨降りて花散り初めたり　　　봄비가 내리고 꽃이 지기 시작했다

我だけを想う男のつまらなさ知りつつ君にそれを望めり

我来(きた)り、見たり、勝てり　　왔노라, 보았노라, 이겼노라

つ, ぬ

つ, ぬ는 완료를 나타내는데, つ는 인위적인 의미를 지니는 동사 (타동사)에 쓰이는 경우가 많고, ぬ는 자연추이적인 의미를 갖는 동사 (자동사)에 붙는 경우가 많다. 아래의 영화명 風と共に去りぬ는 '바람과 함께 사라지고 말다'의 뜻이 된다.

風と共に去りぬ	바람과 함께 사라지다
年経れば齢は老ひぬ	해가 지나 나이를 먹었다
長々し日を今日も暮しつ	긴 날을 오늘도 보냈다
鳴りつる鐘はいづくぞ	종소리가 나는 곳은 어딘가

과거 완료를 나타내는 ぬ는 흔히 고어의 부정을 나타내는 ず의 연체형 ぬ와 혼동하기도 한다. 부정을 나타내는 ず의 연체형 ぬ는 근대어에서 문을 종지하는 형태로도 쓰이므로 혼동이 일어나는데 위에 오는 동사의 활용형이 다르다. ぬ가 붙은 앞의 동사가 연용형이면 완료를 나타내고, 미연형(–a모음)이면 부정을 나타낸다.

風と共に去りぬ는 '바람과 함께 사라지다', 風と共に去らぬ는 '바람과 함께 사라지지 않다'가 되어버린다.

이와 같이 현대 일본어에 나타나는 문어적 표현은 구어문에 무게를 실어 주기 때문에 강조를 하거나 영화나 책 등의 제목에 애용되고 있다. 또 진리·격언·속담에 많이 쓰여 오늘날에도 그 자취를 남기고 있다.

57. 바카야로가 빠가야로로 된 까닭은?

【윤호숙】

드라마에서 일본 순사가 한국인을 괴롭히는 장면 중에 가장 많이 들리는 일본어가 '바보같은 놈'이란 뜻의 '빠가야로'이다. 그래서 우리나라 사람도 대부분 알고 있다. 그런데 원래의 발음은 '바카야로'임에도 '빠가야로'라고 한다. 물론 욕이란 것이 대개는 큰 소리를 내는 것이므로, 강하게 들릴 수도 있겠지만 그 외에도 다른 이유가 있어 보인다.

이를 알기 위해서 우선 '바카야로'의 탄생 배경부터 살펴보기로 하겠다.

'바카야로'는 'ばか'(바보)와 'やろう'(남자를 욕할 때 쓰는 말. 놈 또는 녀석)의 합성어인데 이를 『어원사전』(山口佳紀編, 講談社)에서 찾아보면 다음과 같다.

어리석은 사람. 산스크리트어 baka 또는 moha(무지, 사리에 어두움의 뜻)의 음운전이인 莫迦(ばくか), 慕何(ぼか)에서 전래되었다고 하는 설이

유력하다. 'ばか'(馬鹿)는 한자의 뜻과는 관계없이 음을 빌어서 쓴 글자이
다. 이 말은 일본에서 가마쿠라(鎌倉) 시대 말부터 보이며, 어리석음을 의
미하는 말을 표음적으로 표기한 것이다.

한자 '馬鹿'대로라면 바카는 말과 사슴을 의미한다. 따라서 '바카야
로'의 어디에 나쁜 의미가 담겼는지 의문이 생긴다. 이에 대해 일본의
언어학자들은 어두탁음(語頭濁音) 'ば'로 인해 나쁜 의미가 생겼다고 지
적한다. '바카야로'와 같은 의미인 あほう에는 그런 느낌이 없어서 오
사카에서는 どあほう라는 형태를 만들어냈는데, 'ど'도 어두탁음어를
만드는 역할을 하므로 '바카'와 같은 효과를 내게 되는 것이다. 이와 같
이 일본어의 경우에는 어형과 그 어형에서 받는 어감 사이에 종종 대응
관계가 성립되며, 어감이 어형에 반영되어 말하는 사람과 듣는 사람 모
두 민감하게 느끼는 것이다.

특히 일본어의 어감 형성에 큰 역할을 하고 있는 것은 청음과 탁음
의 대립이다. 일반적으로 청음의 경우 약하다, 가늘다, 아름답다, 경쾌
하다, 우아하다 등의 느낌이 있고, 탁음의 경우에는 강하다, 거칠다,
무겁다, 둔중하다, 천하다 등의 느낌으로 사용된다. 예를 들면 ころこ
ろ라고 하면 연꽃잎 위를 물방울이 굴러갈 때의 형용인데 비해 ごろごろ
는 크고 거칠고 느린 느낌으로 스모 선수가 모래밭 위에서 구르는 모습
을 형용한 것이다. 또한 きらきら라고 하면 보석의 반짝임이지만 ぎら
ぎら라고 하면 살모사의 눈동자가 번득일 때를 묘사한 것이 된다.

이렇듯 일본인은 청·탁음에 관한 감각이 고정되어 있으므로 마이

너스 개념의 탁음을 어두에 놓기를 꺼려하는 경향이 강했으며, 일본어에도 두음법칙이 있어서 상대(上代)에는 탁음으로 시작되는 말이 거의 없었다. 그러나 현재는 한자어와 외래어가 일본어의 일상어휘 안에 큰 부분을 차지하게 되고 그에 따라 탁음으로 시작되는 말도 드물지 않게 되었다.

탁음이 어두에 쓰이게 된 변화의 이유는 많다. 일부는 어두의 음이 소실되어 탁음이 어두에 나타난 것인데, 예를 들면 'ばら'(薔薇:장미)는 うばら, むばら에서 う, む가 탈락해서 생긴 말이고 'だく'(抱く:안다)는 いだく에서, 'でる'(出る:나가다)는 いづ에서 어두의 모음이 탈락해서 변화된 것이다. 또한 일부는 ぶっだ(仏陀), ぼさつ(菩薩), ぼん(梵), ばらもん(婆羅門), ごくらくじょうど(極楽浄土)와 같은 한자어가 들어오면서 탁음으로 시작되는 말이 쓰이게 되었다.

이밖에도 어두에 탁음이 오지 않는 것을 역으로 이용해 탁음을 어두에 놓음으로써 탁음에 동반되는 어둡고 둔하고 격하고 탁한 느낌의 말이 탄생하게 되었던 것이다. '바카야로'도 바로 이와 같은 이유에서 탄생된 말로, 어떤 언어나 때로는 탁한 말을 필요로 하며, 일본어에서는 어두탁음으로 이를 해결한 경우다.

물론 '바카야로'만 가지고 단정짓는 것은 설득력이 부족하므로 다른 예를 들어 보자.

きゅうこう(急行)에 대한 どんこう(鈍行)는 태평양전쟁 후에 생겨 보급된 말로 그 효과를 처음부터 계산해서 만든 것이라고 한다. 급행(急行)에 대해서는 보통(普通), 쾌속(快速)에 대해서는 완행(緩行)이라

는 철도공용어가 있는데도, 지금은 역무원이 '돈코'(鈍行)가 먼저 출발합니다'라고 할 정도로 일반화되었다.

또한 ほく(등지다)에서 유래된 ほける(멍해지다)를 ぼける(멍청해지다, 노망나다)로 하고, あのさま(모양)를 あのざま(꼬락서니)로 바꾼 것도 마찬가지이며, 이같은 예가 적지 않다.

ぐれる(비뚤어지다)	ごねる(투덜거리다)	ずるい(교활하다)
だます(속이다)	ぶた(돼지)	びり(꼴찌)
べらぼう(엄청나게)	ぎすぎす(빼빼 마른 모양)	

긴다이치 하루히코(金田一春彦)는 일본인이 어두탁음을 싫어하는 이유를 '탁음으로 시작되는 말이 옛날에는 방언에만 보이며, 그로 인해 천박한 기분이 드는 것 같아서일 것'이라고 설명하고 있다. 이와 같이 어두탁음은 충분한 표현효과를 발휘하며 여전히 조어력을 유지하고 있다.

우리말의 경우 양모음과 음모음에 의해 밝은 느낌과 어두운 느낌의 차이가 나오고 농음(경음) 즉 강한 무기음이 일본어의 탁음과 같은 역할을 한다. 때문에 욕이나 거친 표현, 기분 나쁜 말 따위는 'ㄲ', 'ㄸ', 'ㅆ', 'ㅃ', 'ㅉ' 등으로 시작되는 말이 많다.

다만 우리말에서도 일본어와 마찬가지로 현재는 외래어가 일상어에 많이 보이게 되고 그에 따라 나쁜 의미가 아니더라도 강한 무기음으로 시작되는 말도 많아지게 되었다. 이는 아마도 영미인의 발음을 인지

하는 과정에서 나타난 현실적인 표기라고 생각된다.

우리가 영어를 표기할 때 p, t, k 는 대개 ㅍ, ㅌ, ㅋ로 b, d, g는 어두에서는 ㅃ, ㄸ, ㄲ로 인지하는 경향이 있음을 강조하고 있는데, 이는 '버스', '바나나'가 '뻐스', '빠나나'로 발음되는 예를 보아도 알 수 있을 것이다.

다시 말해 일본어에는 유성·무성의 대립이 있는데 반해 한국어는 유기·무기의 대립이 있고 어두에서는 유성음이 발음되기 어려워, 비슷한 느낌의 농음이 이를 대신하여 b를 ㅃ로 발음하는 경향이 있는데다가, 어중에서는 무성음이 발음되기 어려워 영어의 butter가 일본어로는 バター, 우리말로는 '빠다'로 발음되는 것이다.

이상과 같은 이유에서 일본인이 '바카야로'란 어두탁음으로 충분히 더럽고 기분 나쁜 감정을 전달할 수 있는데 반해 한국인은 '바카'라고 발음하기 어렵기 때문에 그와 같은 표현효과를 내기 위해 '빠가'라는 농음으로 발음하여 사용하게 된 것이다.

한일교류가 지금과 같이 활발하지 않던 시절에 양국의 문인들이 페리호에서 선상토론을 한 적이 있었다. 그 자리에서 일본의 한 작가가 한국 작가에게 '바카야로'라고 해서 다음날 신문에 일면 톱으로 장식되어 온나라를 떠들썩하게 한 적이 있었다. 드라마에서 일본 순사가 자주 쓰던 욕 '빠가야로'가 떠올라 노발대발했을 것이다.

일본인은 한국말을 몰라도 욕이나 기분 나쁜 표현은 어느 정도 감지한다. 농음이 주는 느낌이 아주 강하게 전달되기 때문일 것이다. 한국의 욕은 발음상 정말이지 그 파워가 대단하다.

고마쓰(小松)는 '일본어에는 음운의 종류가 많지 않은데, 이로 인해 왠지 미개한 언어라고 여기는 경향이 많다. 오히려 그 정도로 표현할 수 있는 것이 다행이라고 생각된다. 이에 반해 한국인은 귀찮을 만큼 다양한 음운을 선조로부터 물려받아 고생하는 듯하다'고 했다.

그러나 일본인과는 달리 다혈질인 한국인에게 농음이 없었다면 어떻게 그 많은 감정표현을 다 했을까? '바카야로'는 한국인에게는 욕이 아니다. '빠가야로'가 되어야 비로소 욕이 된다.

58. 일본의 아파트 이야기

【이한섭】

일본 유학 당시, 오사카에서 75세쯤 되는 일본 할머니집에 1년 동안 묵은 일이 있다. 그런데 어느 날 할머니가 내게 "한국에서는 어떤 집에서 살았냐?"고 물었다. 나는 아무 생각 없이 "아파트에서 살았습니다"라고 답했는데, 집주인 할머니는 더 이상 말을 하지 않고 측은하다는 표정을 지으며 화제를 돌리는 것이었다.

당시는 할머니가 왜 그런 표정을 지었는지 알지 못했지만, 수년이 지나서야 이해할 수 있게 되었다. 할머니가 머리 속에 그리고 있던 1980년대 초의 일본의 아파트는 다음과 같은 주택이었기 때문이다.

• 아파트는 2층 이하의 목조건물로 싸구려 월세집이다. 집주인이 같은 건물에서 사는 법은 없다.

• 한 건물에 20~30세대 분의 방이 있으며 구조는 보통 방이 1개 또는 2개 정도이다. 목욕탕이 없는 것이 보통이며, 목욕탕이 딸리면 더 비싸진다.

• 대개는 가난한 서민이나 돈이 없는 신혼부부 등이 거주하며, 임시로 몇

"

년을 살아야 하는 학생이나 유학생들이 구하는 집이다.

일본에서 '아파트'라고 하면 이러한 싸구려 월세집을 가리키는 것으로, 한국에서의 아파트와 이미지가 달랐던 것이다. 일본어 '아파트'는 영어의 아파트먼트 하우스(apartment house)에서 온 것으로, 원래는 새로운 서양식 공동주택의 의미로 쓰이던 이미지가 좋은 단어였다. 아파트가 일본에 건축되기 시작된 1910년대에서 1920년대 중반까지는 アパートメント ハウス와 アパートメント, アパート 등으로 불렸으나, 그 후로 단어의 형태가 아파트(アパート)로 고정되었다.

『모노고토기겐코』(物事起源考)에 의하면 일본에 서양식 아파트가 등장한 것은 1910년 경으로, 도쿄 우에노에 세워진 '우에노구락부'(上野俱楽部)가 시초라고 한다. 당시 우에노구락부는 목조 5층짜리 건물로 81가구가 거주했고, 방은 다다미 6장짜리와 4장 반짜리 2개였으며, 세대마다 수도와 가스가 들어왔다.

거주자는 주로 관리와 교사, 회사원들이었는데, 당시로는 선망의 대상이었다. 같은 해 고지마치(麴町)에 4층짜리 목조아파트인 사토(佐藤) 별관이 세워져 도쿄 도심에도 아파트가 등장했다.

『사회과학사전』(社会科学事典, 1948)에 따르면 일본에서 아파트가 일반화된 것은 1923년 관동대지진 이후라 한다. 일본의 전통적인 가옥은 목조였으나 관동대지진 이후, 지진에 강한 철근콘크리트가 사용되기 시작했고 아파트 역시 마찬가지였다.

1923년 도쿄 오차노미즈(お茶の水)에 등장한 '분카아파트'(文化アパ

-ㅏ)는 지하실이 있는 5층짜리 건물로 각 세대에 침실 2개와 거실 겸 식당, 부엌이 있었으며 의자 생활이 가능하도록 되어 있었다고 한다. 같은 해 도쿄의 아오야마(靑山)와 시부야(渋谷)에는 철근콘크리트 아파트가 처음 등장했고, 3층짜리 아파트가 수십 채 건설되어 일반에게도 널리 알려지게 되었다.

관동대지진은 많은 주택 수요를 발생시켰다. 많은 사람들이 지진으로 주택을 잃었으므로 단시일 내에 많은 주택을 지어야 했던 정부는 아파트 형식을 택했다. 하지만 짧은 시간 내에 아파트를 대량으로 짓자니, 종래와 같이 고급스럽게 지을 수는 없었다. 이때 지어진 아파트는 대부분 2층짜리 목조 건물이었고 세대별 면적도 협소했다. 이때부터 1945년 일본이 패전하기까지 아파트는 고급스럽고 편리한 서양식주택이라는 이미지와 싸구려 공동주택의 이미지를 함께 가지게 되었던 것이다.

전후 혼란기를 거쳐 1950년대부터 일본은 고도의 경제성장을 이룩했다. 도로와 항만 등 사회 간접자본시설이 새로이 건설되고 현대적인 주택이 지어졌다. 정부는 전국 각지에 철근 콘크리트 아파트를 지어 공무원 등에게 보급했지만, 수요가 이를 따르지 못하여 급기야 민간업자들에게 임대를 목적으로 한 주택사업을 하도록 장려했다. 하지만 자본이 부족한 민간 주택업자들은 비용이 저렴한 2층짜리 목조아파트를 지어 서민에게 월세로 공급하였다.

이런 이유로 전후에도 아파트는 서양풍의 편리한 주택 이미지와 싸구려 주택의 이미지를 함께 가지고 있었다.

일본의 아파트

1970년대 이후 경제사정이 좋아지자, 민간 주택건설업자들은 윤택한 일반인을 대상으로 고급 아파트를 지어 분양하기 시작했다. 이때 지어진 고급 아파트는 대부분 10층 이상의 철근콘크리트 건물로서 각 집마다 방이 2, 3개씩 있고 거실과 부엌, 화장실, 목욕탕이 딸려 있었다.

그런데 업자들이 이를 분양·판매하는데 있어서, 가장 큰 장애는 '아파트'라는 명칭이었다. 종래의 아파트보다 훨씬 좋은 시설을 갖춘, 따라서 고가로 판매해야 하는 주택을 '아파트'란 이름으로 분양할 수는 없었던 것이다. 민간업자들은 맨션(mansion, マンション)과 코퍼라스(cooperate house, コーポラス) 하이츠(heights, ハイツ) 등 새로운 명칭을 사용했고, 이것이 고급아파트의 대명사가 되었다.

'맨션' 등이 일반화되자 '아파트'는 고급 주택의 이미지가 사라지고 저급의 싸구려 주택이란 이미지만 남게 되었다. 그러니까 앞서 언급했던 할머니와의 대화에서 "저는 맨션에서 살았습니다"라고 했다면 할머니의 표정은 달랐을 것이다.

한국에 아파트가 등장한 것은 1962년으로서 지금은 헐려 버린 '마포아파트'가 그것이다. 5·16직후 수립한 제1차 경제개발 5개년 계획 주택사업의 일부로 지어진 것으로 비록 엘리베이터가 없는 6층짜리 연탄보일러 아파트였지만 일반인에게 살기 편리한 신식 주거형태로 인식되었다. 그리고 1970년대 반포아파트를 필두로 강남의 개발과 함께

1980년대 이후 아파트는 한국에서 대중적인 주택으로 자리잡았다.

한국에서 사용하는 '아파트'는 일본어에서 온 것이다. 앞에서도 말했지만 일본에서 '아파트'란 역사적으로 고급 주택의 이미지와 저급 월세집의 이미지가 공존했는데, 일제 때 교육을 받은 1960년대 이후 한국의 개발주체들은 아파트에 대하여 고급주택이란 이미지를 더 가지고 있었던 듯하다.

59. 에도시대의 우스개 이야기

【민성홍】

일본인은 예로부터 외국에서 건너온 문물에 대해 지대한 관심과 애정을 보였고, 심지어는 종교에 가까운 숭배를 했다. 한자가 들어왔을 당시로서는 귀하기 그지없던 청동거울에 무슨 글자인지도 모를 한자 모양을 흉내낸 기호를 주술적인 의미에서 새겨 넣기도 하고, 임진왜란의 와중에도 도자기 수집에 집착할 정도로 외국문물에 대한 유별난 관심을 보이는 현상은 일본을 설명하는 키워드 중의 하나이다.

현대에도 이와 같은 전통은 이어져 프랑스 포도주 보졸레누보 발매일의 광적인 열광, 조그만 시골 마을에도 프랑스 요리점은 물론 인도, 네팔, 아프리카 요리점 등 일본에 가면 세계를 맛볼 수 있다는 말이 나올 정도로 외국에 대한 관심과 사랑이 넘쳐난다.

일본은 우리나라와 지리적으로 가까웠기에 옛날부터 문물의 교류가 활발했고 이에 얽힌 사연도 많다. 18세기 에도시대에 항간에서 서민들 사이에서 떠돌던 재미있는 이야기를 모아 엮은 이야기책인 『쇼와슈』(笑話集)라는 것이 있는데, 여기에도 우리나라와 관련된 이야기들이 종종 등장한다. 그중에도 당시 인삼은 귀하고 값비싼 명약이었다는 사실을 알려주는 이야기가 있다.

일본에서 인삼은 사람의 목숨과 바꿔야 할 정도로 고가품으로 인식되고 있었기에 이를 소재로 한 관용구가 생겨났고, 오늘날까지도 통용되고 있을 정도이다. 우선 '씨름'이란 이야기에 나온 인삼에 얽힌 일화를 보자.

나가사키(長崎)에 있는 가라비토야시키(唐人屋敷：외국인 거주지)의 외국인 집에 놀러 갔더니, 이 사람은 일본사람만 보면 씨름 한판 붙자고 덤비는 씨름광이었다. 물론 나도 씨름을 원래 좋아하는 터인지라 쾌히 받아들여 한판 붙었으나, 전혀 손써 볼 겨를도 없이 상대에게 내동댕이쳐지고 말았다. 내가 혼절하여 일어나지 못하자 그는 기겁을 하고서는 얼른 인삼을 듬뿍 입에 물리고는 물을 먹였다.

이윽고 제 정신이 들어 보니, 입안에 물고 있는 것이 인삼이 아닌가. 이게 웬 횡재인가. 재미를 붙인 나는 '한 판 더 해봅시다'라며 자세를 잡으니, 외국인은 신이 나서 다시 상대가 되어 주었다. 하지만 나는 제대로 시합을 하기도 전에 일부러 넘어져 또 기절한 척했다. 그러자 그는 주머니에서 뭔가를 꺼내더니, 이번에는 아주 큼직한 뜸을 뜨는 것이 아닌가.

(江戸笑話集 日本古典文学大系 100)

이 이야기는 18세기 후반에 만들어진 것인데, 당시 나가사키에는 중국과의 무역을 위해서 중국인 거류지가 설치되어 있었다. 당시의 '가라비토'(唐人)는 일반적인 외국인을 말하기도 했지만, 여기서는 중국인이라기보다 조선인을 지칭한다고 보는 것이 자연스럽다.

실제로 일본의 옛 자료들에는 '가라'(唐)라는 단어가 많이 나온다. 옛날에는 가라노쿠니(唐の国)라고 하여 중국을 지칭하기도 하고, 우리나라를 지칭하기도 하였다. 또 '가라노쿠니'라고 읽지만 한자로는 '韓の国'이라고 적기도 하였다.

일본 국어대사전(学習研究社)에서 から(唐)의 항목을 찾아보면 ① 韓:조선의 고칭 ②唐 또는 漢:중국의 고칭, 또한 '唐'은 접두어로서 중국 또는 외국에서 들어온 것을 나타낸다. 이후 의미가 바뀌어 진귀하고 품위 있음을 나타낸다고 실려 있다. 즉 요즘 사람들이 말하는 명품, 수입품의 뜻으로 쓰인 것이다.

'人参飲んで首縊る'(인삼 다려먹고 목매달기)라는 관용구가 있다. 이는 그 비싼 조선인삼을 다려먹고 병은 고쳤지만 그로 인해 진 빚을 갚지 못해 목을 매서 죽는다는 뜻이다. 일본인에게는 너무나도 유명한 『주신구라』(忠臣蔵)의 인용문을 보면 그 의미가 잘 나타나 있다.

곰곰이 생각해보니, 실패하면 우리 목이 날아갈 것이고, 성공리에 처치하더라도 배를 갈라 자결해야 한다니. 어떻게 해도 죽어야 한다면. '인삼 먹고 목매달기' 같은 거지 뭐야.

'주신구라'는 억울한 누명을 쓰고 죽은 영주의 부하들이 누명을 씌운 영주를 치는 이야기로, 이 대화는 실패하면 처형을 당할 것이고, 영주를 죽여 자신들의 목적이 달성되더라도 규율 위반으로 할복해야 하는 운명을 '인삼 먹고 목매달기'라는 말로 표현한 것이다.

'씨름'에 나타난 가라비토가 중국인이 아니고 당시의 조선 사람이었다고 주장할 수 있는 근거로는 같은 쇼와슈에 실린 '주전자'(薬缶)를 주제로 한 이야기를 들 수 있다.

주전자가 해류에 밀려 조선의 부산해(釜山海)의 어느 부둣가에 떠밀려 흘러들어왔는데 가라비토(唐人)가 이를 발견하여 '薬缶流れて釜山海の湊へ奇る. 唐人見付…'라고 전개되는 이 이야기에 언급되는, '부산해'와 '가라비토'라는 말의 쓰임새와의 관계를 보면 쉽사리 알 수 있는 일이다.

물론 이는 가공의 이야기로 실제로 당시에 주전자가 부산으로 흘러갔다는 사실보다는, 우리나라와 일본이 중국보다는 심리적으로 가깝다고 서민들이 인식하고 있었다는 것을 알 수 있는 예라고 할 수 있다. 그러므로 부산해에 있는 사람들이 가라비토로서 화제에 등장하는 것으로 보아 위 인삼의 이야기에서의 이야기와 결부시킬 수 있을 것 같다.

그러면 여기서 쇼와슈에 보이는 또 다른 이야기, '가라'(唐)를 소재로 한 '참새 시리즈'라고나 할 이야기 한 토막을 소개한다. 이 경우는 조선이다 중국이다 하는 의식없이 그냥 수입참새라고 생각하고 읽어 보면 재미있을 듯싶다.

영주께 '가라의 참새'(唐の雀)를 바치는데, 한 마리가 모자라서 일본참새를

끼어 넣어 올렸다. 영주님이 보시고, '이게 어찌된 일이냐? 일본참새가 한 마리 끼었구나'라고 말씀하시니, 그 참새 왈 '네, 저는 통역이올시다' (はい わたくしは通辞でござります)라고 하더라나.

60. 센류의 비유어에서 볼 수 있는 에도시대 영양식

【민성홍】

'보신탕'(補身湯)은 흔히 중국사람들을 제외하고 우리나라 사람-일부이긴 하지만-이 선호하는 음식으로 알려져 있지만, 실은 일본사람-역시 일부이긴 하지만-들도 즐겨 먹었다고 한다. 센류(川柳)를 보면 이 같은 내용이 솔직하게 적혀 있는데, 바로 이런 이유로 센류가 권력과 압제에 억눌렸던 당시 평민층의 피끓는 심정을 사로잡았던 것이며, 오늘날까지도 끊임없이 사랑받고 있는 것이다.

간단히 말하자면, 같은 17자의 단시(短詩) 형식의 하이쿠(俳句)라는 것은 주로 '자연'을 읊고 '계절감'에 흠뻑 취해 보려고 하는 데에 비해, 센류는 하이쿠와 마찬가지로 풍경을 그리고 계절을 배경으로 하는 경우라도 거기에는 그 사회의 돌아가는 모양과 인간만사를 비판의식을 갖고 해학·풍자정신으로 적나라하고 솔직하게 꿰뚫어 보려는 '인사시'(人事詩)인 것이다. 따라서 센류는 하이쿠에서 보는 바와 같은 형식이나 규제를 배제하고 있다.

麹町芝の屋敷へ丸で売れ　고지마치 · 시바의 저택에 통째로 팔아라.

　　위에 예를 든 센류를 감상하려면, 우선 다음과 같은 지명의 비유어를 알아야 한다. 즉 '여기가 우리마을의 명동이야'라고 비유하며 말할 때와 같은 경우이다. 이와 함께 당시 도쿠가와 막부의 조직 구성 등에 관해서도 알아야 한다.

　　1. 고지마치(麹町) : 네 발 달린 짐승을 파는 가게가 몰려 있는 동네

　　2. 시바(芝)

　　　　1) 사츠마한(薩摩藩)에서 파견근무 나와 있던 사무라이(侍)들이 모여 살던 주둔지

　　　　2) 지금의 도쿄토 미나토구(東京都 港区)의 옛 지명

　　3. 사츠마한(薩摩藩) : 지금 일본의 가고시마현(鹿児島県)의 서부지방을 통치하던 한(藩)

　　'마루데'(丸で)라는 말은 '통째로'라는 뜻이며, '한 마리 통째로'라는 비유어이다. 오늘날에도 일본인들은 생선이나 수박 등을 몇 토막으로 잘라서 팔고사는 생활습관을 가지고 있는데 에도시대에 '육(肉)고기'를 한 마리 통째로 산다는 것은 정말 '놀랠 노 자'였던 것이었다.

　　그런데 이 '한 마리'는 과연 무슨 짐승이냐가 문제인데, 다름아닌 '개' 속된 말로 '멍멍이'인 것이다. 『에도센류사전』(江戸川柳辞典, 浜田義一郎編/1981, 東京堂出版)의 해설자는 사쓰마항의 사무라이들은 '멍멍

이 고기'를 무척 좋아했으며 또한 즐겨 먹었다고 전하고 있다.

다음의 센류는, 황구는 개 중에서 가장 맛이 좋은데, 시바 근방에서는 종종 이 황구가 사라지는 일이 있다고 하면서, 이는 '사츠마한의 사무라이들이 사는 저택으로 사라진 것이 틀림없다'고 암시하고 있는 것이다.

赤犬が紛失したと芝で言い

황구가 분실되었다고 시바에서 말하고

이 시에서는 앞의 시에서처럼 비유어인 고지마치를 써서 은근함을 보여주는 자세를 버리고 아주 노골적으로 아카이누(赤犬)라고 서슴없이 토로해버렸다. 아카이누는 우리말의 황구(黃狗) 즉 '누렁이'이다.

옛 일본사람들은 색을 삼원색-빨강, 파랑, 노랑-으로만 이해하고 있었다. 그중 아카(赤)는 모모이로(桃色), 다이다이이로(橙色), 아즈키이로(小豆色), 자이로(茶色), 즉 분홍, 주황색, 팥색, 갈색을 포함하는 총체적인 색채의 명칭이었다. 여기에서 주의할 것은 왜 이 시에서는 '고지마치'라는 비유어를 쓰지 않고 직설적으로 '아카이누'를 택했는가 하는 점이다. 고지마치라고 하면, 네 발이 달린 짐승이라는 것은 확실하지만, 돼지인지 멧돼지인지 아니면 여우인지 확실하지 않기 때문이다.

冬牡丹麹町から根分けなり

고기는 고지마치에서 나누어 받은 거라네.

여기서 후유보탄(冬牡丹)은 소고기의 비유어이다. 이렇듯 당국이 금기로 삼는 소고기, 말고기, 나아가서는 여우고기까지도 양기(陽気)를 돋우기 위해서 먹었다는 기록이 있다. 그러나 비유의 세계에서는 '고지마치+시바' 혹은 '고지마치+사츠마한'이라고 하면 '아카이누'를 뜻한다.

당시 일본인들은 '구스리구이'(薬食い)라는 미명(美名) 아래, 네 발 달린 짐승고기를 먹는 관습이 있었다. 아마도 우리말로는 '보양식' 정도로 옮겨질 수 있을 것이다.

물론 당시에는 막부가 불교를 이용한 정책으로 네 발 짐승은 못 먹게 하였기 때문에 일반 사람들은 기피하는 경향이 있었으며, 특히 여자들은 부정을 탄다고 해서, 몹시 싫어했다고 한다. 아래 센류는 이러한 사실을 잘 보여주고 있다.

女房はきせるも貸さぬくすり喰い

마누라는 짐승고기 먹는다고 담뱃대도 빌려 주지 않네.

ご隠居は嫁のいやがるくすり喰

시아버지는 며느리가 징그러워하는 네 발 고기를 좋아하시니

いむらを喰うて女郎にきらわれる

고깃덩어리 먹었다고 창녀한테까지 핀잔 받는구나.

猪を喰うたが知れてやかましい

멧돼지고기 먹은 게 들통나서 온집안이 시끌시끌

책임편집위원

구정호(중앙대학교 교수) 김종덕(한국외국어대학교 교수) 박혜성(한밭대학교 교수)
송영빈(이화여자대학교 교수) 유상희(전북대학교 교수) 윤상실(명지대학교 교수)
장남호(충남대학교 교수) 한미경(한국외국어대학교 교수)

편집 기획 및 구성

오현리, 이충균, 최영희, 최영은

사진제공

일본국제교류기금

높임말이 욕이 되었다

2판 1쇄 발행일 | 2021년 3월 25일

저자 | 한국일어일문학회
펴낸이 | 이경희

기 획 | 김진영
디자인 | 김민경
편 집 | 민서영 · 조성준
영업관리 | 권순민
인 쇄 | 예림인쇄

발 행 | 글로세움
출판등록 | 제318-2003-00064호(2003. 7. 2)

주 소 | 서울시 구로구 경인로 445(고척동)
전 화 | 02-323-3694
팩 스 | 070-8620-0740

ⓒ 한국일어일문학회, 2003
저자와 협의하여 인지를 생략합니다.

값 14,000원

ISBN 978-89-91010-05-5 94830
     978-89-91010-00-0 94830(세트)

잘못된 책은 구입하신 서점이나 본사로 연락하시면 바꿔드립니다.